CLASSIQUES & CIE
LYCÉE

Prosper Mérimée

Carmen (1845)
Les Âmes du purgatoire (1834)

Collection dirigée par
Marc Robert

Notes et dossier
Nicolas Leclerc
certifié de lettres modernes

Hatier

CARMEN
LES ÂMES DU PURGATOIRE

LIRE L'ŒUVRE

L'ŒUVRE DANS L'HISTOIRE

Conception graphique de la maquette : c-album, Jean-Baptiste Taisne, Rachel Pfleger
Principe de couverture : Double
Mise en pages : Chesteroc Ltd
Iconographie : Hatier Illustration
Suivi éditional : Alice De Wolf

ISBN : 978-2-218-97164-8

CARMEN

Πᾶσα γυνὴ χόλος ἐστίν· ἔχει δ' ἀγαθὰς δύο ὥρας,
Τὴν μίαν ἐν θαλάμῳ, τὴν μίαν ἐν θανάτῳ.

Palladas[1]

I

J'avais toujours soupçonné les géographes de ne savoir ce qu'ils disent lorsqu'ils placent le champ de bataille de Munda[2] dans le pays des Bastuli-Pœni[3], près de la moderne Monda, à quelque deux lieues au nord de Marbella[4]. D'après mes propres conjectures sur le texte de l'anonyme, auteur du *Bellum Hispaniense*[5], et quelques renseignements recueillis dans l'excellente bibliothèque du duc d'Osuna, je pensais qu'il fallait chercher aux environs de Montilla[6] le lieu mémorable où, pour la dernière fois, César joua quitte ou double contre les champions de la république. Me trouvant en Andalousie au commencement de l'automne de 1830, je fis une assez longue excursion pour éclaircir les doutes qui me restaient encore. Un mémoire que je publierai prochainement ne laissera plus, je l'espère, aucune

1. *Palladas* (Ve siècle après J.-C.) *:* philosophe grec. La citation, extraite de l'*Anthologie palatine*, signifie « Toute femme est comme le fiel ; mais elle a deux bonnes heures, une au lit, l'autre à sa mort ». \ **2.** *Bataille de Munda :* cette bataille, qui s'est déroulée en 45 avant J.-C., opposa les troupes fidèles à Jules César à celles commandées par Cneius et Sextus Pompée, fils du grand Pompée. \ **3.** *Bastuli-Pœni :* peuple du sud de l'Espagne. \ **4.** *Marbella :* port de la Méditerranée situé au sud de l'Espagne. \ **5.** *Bellum Hispaniense : La guerre d'Espagne*, titre d'un ouvrage attribué à tort à Jules César (100-44 avant J.-C.) et inclus dans son œuvre, *Commentaires*. \ **6.** *Montilla :* ville située au sud de Cordoue.

incertitude dans l'esprit de tous les archéologues de bonne foi. En attendant que ma dissertation résolve enfin le problème géographique qui tient toute l'Europe savante en suspens, je veux vous raconter une petite histoire ; elle ne préjuge rien sur l'intéressante question de l'emplacement de Munda.

J'avais loué à Coudoue un guide et deux chevaux, et m'étais mis en campagne avec les *Commentaires de César* et quelques chemises pour tout bagage. Certain jour, errant dans la partie élevée de la plaine de Cachena [1], harassé de fatigue, mourant de soif, brûlé par un soleil de plomb, je donnais au diable de bon cœur César et les fils de Pompée [2], lorsque j'aperçus, assez loin du sentier que je suivais, une petite pelouse verte parsemée de joncs et de roseaux. Cela m'annonçait le voisinage d'une source. En effet, en m'approchant, je vis que la prétendue pelouse était un marécage où se perdait un ruisseau, sortant, comme il semblait, d'une gorge étroite entre deux hauts contreforts de la sierra [3] de Cabra. Je conclus qu'en remontant je trouverais de l'eau plus fraîche, moins de sangsues et de grenouilles, et peut-être un peu d'ombre au milieu des rochers. À l'entrée de la gorge, mon cheval hennit, et un autre cheval, que je ne voyais pas, lui répondit aussitôt. À peine eus-je fait une centaine de pas, que la gorge, s'élargissant tout à coup, me montra une espèce de cirque [4] naturel parfaitement ombragé par la hauteur des escarpements qui l'entouraient. Il était impossible de rencontrer un lieu qui promît au voyageur une halte plus agréable. Au pied de rochers à pic, la source s'élançait en bouillonnant, et tombait dans un petit bassin tapissé d'un sable blanc comme la neige. Cinq à six beaux chênes verts, toujours à l'abri du vent et rafraîchis par la source, s'élevaient sur ses

1. *Cachena :* rivière d'Espagne. \ **2.** *Pompée* (106-48 avant J.-C.) *:* général romain ennemi de Jules César. \ **3.** *Sierra :* montagne au relief allongé. \ **4.** *Cirque :* dépression naturelle aux parois abruptes.

bords, et la couvraient de leur épais ombrage ; enfin, autour du bassin, une herbe fine, lustrée, offrait un lit meilleur qu'on n'en eût trouvé dans aucune auberge à dix lieues à la ronde.

À moi n'appartenait pas l'honneur d'avoir découvert un si beau lieu. Un homme s'y reposait déjà, et sans doute dormait, lorsque j'y pénétrai. Réveillé par les hennissements, il s'était levé, et s'était rapproché de son cheval, qui avait profité du sommeil de son maître pour faire un bon repas de l'herbe aux environs. C'était un jeune gaillard, de taille moyenne, mais d'apparence robuste, au regard sombre, et fier. Son teint, qui avait pu être beau, était devenu, par l'action du soleil, plus foncé que ses cheveux. D'une main il tenait le licol[1] de sa monture, de l'autre une espingole[2] de cuivre. J'avouerai que d'abord l'espingole et l'air farouche du porteur me surprirent quelque peu ; mais je ne croyais plus aux voleurs, à force d'en entendre parler et de n'en rencontrer jamais. D'ailleurs, j'avais vu tant d'honnêtes fermiers s'armer jusqu'aux dents pour aller au marché, que la vue d'une arme à feu ne m'autorisait pas à mettre en doute la moralité de l'inconnu. – Et puis, me disais-je, que ferait-il de mes chemises et de mes *Commentaires* Elzévir[3] ? Je saluai donc l'homme à l'espingole d'un signe de tête familier, et je lui demandai en souriant si j'avais troublé son sommeil. Sans me répondre, il me toisa de la tête aux pieds ; puis, comme satisfait de son examen, il considéra avec la même attention mon guide, qui s'avançait. Je vis celui-ci pâlir et s'arrêter en montrant une terreur évidente. Mauvaise rencontre ! me dis-je. Mais la prudence me conseilla aussitôt de ne laisser voir aucune inquiétude. Je mis pied à terre ; je dis au guide de débrider, et, m'agenouillant au bord de la

1. *Licol :* lien servant à maintenir la tête d'un cheval. \ **2.** *Espingole :* fusil court au canon évasé. \ **3.** *Elzévir :* nom d'une ancienne édition de poche hollandaise.

source, j'y plongeai ma tête et mes mains ; puis je bus une bonne gorgée, couché à plat ventre, comme les mauvais soldats de Gédéon[1].

J'observais cependant mon guide et l'inconnu. Le premier s'approchait bien à contrecœur ; l'autre semblait n'avoir pas de mauvais desseins contre nous, car il avait rendu la liberté à son cheval, et son espingole, qu'il tenait d'abord horizontale, était maintenant dirigée vers la terre.

Ne croyant pas devoir me formaliser du peu de cas qu'on avait paru faire de ma personne, je m'étendis sur l'herbe, et d'un air dégagé je demandai à l'homme à l'espingole s'il n'avait pas un briquet sur lui. En même temps je tirai mon étui à cigares. L'inconnu, toujours sans parler, fouilla dans sa poche, prit son briquet, et s'empressa de me faire du feu. Évidemment il s'humanisait ; car il s'assit en face de moi, toutefois sans quitter son arme. Mon cigare allumé, je choisis le meilleur de ceux qui me restaient, et je lui demandai s'il fumait.

« Oui, monsieur », répondit-il. C'étaient les premiers mots qu'il faisait entendre, et je remarquai qu'il ne prononçait pas l'*s* à la manière andalouse[2], d'où je conclus que c'était un voyageur comme moi, moins archéologue seulement.

« Vous trouverez celui-ci assez bon », lui dis-je en lui présentant un véritable régalia[3] de la Havane.

Il me fit une légère inclination de tête, alluma son cigare au mien, me remercia d'un autre signe de tête, puis se mit à fumer avec l'apparence d'un très vif plaisir.

« Ah ! s'écria-t-il en laissant échapper lentement sa première

1. *Gédéon :* allusion à l'épisode de la *Bible* (*Juges*, VII, 5-7) dans lequel le général Gédéon exclut de son armée les soldats qui s'étaient couchés pour boire. \ **2.** *Il ne prononçait pas l's à la manière andalouse :* les Andalous aspirent l'*s* et le confondent dans la prononciation avec le *c* doux et le *z*, que les Espagnols prononcent comme le *th* anglais. Sur le mot *Señor* on peut reconnaître un Andalou [note de Mérimée]. \ **3.** *Régalia :* cigare de grande qualité.

bouffée par la bouche et les narines, comme il y avait longtemps que je n'avais fumé ! »

En Espagne, un cigare donné et reçu établit des relations d'hospitalité, comme en Orient le partage du pain et du sel. Mon homme se montra plus causant que je ne l'avais espéré. D'ailleurs, bien qu'il se dît habitant du partido[1] de Montilla, il paraissait connaître le pays assez mal. Il ne savait pas le nom de la charmante vallée où nous nous trouvions ; il ne pouvait nommer aucun village des alentours ; enfin, interrogé par moi s'il n'avait pas vu aux environs des murs détruits, de larges tuiles à rebords, des pierres sculptées, il confessa qu'il n'avait jamais fait attention à pareilles choses. En revanche, il se montra expert en matière de chevaux. Il critiqua le mien, ce qui n'était pas difficile ; puis il me fit la généalogie du sien, qui sortait du fameux haras de Cordoue : noble animal, en effet, si dur à la fatigue, à ce que prétendait son maître, qu'il avait fait une fois trente lieues dans un jour, au galop ou au grand trot. Au milieu de sa tirade, l'inconnu s'arrêta brusquement, comme surpris et fâché d'en avoir trop dit. « C'est que j'étais très pressé d'aller à Cordoue, reprit-il avec quelque embarras. J'avais à solliciter les juges pour un procès… » En parlant, il regardait mon guide Antonio, qui baissait les yeux.

L'ombre et la source me charmèrent tellement, que je me souvins de quelques tranches d'excellent jambon que mes amis de Montilla avaient mis dans la besace de mon guide. Je les fis apporter, et j'invitai l'étranger à prendre sa part de la collation impromptue. S'il n'avait pas fumé depuis longtemps, il me parut vraisemblable qu'il n'avait pas mangé depuis quarante-huit heures au moins. Il dévorait comme un loup affamé. Je pensai que ma rencontre avait été providentielle pour le

1. *Partido :* arrondissement.

pauvre diable. Mon guide, cependant, mangeait peu, buvait encore moins, et ne parlait pas du tout, bien que depuis le commencement de notre voyage il se fût révélé à moi comme un bavard sans pareil. La présence de notre hôte semblait le gêner, et une certaine méfiance les éloignait l'un de l'autre sans que j'en devinasse positivement la cause.

Déjà les dernières miettes du pain et du jambon avaient disparu ; nous avions fumé chacun un second cigare ; j'ordonnai au guide de brider nos chevaux, et j'allais prendre congé de mon nouvel ami, lorsqu'il me demanda où je comptais passer la luit.

Avant que j'eusse fait attention à un signe de mon guide, j'avais répondu que j'allais à la venta del Cuervo [1].

« Mauvais gîte pour une personne comme vous, monsieur... J'y vais, et, si vous me permettez de vous accompagner, nous ferons la route ensemble.

– Très volontiers », dis-je en montant à cheval. Mon guide, qui me tenait l'étrier, me fit un nouveau signe des yeux. J'y répondis en haussant les épaules, comme pour l'assurer que j'étais parfaitement tranquille, et nous nous mîmes en chemin.

Les signes mystérieux d'Antonio, son inquiétude, quelques mots échappés à l'inconnu, surtout sa course de trente lieues et l'explication peu plausible qu'il en avait donnée, avaient déjà formé mon opinion sur le compte de mon compagnon de voyage. Je ne doutai pas que je n'eusse affaire à un contrebandier, peut-être à un voleur ; que m'importait ? Je connaissais assez le caractère espagnol pour être sûr de n'avoir rien à craindre d'un homme qui avait mangé et fumé avec moi. Sa présence même était une protection assurée contre toute mauvaise rencontre. D'ailleurs, j'étais bien aise de savoir ce que c'est qu'un brigand. On n'en voit pas tous les jours, et il y a un certain

1. *La venta del Cuervo* : l'auberge du corbeau.

charme à se trouver auprès d'un être dangereux, surtout lorsqu'on le sent doux et apprivoisé.

J'espérais amener par degrés l'inconnu à me faire des confidences, et, malgré les clignements d'yeux de mon guide, je mis la conversation sur les voleurs de grand chemin. Bien entendu que j'en parlai avec respect. Il y avait alors en Andalousie un fameux bandit nommé José-Maria, dont les exploits étaient dans toutes les bouches. « Si j'étais à côté de José-Maria ? » me disais-je... Je racontai les histoires que je savais de ce héros, toutes à sa louange d'ailleurs, et j'exprimai hautement mon admiration pour sa bravoure et sa générosité.

« José-Maria n'est qu'un drôle[1] », dit froidement l'étranger.

« Se rend-il justice, ou bien est-ce excès de modestie de sa part ? » me demandai-je mentalement ; car, à force de considérer mon compagnon, j'étais parvenu à lui appliquer le signalement de José-Maria, que j'avais lu affiché aux portes de mainte ville d'Andalousie. – Oui, c'est bien lui... Cheveux blonds, yeux bleus, grande bouche, belles dents, les mains petites ; une chemise fine, une veste de velours à boutons d'argent, des guêtres de peau blanche, un cheval bai[2]... Plus de doute ! Mais respectons son incognito.

Nous arrivâmes à la venta. Elle était telle qu'il me l'avait dépeinte, c'est-à-dire une des plus misérables que j'eusse encore rencontrées. Une grande pièce servait de cuisine, de salle à manger et de chambre à coucher. Sur une pierre plate, le feu se faisait au milieu de la chambre, et la fumée sortait par un trou pratiqué dans le toit, ou plutôt s'arrêtait, formant un nuage à quelques pieds au-dessus du sol. Le long du mur, on voyait étendues par terre cinq ou six vieilles couvertures de mulets ; c'étaient les lits des voyageurs. À vingt pas de la

1. *Drôle :* homme sans importance, peu fiable. \ **2.** *Bai :* dont la robe est de couleur brun-rouge (en parlant d'un cheval).

maison, ou plutôt de l'unique pièce que je viens de décrire, s'élevait une espèce de hangar servant d'écurie. Dans ce charmant séjour, il n'y avait d'autres êtres humains, du moins pour le moment, qu'une vieille femme et une petite fille de dix à douze ans, toutes les deux de couleur de suie et vêtues d'horribles haillons.

« Voilà tout ce qui reste, me dis-je, de la population de l'antique Munda Bætica ! Ô César ! ô Sextus Pompée[1] ! que vous seriez surpris si vous reveniez au monde ! »

En apercevant mon compagnon, la vieille laissa échapper une exclamation de surprise. « Ah ! seigneur don José ! » s'écria-t-elle.

Don José fronça le sourcil, et leva une main d'un geste d'autorité qui arrêta la vieille aussitôt. Je me tournai vers mon guide, et, d'un signe imperceptible, je lui fis comprendre qu'il n'avait rien à m'apprendre sur le compte de l'homme avec qui j'allais passer la nuit. Le souper fut meilleur que je ne m'y attendais. On nous servit, sur une petite table haute d'un pied, un vieux coq fricassé avec du riz et force piments, puis des piments à l'huile, enfin du *gaspacho*[2], espèce de salade de piments. Trois plats ainsi épicés nous obligèrent de recourir souvent à une outre de vin de Montilla qui se trouva délicieux. Après avoir mangé, avisant une mandoline accrochée contre la muraille, il y a partout des mandolines en Espagne, je demandai à la petite fille qui nous servait si elle savait en jouer.

« Non, répondit-elle ; mais don José en joue si bien !

– Soyez assez bon, lui dis-je, pour me chanter quelque chose ; j'aime à la passion votre musique nationale.

1. *Munda Bætica ! Ô César ! ô Sextus Pompée :* la bataille de Munda, qui s'est déroulée en 45 avant J.-C., opposa les troupes fidèles à Jules César à celles commandées par Cneius et Sextus Pompée, fils du grand Pompée. \ **2.** *Gaspacho :* soupe de tomates, froide et épicée.

– Je ne puis rien refuser à un monsieur si honnête, qui me donne de si excellents cigares », s'écria don José d'un air de bonne humeur ; et, s'étant fait donner la mandoline, il chanta en s'accompagnant. Sa voix était rude, mais pourtant agréable, l'air mélancolique et bizarre ; quant au paroles, je n'en compris pas un mot.

« Si je ne me trompe, lui dis-je, ce n'est pas un air espagnol que vous venez de chanter. Cela ressemble aux *zorzicos* [1] que j'ai entendus dans les *Provinces* [2], et les paroles doivent être en langue basque.

– Oui », répondit don José d'un air sombre. Il posa la mandoline à terre, et, les bras croisés, il se mit à contempler le feu qui s'éteignait, avec une singulière expression de tristesse. Éclairée par une lampe posée sur la petite table, sa figure, à la fois noble et farouche, me rappelait le Satan de Milton [3]. Comme lui peut-être, mon compagnon songeait au séjour qu'il avait quitté, à l'exil qu'il avait encouru par une faute. J'essayai de ranimer la conversation, mais il ne répondit pas, absorbé qu'il était dans ses tristes pensées. Déjà la vieille s'était couchée dans un coin de la salle, à l'abri d'une couverture trouée tendue sur une corde. La petite fille l'avait suivie dans cette retraite réservée au beau sexe [4]. Mon guide alors, se levant, m'invita à le suivre à l'écurie ; mais, à ce mot, don José, comme réveillé en sursaut, lui demanda d'un ton brusque où il allait.

« À l'écurie, répondit le guide.

– Pour quoi faire ? les chevaux ont à manger. Couche ici, monsieur le permettra.

1. *Zorzicos :* airs accompagnant des danses populaires basques. \ **2.** *Les provinces :* les *provinces privilégiées*, jouissant de *fueros* particuliers, c'est-à-dire l'Alava, la Biscaïe, la Guipuzcoa, et une partie de la Navarre. Le basque est la langue du pays [note de Mérimée]. \ **3.** *Le Satan de Milton :* personnage du *Paradis perdu* (1667), œuvre du poète anglais Milton (1608-1674). \ **4.** *Au beau sexe :* aux femmes.

– Je crains que le cheval de monsieur ne soit malade ; je voudrais que monsieur le vît : peut-être saura-t-il ce qu'il faut lui faire. »

Il était évident qu'Antonio voulait me parler en particulier ; mais je ne me souciais pas de donner des soupçons à don José, et, au point où nous en étions, il me semblait que le meilleur parti à prendre était de montrer la plus grande confiance. Je répondis donc à Antonio que je n'entendais rien aux chevaux, et que j'avais envie de dormir. Don José le suivit à l'écurie, d'où bientôt il revint seul. Il me dit que le cheval n'avait rien, mais que mon guide le trouvait un animal si précieux, qu'il le frottait avec sa veste pour le faire transpirer, et qu'il comptait passer la nuit dans cette douce occupation. Cependant je m'étais étendu sur les couvertures de mulet, soigneusement enveloppé dans mon manteau, pour ne pas les toucher. Après m'avoir demandé pardon de la liberté qu'il prenait de se mettre auprès de moi, don José se coucha devant la porte, non sans avoir renouvelé l'amorce de son espingole, qu'il eut soin de placer sous la besace[1] qui lui servait d'oreiller. Cinq minutes après nous être mutuellement souhaité le bonsoir, nous étions l'un et l'autre profondément endormis.

Je me croyais assez fatigué pour pouvoir dormir dans un pareil gîte ; mais, au bout d'une heure, de très désagréables démangeaisons m'arrachèrent à mon premier somme. Dès que j'en eus compris la nature, je me levai, persuadé qu'il valait mieux passer le reste de la nuit à la belle étoile que sous ce toit inhospitalier. Marchant sur la pointe du pied, je gagnai la porte, j'enjambai par-dessus la couche de don José, qui dormait du sommeil du juste, et je fis si bien que je sortis de la maison sans qu'il s'éveillât. Auprès de la porte était un large banc de bois ;

1. *La besace :* le sac.

je m'étendis dessus, et m'arrangeai de mon mieux pour achever ma nuit. J'allais fermer les yeux pour la seconde fois, quand il me sembla voir passer devant moi l'ombre d'un homme et l'ombre d'un cheval, marchant l'un et l'autre sans faire le moindre bruit. Je me mis sur mon séant, et je crus reconnaître Antonio. Surpris de le voir hors de l'écurie à pareille heure, je me levai et marchai à sa rencontre. Il s'était arrêté, m'ayant aperçu d'abord.

« Où est-il ? me demanda Antonio à voix basse.

– Dans la venta ; il dort ; il n'a pas peur des punaises. Pourquoi donc emmenez-vous ce cheval ? »

Je remarquai alors que, pour ne pas faire de bruit en sortant du hangar, Antonio avait soigneusement enveloppé les pieds de l'animal avec les débris d'une vieille couverture.

« Parlez plus bas, me dit Antonio, au nom de Dieu ! Vous ne savez pas qui est cet homme-là. C'est José Navarro, le plus insigne bandit de l'Andalousie. Toute la journée je vous ai fait des signes que vous n'avez pas voulu comprendre.

– Bandit ou non, que m'importe ? répondis-je ; il ne nous a pas volés, et je parierais qu'il n'en a pas envie.

– À la bonne heure ; mais il y a deux cents ducats[1] pour qui le livrera. Je sais un poste de lanciers[2] à une lieue et demie d'ici, et avant qu'il soit jour, j'amènerai quelques gaillards solides. J'aurais pris son cheval, mais il est si méchant que nul que le Navarro ne peut en approcher.

– Que le diable vous emporte ! lui dis-je. Quel mal vous a fait ce pauvre homme pour le dénoncer ? D'ailleurs, êtes-vous sûr qu'il soit le brigand que vous dites ?

– Parfaitement sûr ; tout à l'heure il m'a suivi dans l'écurie et m'a dit : « Tu as l'air de me connaître ; si tu dis à ce bon

1. *Ducats :* ancienne monnaie vénitienne. \ 2. *Lanciers :* policiers à cheval.

monsieur qui je suis, je te fais sauter la cervelle. » Restez, monsieur, restez auprès de lui ; vous n'avez rien à craindre. Tant qu'il vous saura là, il ne se méfiera de rien. »

Tout en parlant, nous nous étions déjà assez éloignés de la venta pour qu'on ne pût entendre les fers du cheval. Antonio l'avait débarrassé en un clin d'œil des guenilles dont il lui avait enveloppé les pieds ; il se préparait à enfourcher sa monture. J'essayai prières et menaces pour le retenir.

« Je suis un pauvre diable, monsieur, me disait-il ; deux cents ducats ne sont pas à perdre, surtout quand il s'agit de délivrer le pays de pareille vermine. Mais prenez garde : si le Navarro se réveille, il sautera sur son espingole, et gare à vous ! Moi, je suis trop avancé pour reculer ; arrangez-vous comme vous pourrez. »

Le drôle était en selle ; il piqua des deux, et dans l'obscurité je l'eus bientôt perdu de vue.

J'étais fort irrité contre mon guide et passablement inquiet. Après un instant de réflexion, je me décidai et rentrai dans la venta. Don José dormait encore, réparant sans doute en ce moment les fatigues et les veilles de plusieurs journées aventureuses. Je fus obligé de le secouer rudement pour l'éveiller. Jamais je n'oublierai son regard farouche et le mouvement qu'il fit pour saisir son espingole, que, par mesure de précaution, j'avais mise à quelque distance de sa couche.

« Monsieur, lui dis-je, je vous demande pardon de vous éveiller ; mais j'ai une sotte question à vous faire : seriez-vous bien aise de voir arriver ici une demi-douzaine de lanciers ? »

Il sauta en pieds, et d'une voix terrible :

« Qui vous l'a dit ? me demanda-t-il.

– Peu importe d'où vient l'avis, pourvu qu'il soit bon.

– Votre guide m'a trahi, mais il me le paiera ! Où est-il ?

– Je ne sais… Dans l'écurie, je pense… mais quelqu'un m'a dit…

– Qui vous a dit ?... Ce ne peut être la vieille...

– Quelqu'un que je ne connais pas... Sans plus de paroles, avez-vous, oui ou non, des motifs pour ne pas attendre les soldats ? Si vous en avez, ne perdez pas de temps, sinon bonsoir, et je vous demande pardon d'avoir interrompu votre sommeil.

– Ah ! votre guide ! votre guide ! Je m'en étais méfié d'abord... mais... son compte est bon !... Adieu, monsieur. Dieu vous rende le service que je vous dois. Je ne suis pas tout à fait aussi mauvais que vous me croyez... oui, il y a encore en moi quelque chose qui mérite la pitié d'un galant homme... Adieu, monsieur... Je n'ai qu'un regret, c'est de ne pouvoir m'acquitter envers vous.

– Pour prix du service que je vous ai rendu, promettez-moi, don José, de ne soupçonner personne, de ne pas songer à la vengeance. Tenez, voilà des cigares pour votre route ; bon voyage ! » Et je lui tendis la main.

Il me la serra sans répondre, prit son espingole et sa besace, et, après avoir dit quelques mots à la vieille dans un argot que je ne pus comprendre, il courut au hangar. Quelques instants après, je l'entendais galoper dans la campagne.

Pour moi, je me recouchai sur mon banc, mais je ne me rendormis point. Je me demandais si j'avais eu raison de sauver de la potence un voleur, et peut-être un meurtrier, et cela seulement parce que j'avais mangé du jambon avec lui et du riz à la valencienne[1]. N'avais-je pas trahi mon guide qui soutenait la cause des lois ; ne l'avais-je pas exposé à la vengeance d'un scélérat ? Mais les devoirs de l'hospitalité !... Préjugé de sauvage, me disais-je ; j'aurai à répondre de tous les crimes que le bandit va commettre... Pourtant est-ce un préjugé que cet instinct de

1. *À la valencienne :* préparé à la mode de Valence, en Espagne.

conscience qui résiste à tous les raisonnements ? Peut-être, dans la situation délicate où je me trouvais, je pouvais-je m'en tirer sans remords. Je flottais encore dans la plus grande incertitude au sujet de la moralité de mon action, lorsque je vis paraître une demi-douzaine de cavaliers avec Antonio, qui se tenait prudemment à l'arrière-garde. J'allai au-devant d'eux, et les prévins que le bandit avait pris la fuite depuis plus de deux heures. La vieille, interrogée par le brigadier, répondit qu'elle connaissait le Navarro, mais que, vivant seule, elle n'aurait jamais osé risquer sa vie en le dénonçant. Elle ajouta que son habitude, lorsqu'il venait chez elle, était de partir toujours au milieu de la nuit. Pour moi, il me fallut aller, à quelques lieues de là, exhiber mon passeport et signer une déclaration devant un alcade[1], après quoi on me permit de reprendre mes recherches archéologiques. Antonio me gardait rancune, soupçonnant que c'était moi qui l'avais empêché de gagner les deux cents ducats. Pourtant nous nous séparâmes bons amis à Cordoue ; là, je lui donnai une gratification aussi forte que l'état de mes finances pouvait me le permettre.

II

Je passai quelques jours à Cordoue. On m'avait indiqué certain manuscrit de la bibliothèque des Dominicains[2], où je devais trouver des renseignements intéressants sur l'antique Munda. Fort bien accueilli par les bons Pères, je passais les journées dans leur couvent, et le soir je me promenais par la ville. À Cordoue,

1. *Alcade :* juge espagnol. \ **2.** *Dominicains :* moines de l'ordre de saint Dominique.

vers le coucher du soleil, il y a quantité d'oisifs sur le quai qui borde la rive droite du Guadalquivir[1]. Là, on respire les émanations d'une tannerie qui conserve encore l'antique renommée du pays pour la préparation des cuirs ; mais, en revanche, on y jouit d'un spectacle qui a bien son mérite. Quelques minutes avant l'*angélus*[2], un grand nombre de femmes se rassemblent sur le bord du fleuve, au bas du quai, lequel est assez élevé. Pas un homme n'oserait se mêler à cette troupe. Aussitôt que l'*angélus* sonne, il est censé qu'il fait nuit. Au dernier coup de cloche, toutes ces femmes se déshabillent et entrent dans l'eau. Alors ce sont des cris, des rires, un tapage infernal. Du haut du quai, les hommes contemplent les baigneuses, écarquillent les yeux et ne voient pas grand-chose. Cependant ces formes blanches et incertaines qui se dessinent sur le sombre azur du fleuve, font travailler les esprits poétiques, et, avec un peu d'imagination, il n'est pas difficile de se représenter Diane et ses nymphes au bain, sans avoir à craindre le sort d'Actéon[3]. – On m'a dit que quelques mauvais garnements se cotisèrent certain jour, pour graisser la patte[4] au sonneur de la cathédrale et lui faire sonner l'*angélus* vingt minutes avant l'heure légale. Bien qu'il fît encore grand jour, les nymphes du Guadalquivir n'hésitèrent pas, et se fiant plus à l'*angélus* qu'au soleil, elles firent en sûreté de conscience leur toilette de bain, qui est toujours des plus simples. Je n'y étais pas. De mon temps le sonneur était incorruptible, le crépuscule peu clair, et un chat seulement aurait pu distinguer la plus vieille marchande d'oranges de la plus jolie grisette[5] de Cordoue.

Un soir, à l'heure où l'on ne voit plus rien, je fumais, appuyé sur le parapet du quai, lorsqu'une femme, remontant l'escalier

1. *Guadalquivir :* nom du fleuve qui traverse Cordoue. \ 2. *Angélus :* son de la cloche qui le soir appelle les chrétiens à la prière. \ 3. *Actéon :* jeune chasseur qui, dans la mythologie, fut transformé en cerf et dévoré par ses propres chiens après avoir surpris la déesse de la chasse, Diane, prenant son bain. \ 4. *Graisser la patte :* corrompre (familier). \ 5. *Grisette :* jeune femme aux mœurs légères.

qui conduit à la rivière, vint s'asseoir près de moi. Elle avait dans les cheveux un gros bouquet de jasmin, dont les pétales exhalent le soir une odeur enivrante. Elle était simplement, peut-être pauvrement vêtue, tout en noir, comme la plupart des grisettes dans la soirée. Les femmes comme il faut ne portent le noir que le matin ; le soir, elles s'habillent *a la francesa*[1]. En arrivant auprès de moi, ma baigneuse laissa glisser sur ses épaules la mantille[2] qui lui couvrait la tête, et, à *l'obscure clarté qui tombe des étoiles*[3], je vis qu'elle était petite, jeune, bien faite, et qu'elle avait de très grands yeux. Je jetai mon cigare aussitôt. Elle comprit cette attention d'une politesse toute française, et se hâta de me dire qu'elle aimait beaucoup l'odeur du tabac, et que même elle fumait, quand elle trouvait des *papelitos*[4] bien doux. Par bonheur, j'en avais de tels dans mon étui, et je m'empressai de lui en offrir. Elle daigna en prendre un, et l'alluma à un bout de corde enflammée qu'un enfant nous apporta moyennant un sou. Mêlant nos fumées, nous causâmes si longtemps, la belle baigneuse et moi, que nous nous trouvâmes presque seuls sur le quai. Je crus n'être point indiscret en lui offrant d'aller prendre des glaces à la *neveria*[5]. Après une hésitation modeste elle accepta ; mais avant de se décider, elle désira savoir quelle heure il était. Je fis sonner ma montre, et cette sonnerie parut l'étonner beaucoup.

« Quelles inventions on a chez vous, messieurs les étrangers ! De quel pays êtes-vous, monsieur ? Anglais sans doute[6] ?

1. *A la francesa :* à la française. \ **2.** *Mantille :* châle de dentelle noire. \ **3.** *L'obscure clarté qui tombe des étoiles :* citation d'un vers du *Cid* (IV, 3), tragédie de Corneille. \ **4.** *Papelitos :* cigarettes. \ **5.** *Neveria :* café pourvu d'une glacière, ou plutôt d'un dépôt de neige. En Espagne, il n'y a guère de village qui n'ait sa *neveria* [note de Mérimée]. \ **6.** *Anglais sans doute :* en Espagne, tout voyageur qui ne porte pas avec lui des échantillons de calicot ou de soieries passe pour un Anglais, *Inglesito*. Il en est de même en Orient. À Chalcis, j'ai eu l'honneur d'être annoncé comme un Μίλόρδος φραντςεσος [note de Mérimée].

– Français et votre grand serviteur. Et vous mademoiselle, ou madame, vous êtes probablement de Cordoue ?

– Non.

– Vous êtes du moins andalouse. Il me semble le reconnaître à votre doux parler.

– Si vous remarquez si bien l'accent du monde, vous devez bien deviner qui je suis.

– Je crois que vous êtes du pays de Jésus, à deux pas du paradis.

(J'avais appris cette métaphore, qui désigne l'Andalousie, de mon ami Francisco Sevilla[1], picador bien connu.)

– Bah ! le paradis... les gens d'ici disent qu'il n'est pas fait pour nous.

– Alors, vous seriez donc Mauresque, ou... je m'arrêtai, n'osant dire : juive.

– Allons, allons ! vous voyez bien que je suis bohémienne ; voulez-vous que je vous dise *la baji*[2] ? Avez-vous entendu parler de la Carmencita ? C'est moi. »

J'étais alors un tel mécréant[3], il y a de cela quinze ans, que je ne reculai pas d'horreur en me voyant à côté d'une sorcière. « Bon ! me dis-je ; la semaine passée, j'ai soupé avec un voleur de grands chemins, allons aujourd'hui prendre des glaces avec une servante du diable. En voyage il faut tout voir. » J'avais encore un autre motif pour cultiver sa connaissance. Sortant du collège, je l'avouerai à ma honte, j'avais perdu quelque temps à étudier les sciences occultes et même plusieurs fois j'avais tenté de conjurer[4] l'esprit des ténèbres. Guéri depuis longtemps de la passion de semblables recherches, je n'en conservais pas moins un certain attrait de curiosité pour toutes

1. *Francisco Sevilla* (1809-1841) : célèbre picador. \ **2.** *La baji* : la bonne aventure [note de Mérimée]. \ **3.** *Mécréant* : homme qui n'a aucune croyance religieuse. \ **4.** *Conjurer* : invoquer.

les superstitions, et me faisais une fête d'apprendre jusqu'où s'était élevé l'art de la magie parmi les Bohémiens.

Tout en causant, nous étions entrés dans la *neveria*, et nous étions assis à une petite table éclairée par une bougie renfermée dans un globe de verre. J'eus alors tout le loisir d'examiner ma *gitana*, pendant que quelques honnêtes gens s'ébahissaient, en prenant leurs glaces, de me voir en si bonne compagnie.

Je doute fort que Mlle Carmen fût de race pure, du moins elle était infiniment plus jolie que toutes les femmes de sa nation que j'aie jamais rencontrées. Pour qu'une femme soit belle, il faut, disent les Espagnols, qu'elle réunisse trente *si*[1], ou, si l'on veut, qu'on puisse la définir au moyen de dix adjectifs applicables chacun à trois parties de sa personne. Par exemple, elle doit avoir trois choses noires : les yeux, les paupières et les sourcils ; trois fines, les doigts, les lèvres, les cheveux, etc. Voyez Brantôme[2] pour le reste. Ma bohémienne ne pouvait prétendre à tant de perfections. Sa peau, d'ailleurs parfaitement unie, approchait fort de la teinte du cuivre. Ses yeux étaient obliques, mais admirablement fendus ; ses lèvres un peu fortes, mais bien dessinées et laissant voir des dents plus blanches que des amandes sans leur peau. Ses cheveux, peut-être un peu gros, étaient noirs, à reflets bleus comme l'aile d'un corbeau, longs et luisants. Pour ne pas vous fatiguer d'une description trop prolixe[3], je vous dirai en somme qu'à chaque défaut elle réunissait une qualité qui ressortait peut-être plus fortement par le contraste. C'était une beauté étrange et sauvage, une figure qui étonnait d'abord, mais qu'on ne pouvait oublier. Ses yeux surtout avaient une expression à la fois voluptueuse et

1. *Qu'elle réunisse trente si :* qu'elle satisfasse à une trentaine de conditions. \ **2.** *Brantôme* (1538-1614) *:* écrivain français, célèbre pour son ouvrage licencieux intitulé *Vie des dames galantes*. \ **3.** *Prolixe :* inutilement détaillée.

farouche que je n'ai trouvée depuis à aucun regard humain. Œil de bohémien, œil de loup, c'est un dicton espagnol qui dénote une bonne observation. Si vous n'avez pas le temps d'aller au Jardin des plantes[1] pour étudier le regard d'un loup, considérez votre chat quand il guette un moineau.

On sent qu'il eût été ridicule de se faire tirer la bonne aventure[2] dans un café. Aussi je priai la jolie sorcière de me permettre de l'accompagner à son domicile ; elle y consentit sans difficulté, mais elle voulut connaître encore la marche du temps, et me pria de nouveau de faire sonner ma montre.

« Est-elle vraiment d'or ? » dit-elle en la considérant avec une excessive attention.

Quand nous nous remîmes en marche, il était nuit close[3] ; la plupart des boutiques étaient fermées et les rues presque désertes. Nous passâmes le pont du Guadalquivir, et à l'extrémité du faubourg nous nous arrêtâmes devant une maison qui n'avait nullement l'apparence d'un palais. Un enfant nous ouvrit. La bohémienne lui dit quelques mots dans une langue à moi inconnue, que je sus depuis être la *romani* ou *chipe calli*, l'idiome[4] des gitanos. Aussitôt l'enfant disparut, nous laissant dans une chambre assez vaste, meublée d'une petite table, de deux tabourets et d'un coffre. Je ne dois point oublier une jarre d'eau, un tas d'oranges et une botte d'oignons.

Dès que nous fûmes seuls, la bohémienne tira de son coffre des cartes qui paraissaient avoir beaucoup servi, un aimant, un caméléon desséché, et quelques autres objets nécessaires à son art. Puis elle me dit de faire la croix dans ma main gauche avec une pièce de monnaie, et les cérémonies magiques commencèrent. Il est inutile de vous rapporter ses prédictions, et,

1. *Jardin des plantes :* jardin botanique parisien. \ **2.** *Se faire tirer la bonne aventure :* se faire lire l'avenir. \ **3.** *Nuit close :* nuit noire. \ **4.** *Idiome :* langue propre à une communauté.

quant à sa manière d'opérer, il était évident qu'elle n'était pas sorcière à demi.

Malheureusement nous fûmes bientôt dérangés. La porte s'ouvrit tout à coup avec violence, et un homme, enveloppé jusqu'aux yeux dans un manteau brun entra dans la chambre en apostrophant la bohémienne d'une façon peu gracieuse. Je n'entendais pas ce qu'il disait, mais le ton de sa voix indiquait qu'il était de fort mauvaise humeur. À sa vue, la gitana ne montra ni surprise ni colère, mais elle accourut à sa rencontre, et, avec une volubilité [1] extraordinaire, lui adressa quelques phrases dans la langue mystérieuse dont elle s'était déjà servie devant moi. Le mot du *payllo*, souvent répété, était le seul mot que je comprisse. Je savais que les Bohémiens désignent ainsi tout homme étranger à leur race. Supposant qu'il s'agissait de moi, je m'attendais à une explication délicate ; déjà j'avais la main sur le pied d'un des tabourets, et je syllogisais [2] à part moi pour deviner le moment précis où il conviendrait de le jeter à la tête de l'intrus. Celui-ci repoussa rudement la bohémienne, et s'avança vers moi ; puis, reculant d'un pas :

« Ah ! monsieur, dit-il, c'est vous ! »

Je le regardai à mon tour, et reconnus mon ami don José. En ce moment, je regrettais un peu de ne pas l'avoir laissé pendre.

« Eh ! c'est vous, mon brave ! m'écriai-je en riant le moins jaune que je pus [3] ; vous avez interrompu mademoiselle au moment où elle m'annonçait des choses bien intéressantes.

– Toujours la même ! Ça finira », dit-il entre ses dents, attachant sur elle un regard farouche.

Cependant la bohémienne continuait à lui parler dans sa

1. *Volubilité :* abondance et rapidité de paroles. \ **2.** *Syllogisais :* raisonnais de manière ridicule. \ **3.** *En riant le moins jaune que je pus :* le rire jaune est un rire forcé. Le narrateur s'efforce de faire bonne figure.

langue. Elle s'animait par degrés. Son œil s'injectait de sang et devenait terrible, ses traits se contractaient, elle frappait du pied. Il me sembla qu'elle le pressait vivement de faire quelque chose à quoi il montrait de l'hésitation. Ce que c'était, je croyais ne le comprendre que trop à la voir passer et repasser rapidement sa petite main sous son menton. J'étais tenté de croire qu'il s'agissait d'une gorge à couper, et j'avais quelques soupçons que cette gorge ne fût la mienne.

À tout ce torrent d'éloquence, don José ne répondit que par deux ou trois mots prononcés d'un ton bref. Alors la bohémienne lui lança un regard de profond mépris ; puis, s'asseyant à la turque dans un coin de la chambre, elle choisit une orange, la pela et se mit à la manger.

Don José me prit le bras, ouvrit la porte et me conduisit dans la rue. Nous fîmes environ deux cents pas dans le plus profond silence. Puis, étendant la main :

« Toujours tout droit, dit-il, et vous trouverez le pont. »

Aussitôt il me tourna le dos et s'éloigna rapidement. Je revins à mon auberge un peu penaud [1] et d'assez mauvaise humeur. Le pire fut qu'en me déshabillant, je m'aperçus que ma montre me manquait.

Diverses considérations m'empêchèrent d'aller la réclamer le lendemain, ou de solliciter M. le corregidor [2] pour qu'il voulût bien la faire chercher. Je terminai mon travail sur le manuscrit des Dominicains et je partis pour Séville. Après plusieurs mois de courses errantes en Andalousie, je voulus retourner à Madrid, et il me fallut repasser par Cordoue. Je n'avais pas l'intention d'y faire un long séjour, car j'avais pris en grippe cette belle ville et les baigneuses du Guadalquivir. Cependant quelques amis à revoir, quelques commissions à

1. *Penaud :* honteux et confus. \ **2.** *Corregidor :* haut magistrat municipal qui s'occupe des domaines administratifs et judiciaires.

faire devaient me retenir au moins trois ou quatre jours dans l'antique capitale des princes musulmans[1].

Dès que je reparus au couvent des Dominicains, un des pères qui m'avait toujours montré un vif intérêt dans mes recherches sur l'emplacement de Munda, m'accueillit les bras ouverts en s'écriant :

« Loué soit le nom de Dieu ! Soyez le bienvenu, mon cher ami. Nous vous croyions tous mort, et moi, qui vous parle, j'ai récité bien des *pater* et des *ave*[2], que je ne regrette pas, pour le salut de votre âme. Ainsi vous n'êtes pas assassiné, car pour volé nous savons que vous l'êtes ?

– Comment cela ? lui demandai-je un peu surpris.

– Oui, vous savez bien, cette belle montre à répétition que vous faisiez sonner dans la bibliothèque, quand nous vous disions qu'il était temps d'aller au chœur[3]. Eh bien ! elle est retrouvée, on vous la rendra.

– C'est-à-dire, interrompis-je un peu décontenancé, que je l'avais égarée...

– Le coquin est sous les verrous, et, comme on savait qu'il était homme à tirer un coup de fusil à un chrétien pour lui prendre une piécette, nous mourions de peur qu'il ne vous eût tué. J'irai avec vous chez le corregidor, et nous vous ferons rendre votre belle montre. Et puis, avisez-vous de dire là-bas que la justice ne sait pas son métier en Espagne !

– Je vous avoue, lui dis-je, que j'aimerais mieux perdre ma montre que de témoigner en justice pour faire pendre un pauvre diable, surtout parce que... parce que...

– Oh ! n'ayez aucune inquiétude ; il est bien recommandé,

1. *L'antique capitale des princes musulmans :* l'Espagne a vécu sous domination musulmane de 711 à 1492. \ **2.** *Des pater et des ave :* prières chrétiennes du « Notre Père » (*Pater Noster*) et du « Je vous salue Marie » (*Ave Maria*). \ **3.** *Au chœur :* à l'église.

et on ne peut le pendre deux fois. Quand je dis pendre, je me trompe. C'est un hidalgo[1] que votre voleur ; il sera donc *garroté*[2] après-demain sans rémission[3]. Vous voyez qu'un vol de plus ou de moins ne changera rien à son affaire. Plût à Dieu qu'il n'eût que volé ! mais il a commis plusieurs meurtres, tous plus horribles les uns que les autres.

– Comment se nomme-t-il ?

– On le connaît dans le pays sous le nom de José Navarro ; mais il a encore un autre nom basque, que ni vous ni moi ne prononcerons jamais. Tenez, c'est un homme à voir, et vous qui aimez à connaître les singularités du pays, vous ne devez pas négliger d'apprendre comment en Espagne les coquins[4] sortent de ce monde. Il est en chapelle, et le père Martinez vous y conduira. »

Mon Dominicain insista tellement pour que je visse les apprêts du « *petit pendement pien choli*[5] », que je ne pus m'en défendre. J'allai voir le prisonnier, muni d'un paquet de cigares qui, je l'espérais, devaient lui faire excuser mon indiscrétion.

On m'introduisit auprès de don José, au moment où il prenait son repas. Il me fit un signe de tête assez froid, et me remercia poliment du cadeau que je lui apportais. Après avoir compté les cigares du paquet que j'avais mis entre ses mains, il en choisit un certain nombre, et me rendit le reste, observant qu'il n'avait pas besoin d'en prendre davantage.

Je lui demandai si, avec un peu d'argent, ou par le crédit de mes amis, je pourrais obtenir quelque adoucissement à son sort. D'abord il haussa les épaules en souriant avec tristesse ;

1. *Hidalgo :* gentilhomme. \ **2.** *Garroté :* étranglé par un anneau de fer. \ **3.** *Il sera donc garroté après-demain sans rémission :* en 1830, la noblesse jouissait encore de ce privilège. Aujourd'hui, sous le régime constitutionnel, les vilains ont conquis le droit au *garrote* [note de Mérimée]. \ **4.** *Coquins :* bandits. \ **5.** *Petit pendement bien choli :* citation extraite de *Monsieur de Pourceaugnac* (III, 3), comédie de Molière.

bientôt, se ravisant, il me pria de faire dire une messe pour le salut de son âme.

« Voudriez-vous, ajouta-t-il timidement, voudriez-vous en faire dire une autre pour une personne qui vous a offensé ?

– Assurément, mon cher, lui dis-je ; mais personne, que je sache, ne m'a offensé en ce pays. »

Il me prit la main et la serra d'un air grave. Après un moment de silence, il reprit :

« Oserai-je encore vous demander un service ?... Quand vous reviendrez dans votre pays, peut-être passerez-vous par la Navarre : au moins vous passerez par Vittoria[1], qui n'en est pas fort éloignée.

– Oui, lui dis-je, je passerai certainement par Vittoria ; mais il n'est pas impossible que je me détourne pour aller à Pampelune, et, à cause de vous, je crois que je ferai volontiers ce détour.

– Eh bien ! si vous allez à Pampelune, vous y verrez plus d'une chose qui vous intéressera... C'est une belle ville... Je vous donnerai cette médaille (il me montrait une petite médaille d'argent qu'il portait au cou), vous l'envelopperez dans du papier... – il s'arrêta un instant pour maîtriser son émotion... – et vous la remettrez ou vous la ferez remettre à une bonne femme dont je vous dirai l'adresse. – Vous direz que je suis mort, vous ne direz pas comment. »

Je promis d'exécuter sa commission. Je le revis le lendemain, et je passai une partie de la journée avec lui. C'est de sa bouche que j'ai appris les tristes aventures qu'on va lire.

1. *Vittoria :* nom d'une ville navarraise.

III

Je suis né, dit-il, à Elizondo, dans la vallée de Baztán[1]. Je m'appelle don José Lizarrabengoa, et vous connaissez assez l'Espagne, monsieur, pour que mon nom vous dise aussitôt que je suis Basque et vieux chrétien. Si je prends le *don*[2], c'est que j'en ai le droit, et si j'étais à Elizondo, je vous montrerais ma généalogie sur parchemin. On voulait que je fusse d'Église[3], et l'on me fit étudier, mais je ne profitais guère. J'aimais trop à jouer à la paume[4], c'est ce qui m'a perdu. Quand nous jouons à la paume, nous autres Navarrais, nous oublions tout. Un jour que j'avais gagné, un gars de l'Alava me chercha querelle ; nous prîmes nos *maquilas*[5], et j'eus encore l'avantage ; mais cela m'obligea de quitter le pays. Je rencontrai des dragons[6], et je m'engageai dans le régiment d'Almanza, cavalerie. Les gens de nos montagnes apprennent vite le métier de militaire. Je devins bientôt brigadier, et on me promettait de me faire maréchal des logis[7], quand, pour mon malheur, on me mit de garde à la manufacture de tabacs à Séville. Si vous êtes allé à Séville, vous aurez vu ce grand bâtiment-là, hors des remparts, près du Guadalquivir. Il me semble en voir encore la porte et le corps de garde auprès. Quand ils sont de service, les Espagnols jouent aux cartes, ou dorment ; moi, comme un franc Navarrais, je tâchais toujours de m'occuper. Je faisais une chaîne avec du fil de laiton, pour tenir mon épinglette[8]. Tout d'un coup, les camarades disent :

1. *La vallée de Baztán :* la vallée pyrénéenne. \ **2.** *Don :* titre des gentilshommes espagnols. \ **3.** *On voulait que je fusse d'Église :* ma famille voulait faire de moi un ecclésiastique. \ **4.** *Paume :* jeu de balle. \ **5.** *Maquilas :* bâtons ferrés des Basques [note de Mérimée]. \ **6.** *Dragons :* soldats de la cavalerie. \ **7.** *Maréchal des logis :* sous-officier. \ **8.** *Épinglette :* grande épingle servant à déboucher les fusils.

« Voilà la cloche qui sonne ; les filles vont rentrer à l'ouvrage. » Vous saurez, monsieur, qu'il y a bien quatre à cinq cents femmes occupées dans la manufacture. Ce sont elles qui roulent les cigares dans une grande salle, où les hommes n'entrent pas sans une permission du *Vingt-quatre*[1], parce qu'elles se mettent à leur aise, les jeunes surtout, quand il fait chaud. À l'heure où les ouvrières rentrent, après leur dîner, bien des jeunes gens vont les voir passer, et leur en content de toutes les couleurs. Il y a peu de ces demoiselles qui refusent une mantille de taffetas, et les amateurs, à cette pêche-là, n'ont qu'à se baisser pour prendre le poisson. Pendant que les autres regardaient, moi, je restais sur mon banc, près de la porte. J'étais jeune alors ; je pensais toujours au pays, et je ne croyais pas qu'il y eût de jolies filles sans jupes bleues et sans nattes tombant sur les épaules[2]. D'ailleurs, les Andalouses me faisaient peur ; je n'étais pas encore fait à leurs manières : toujours à railler[3], jamais un mot de raison. J'étais donc le nez sur ma chaîne, quand j'entends des bourgeois qui disaient : Voilà la gitanilla[4] ! Je levai les yeux, et je la vis. C'était un vendredi, et je ne l'oublierai jamais. Je vis cette Carmen que vous connaissez, chez qui je vous ai rencontré il y a quelques mois.

Elle avait un jupon rouge fort court qui laissait voir des bas de soie blancs avec plus d'un trou, et des souliers mignons de maroquin[5] rouge attachés avec des rubans couleur de feu. Elle écartait sa mantille afin de montrer ses épaules et un gros bouquet de cassie[6] qui sortait de sa chemise. Elle avait encore une fleur de cassie dans le coin de la bouche, et elle s'avançait

1. *Vingt-quatre :* magistrat chargé de la police et de l'administration municipale [note de Mérimée]. \ **2.** *Jupes bleues, nattes tombant sur les épaules :* costume ordinaire des paysannes de la Navarre et des provinces basques [note de Mérimée]. \ **3.** *Railler :* se moquer. \ **4.** *Gitanilla :* diminutif de gitane. \ **5.** *Maroquin :* variété de cuir. \ **6.** *Cassie :* fleur jaune et parfumée.

en se balançant sur ses hanches comme une pouliche du haras de Cordoue. Dans mon pays, une femme en ce costume aurait obligé le monde à se signer. À Séville, chacun lui adressait quelque compliment gaillard sur sa tournure ; elle répondait à chacun, faisant les yeux en coulisse, le poing sur la hanche, effrontée comme une vraie bohémienne qu'elle était. D'abord elle ne me plut pas, et je repris mon ouvrage ; mais elle, suivant l'usage des femmes et des chats qui ne viennent pas quand on les appelle et qui viennent quand on ne les appelle pas, s'arrêta devant moi et m'adressa la parole :

« Compère[1], me dit-elle à la façon andalouse, veux-tu me donner ta chaîne pour tenir les clefs de mon coffre-fort ?

– C'est pour attacher mon épinglette, lui répondis-je.

– Ton épinglette ! s'écria-t-elle en riant. Ah ! monsieur fait de la dentelle, puisqu'il a besoin d'épingles ! Tout le monde qui était là se mit à rire, et moi je me sentais rougir, et je ne pouvais trouver rien à lui répondre. – Allons, mon cœur, reprit-elle, fais-moi sept aunes[2] de dentelle noire pour une mantille, épinglier de mon âme ! »

Et prenant la fleur de cassie qu'elle avait à la bouche, elle me la lança, d'un mouvement du pouce, juste entre les deux yeux. Monsieur, cela me fit l'effet d'une balle qui m'arrivait… Je ne savais où me fourrer, je demeurais immobile comme une planche. Quand elle fut entrée dans la manufacture, je vis la fleur de cassie qui était tombée à terre entre mes pieds ; je ne sais ce qui me prit, mais je la ramassai sans que mes camarades s'en aperçussent et je la mis précieusement dans ma veste. Première sottise !

Deux ou trois heures après, j'y pensais encore, quand arrive dans le corps de garde un portier tout haletant, la figure

1. *Compère :* camarade. \ **2.** *Aunes :* ancienne mesure de longueur.

renversée. Il nous dit que dans la grande salle des cigares il y avait une femme assassinée, et qu'il fallait y envoyer la garde. Le maréchal me dit de prendre deux hommes et d'y aller voir. Je prends mes hommes et je monte. Figurez-vous, monsieur, qu'entré dans la salle je trouve d'abord trois cents femmes en chemise, ou peu s'en faut, toutes criant, hurlant, gesticulant, faisant un vacarme à ne pas entendre Dieu tonner. D'un côté, il y en avait une, les quatre fers en l'air, couverte de sang, avec un X sur la figure qu'on venait de lui marquer en deux coups de couteau. En face de la blessée, que secouraient les meilleures de la bande, je vois Carmen tenue par cinq ou six commères. La femme blessée criait : « Confession ! confession ! je suis morte ! » Carmen ne disait rien ; elle serait les dents, et roulait des yeux comme un caméléon. « Qu'est-ce que c'est ? » demandai-je. J'eus grand-peine à savoir ce qui s'était passé, car toutes les ouvrières me parlaient à la fois. Il paraît que la femme blessée s'était vantée d'avoir assez d'argent en poche pour acheter un âne au marché de Triana[1]. « Tiens, dit Carmen, qui avait une langue, tu n'as donc pas assez d'un balai ? » L'autre, blessée du reproche, peut-être parce qu'elle se sentait véreuse sur l'article[2], lui répond qu'elle ne se connaissait pas en balais, n'ayant pas l'honneur d'être bohémienne ni filleule de Satan, mais que Mlle Carmencita ferait bientôt connaissance avec son âne, quand M. le corregidor la mènerait à la promenade avec deux laquais par-derrière pour l'émoucher[3]. « Eh bien, moi, dit Carmen, je te ferai des abreuvoirs à mouches sur la joue, et je veux y peindre un damier[4]. » Là-dessus, vli-vlan ! elle commence, avec le

1. *Triana :* ancien quartier gitan de Séville. \ **2.** *Elle se sentait véreuse sur l'article :* elle se sentait malhonnête en la matière. \ **3.** *L'émoucher :* faire fuir les mouches avec un fouet. \ **4.** *Peindre un damier : pintar un javeque*, peindre un chebec. Les chebecs espagnols ont pour la plupart, leur bande peinte à carreaux rouges et blancs [note de Mérimée].

couteau dont elle coupait le bout des cigares, à lui dessiner des croix de Saint-André sur la figure.

Le cas était clair ; je pris Carmen par le bras : « Ma sœur, lui dis-je poliment, il faut me suivre. » Elle me lança un regard comme si elle me reconnaissait ; mais elle dit d'un air résigné : « Marchons. Où est ma mantille ? » Elle la mit sur sa tête de façon à ne montrer qu'un seul de ses grands yeux, et suivit mes deux hommes, douce comme un mouton. Arrivés au corps de garde, le maréchal des logis dit que c'était grave, et qu'il fallait la mener à la prison. C'était encore moi qui devais la conduire. Je la mis entre deux dragons et je marchais derrière comme un brigadier doit faire en semblable rencontre. Nous nous mîmes en route pour la ville. D'abord la bohémienne avait gardé le silence ; mais dans la rue du Serpent, – vous la connaissez, elle mérite bien son nom par les détours qu'elle fait, – dans la rue du Serpent, elle commence par laisser tomber sa mantille sur ses épaules, afin de me montrer son minois enjôleur [1], et, se tournant vers moi autant qu'elle pouvait, elle me dit :

« Mon officier, où me menez-vous ?

– À la prison, ma pauvre enfant, lui répondis-je le plus doucement que je pus, comme un bon soldat doit parler à un prisonnier, surtout à une femme.

– Hélas ! que deviendrai-je ? Seigneur officier, ayez pitié de moi. Vous êtes si jeune, si gentil !... » Puis, d'un ton plus bas : « Laissez-moi m'échapper, dit-elle, je vous donnerai un morceau de la *bar lachi*, qui vous fera aimer de toutes les femmes. »

La *bar lachi*, monsieur, c'est la pierre d'aimant, avec laquelle les Bohémiens prétendent qu'on fait quantité de sortilèges quand on sait s'en servir. Faites-en boire à une femme une

1. *Minois enjôleur :* visage charmant.

pincée râpée dans un verre de vin blanc, elle ne résiste plus. Moi, je lui répondis le plus sérieusement que je pus :

« Nous ne sommes pas ici pour dire des balivernes ; il faut aller à la prison, c'est la consigne, et il n'y a pas de remède. »

Nous autres gens du pays basque, nous avons un accent qui nous fait reconnaître facilement des Espagnols ; en revanche, il n'y en a pas un qui puisse seulement apprendre à dire *baï, jaona* [1]. Carmen donc n'eut pas de peine à deviner que je venais des provinces. Vous saurez que les Bohémiens, monsieur, comme n'étant d'aucun pays, voyageant toujours, parlent toutes les langues, et la plupart sont chez eux en Portugal, en France, dans les provinces, en Catalogne, partout ; même avec les Maures et les Anglais, ils se font entendre. Carmen savait assez bien le basque.

« *Laguna, ene bihotsarena*, camarade de mon cœur, me dit-elle tout à coup, êtes-vous du pays ? »

Notre langue, monsieur, est si belle, que, lorsque nous l'entendons en pays étranger, cela nous fait tressaillir... « Je voudrais avoir un confesseur des provinces », ajouta plus bas le bandit. Il reprit après un silence :

« Je suis d'Elizondo, lui répondis-je en basque, fort ému de l'entendre parler ma langue.

– Moi, je suis d'Etchalar, dit-elle. – C'est un pays à quatre heures de chez nous. – J'ai été emmenée par des Bohémiens à Séville. Je travaillais à la manufacture pour gagner de quoi retourner en Navarre, près de ma pauvre mère qui n'a que moi pour soutien, et un petit *barratcea* [2] avec vingt pommiers à cidre. Ah ! si j'étais au pays, devant la montagne blanche [3] ! On m'a insultée parce que je ne suis pas de ce pays de filous, marchands d'oranges pourries ; et ces gueuses [4] se sont mises

1. *Baï, jaona :* Oui, monsieur [note de Mérimée]. \ **2.** *Barratcea :* enclos, jardin [note de Mérimée]. \ **3.** *La montagne blanche :* les Pyrénées. \ **4.** *Gueuses :* femmes misérables.

toutes contre moi, parce que je leur ai dit que tous leurs *jaques*[1] de Séville, avec leurs couteaux, ne feraient pas peur à un gars de chez nous avec son béret bleu et son *maquila*. Camarade, mon ami, ne ferez-vous rien pour une payse[2] ? »

Elle mentait, monsieur, elle a toujours menti. Je ne sais pas si dans sa vie cette fille-là a jamais dit un mot de vérité ; mais quand elle parlait, je la croyais : c'était plus fort que moi. Elle estropiait le basque, et je la crus Navarraise ; ses yeux seuls et sa bouche et son teint la disaient bohémienne. J'étais fou, je ne faisais plus attention à rien. Je pensais que, si des Espagnols s'étaient avisés de mal parler du pays, je leur aurais coupé la figure, tout comme elle venait de faire à sa camarade. Bref, j'étais comme un homme ivre ; je commençais à dire des bêtises, j'étais tout près d'en faire.

« Si je vous poussais, et si vous tombiez, mon pays, reprit-elle en basque, ce ne serait pas ces deux conscrits[3] de Castillans[4] qui me retiendraient... »

Ma foi, j'oubliai la consigne et tout, et je lui dis :

« Eh bien, m'amie, ma payse, essayez, et que Notre-Dame de la Montagne vous soit en aide ! »

En ce moment, nous passions devant une de ces ruelles étroites comme il y en a tant à Séville. Tout à coup Carmen se retourne et me lance un coup de poing dans la poitrine. Je me laissai tomber exprès à la renverse. D'un bond, elle saute par-dessus moi et se met à courir en nous montrant une paire de jambes !... On dit jambes de Basque : les siennes en valaient bien d'autres... aussi vites que bien tournées. Moi, je me relève aussitôt ; mais je mets ma lance[5] en travers, de façon à barrer la rue, si bien que, de prime abord, les camarades furent

1. *Jaques :* braves, fanfarons [note de Mérimée]. \ **2.** *Payse :* compatriote originaire de la même région. \ **3.** *Conscrits :* soldats nouvellement recrutés. \ **4.** *Castillans :* hommes venant de Castille, province espagnole. \ **5.** *Je mets ma lance :* toute la cavalerie espagnole est armée de lances [note de Mérimée].

arrêtés au moment de la poursuivre. Puis je me mis moi-même à courir, et eux après moi ; mais l'atteindre ! il n'y avait pas de risque, avec nos éperons, nos sabres et nos lances ! En moins de temps que je n'en mets à vous le dire, la prisonnière avait disparu. D'ailleurs, toutes les commères du quartier favorisaient sa fuite, et se moquaient de nous, et nous indiquaient la fausse voie. Après plusieurs marches et contre-marches, il fallut nous en revenir au corps de garde sans un reçu du gouverneur de la prison.

Mes hommes, pour n'être pas punis, dirent que Carmen m'avait parlé basque ; et il ne paraissait pas trop naturel, pour dire la vérité, qu'un coup de poing d'une tant petite fille eût terrassé si facilement un gaillard de ma force. Tout cela parut louche, ou plutôt trop clair. En descendant la garde, je fus dégradé et envoyé pour un mois à la prison. C'était ma première punition depuis que j'étais au service. Adieu les galons [1] de maréchal des logis que je croyais déjà tenir !

Mes premiers jours de prison se passèrent fort tristement. En me faisant soldat, je m'étais figuré que je deviendrais tout au moins officier. Longa, Mina, mes compatriotes, sont bien capitaines généraux ; Chapalangarra [2], qui est un négro [3] comme Mina, et réfugié comme lui dans votre pays, Chapalangarra était colonel, et j'ai joué à la paume vingt fois avec son frère, qui était un pauvre diable comme moi. Maintenant je me disais : tout le temps que tu as servi sans punition, c'est du temps perdu. Te voilà mal noté ; pour te remettre bien dans l'esprit des chefs, il te faudra travailler dix fois plus que lorsque tu es venu comme conscrit ! Et pour quoi me suis-je fait punir ? Pour une coquine de bohémienne qui s'est moquée de

1. *Galons :* signes distinctifs des grades dans l'armée. \ **2.** *Longa, Mina, Chapalangarra :* célèbres généraux ayant résisté aux troupes françaises. \ **3.** *Négro :* noir, c'est-à-dire du parti libéral, à l'inverse des blancs, désignation des royalistes.

moi, et qui, dans ce moment, est à voler dans quelque coin de la ville. Pourtant je ne pouvais m'empêcher de penser à elle. Le croiriez-vous, monsieur ? ses bas de soie troués qu'elle me faisait voir tout en plein en s'enfuyant, je les avais toujours devant les yeux. Je regardais par les barreaux de la prison dans la rue, et, parmi toutes les femmes qui passaient, je n'en voyais pas une seule qui valût cette diable de fille-là. Et puis, malgré moi, je sentais la fleur de cassie qu'elle m'avait jetée, et qui, sèche, gardait toujours sa bonne odeur… S'il y a des sorcières, cette fille-là en était une !

Un jour, le geôlier entre, et me donne un pain d'Alcalá[1]. « Tenez, dit-il, voilà ce que votre cousine vous envoie. » Je pris le pain, fort étonné, car je n'avais pas de cousine à Séville. C'est peut-être une erreur, pensai-je en regardant le pain ; mais il était si appétissant, il sentait si bon, que, sans m'inquiéter de savoir d'où il venait et à qui il était destiné, je résolus de le manger. En voulant le couper, mon couteau rencontra quelque chose de dur. Je regarde, et je trouve une petite lime anglaise qu'on avait glissée dans la pâte avant que le pain fût cuit. Il y avait encore dans le pain une pièce d'or de deux piastres[2]. Plus de doute alors, c'était un cadeau de Carmen. Pour les gens de sa race, la liberté est tout, et ils mettraient le feu à une ville pour s'épargner un jour de prison. D'ailleurs, la commère était fine, et avec ce pain-là on se moquait des geôliers. En une heure, le plus gros barreau était scié avec la petite lime ; et avec la pièce de deux piastres, chez le premier fripier, je changeais ma capote d'uniforme pour un habit bourgeois. Vous pensez bien qu'un homme qui avait déniché maintes fois des aiglons

1. *Alcalá :* Alcalà de los Panaderos, bourg à deux lieues de Séville, où l'on fait des petits pains délicieux. On prétend que c'est à l'eau d'Alcalá qu'ils doivent leur qualité et l'on en apporte tous les jours une grande quantité à Séville [note de Mérimée]. \ **2.** *Piastres :* ancienne unité monétaire.

dans nos rochers ne s'embarrassait guère de descendre dans la rue, d'une fenêtre haute de moins de trente pieds[1] ; mais je ne voulais pas m'échapper. J'avais encore mon honneur de soldat, et déserter me semblait un grand crime. Seulement, je fus touché de cette marque de souvenir. Quand on est en prison, on aime à penser qu'on a dehors un ami qui s'intéresse à vous. La pièce d'or m'offusquait un peu, j'aurais bien voulu la rendre ; mais où trouver mon créancier[2] ? cela ne me semblait pas facile.

Après la cérémonie de la dégradation, je croyais n'avoir plus rien à souffrir ; mais il me restait encore une humiliation à dévorer : ce fut à ma sortie de prison, lorsqu'on me commanda de service et qu'on me mit en faction comme un simple soldat. Vous ne pouvez vous figurer ce qu'un homme de cœur éprouve en pareille occasion. Je crois que j'aurais aimé autant à être fusillé. Au moins on marche seul, en avant de son peloton ; on se sent quelque chose ; le monde vous regarde.

Je fus mis en faction à la porte du colonel. C'était un jeune homme riche, bon enfant, qui aimait à s'amuser. Tous les jeunes officiers étaient chez lui, et force bourgeois, des femmes aussi, des actrices, à ce qu'on disait. Pour moi, il me semblait que toute la ville s'était donné rendez-vous à sa porte pour me regarder. Voilà qu'arrive la voiture du colonel, avec son valet de chambre sur le siège. Qu'est-ce que je vois descendre ?... la gitanilla. Elle était parée, cette fois, comme une châsse[3], pomponnée, attifée, tout or et tout rubans. Une robe à paillettes, des souliers bleus à paillettes aussi, des fleurs et des galons partout. Elle avait un tambour de basque à la main. Avec elle il y avait deux autres bohémiennes, une

1. *Pieds :* ancienne unité de mesure (un pied équivaut à 0,32 mètre).\ **2.** *Créancier :* personne à qui l'on doit de l'argent. \ **3.** *Comme une châsse :* comme un coffret contenant les reliques d'un saint, c'est-à-dire luxueusement.

jeune et une vieille. Il y a toujours une vieille pour les mener ; puis un vieux avec une guitare, bohémien aussi, pour jouer et les faire danser. Vous savez qu'on s'amuse souvent à faire venir des bohémiennes dans les sociétés, afin de leur faire danser la *romalis*, c'est leur danse, et souvent bien autre chose.

Carmen me reconnut, et nous échangeâmes un regard. Je ne sais, mais, en ce moment, j'aurais voulu être à cent pieds sous terre. « *Agur laguna* [1], dit-elle. Mon officier, tu montes la garde comme un conscrit ! » Et, avant que j'eusse trouvé un mot à répondre, elle était dans la maison.

Toute la société était dans le patio [2], et, malgré la foule, je voyais à peu près tout ce qui se passait à travers la grille [3]. J'entendais les castagnettes, le tambour ; les rires et les bravos ; parfois j'apercevais sa tête quand elle sautait avec son tambour. Puis j'entendais encore des officiers qui lui disaient bien des choses qui me faisaient monter le rouge à la figure. Ce qu'elle répondait, je n'en savais rien. C'est de ce jour-là, je pense, que je me mis à l'aimer pour tout de bon ; car l'idée me vint trois ou quatre fois d'entrer dans le patio, et de donner de mon sabre dans le ventre à tous ces freluquets [4] qui lui contaient fleurettes [5]. Mon supplice dura une bonne heure ; puis les bohémiens sortirent, et la voiture les ramena. Carmen, en passant, me regarda encore avec les yeux que vous savez, et me dit très bas : « Pays [6], quand on aime la bonne friture, on en va manger à Triana, chez Lillas Pastia. » Légère

1. *Agur laguna :* bonjour, camarade [note de Mérimée]. \ **2.** *Patio :* cour intérieure d'une maison. \ **3.** *À travers la grille :* la plupart des maisons de Séville ont une cour intérieure entourée de portiques. On s'y tient en été. Cette cour est couverte d'une toile qu'on arrose pendant le jour et qu'on retire le soir. La porte de la rue est presque toujours ouverte, et le passage qui conduit à la cour, *zaguán*, est fermé par une grille en fer très élégamment ouvragée [note de Mérimée]. \ **4.** *Freluquets :* jeunes hommes vaniteux et faibles. \ **5.** *Contaient fleurettes :* tentaient de la séduire. \ **6.** *Pays :* compatriote originaire de la même région, masculin de « payse ».

comme un cabri[1], elle s'élança dans la voiture, le cocher fouetta ses mules, et toute la bande joyeuse s'en alla je ne sais où.

Vous devinez bien qu'en descendant ma garde j'allai à Triana ; mais d'abord je me fis raser et je me brossai comme pour un jour de parade. Elle était chez Lillas Pastia, un vieux marchand de friture, bohémien, noir comme un Maure, chez qui beaucoup de bourgeois venaient manger du poisson frit, surtout, je crois, depuis que Carmen y avait pris ses quartiers.

« Lillas, dit-elle sitôt qu'elle me vit, je ne fais plus rien de la journée. Demain il fera jour[2] ! Allons, pays, allons nous promener. »

Elle mit sa mantille devant son nez, et nous voilà dans la rue, sans savoir où j'allais.

« Mademoiselle, lui dis-je, je crois que j'ai à vous remercier d'un présent que vous m'avez envoyé quand j'étais en prison. J'ai mangé le pain ; la lime me servira pour affiler ma lance, et je la garde comme souvenir de vous ; mais l'argent, le voilà.

– Tiens ! il a gardé l'argent, s'écria-t-elle en éclatant de rire. Au reste, tant mieux, car je ne suis guère en fonds ; mais qu'importe ? chien qui chemine ne meurt pas de famine[3]. Allons, mangeons tout. Tu me régales. »

Nous avions repris le chemin de Séville. À l'entrée de la rue du Serpent, elle acheta une douzaine d'oranges, qu'elle me fit mettre dans mon mouchoir. Un peu plus loin, elle acheta encore un pain, du saucisson, une bouteille de manzanilla[4] ; puis enfin elle entra chez un confiseur. Là, elle jeta sur le comptoir la pièce d'or que je lui avais rendue, une autre

1. *Cabri :* chevreau. \ **2.** *Demain il fera jour : mañana será otro dia* (proverbe espagnol) [note de Mérimée]. \ **3.** *Chien qui chemine ne meurt pas de famine : chuquel sos pirela, Cocal terela. Chien qui marche, os trouve* (proverbe bohémien) [note de Mérimée]. \ **4.** *Manzanilla :* vin blanc de la région de Séville.

encore, qu'elle avait dans sa poche, avec quelque argent blanc ; enfin elle me demanda tout ce que j'avais. Je n'avais qu'une piécette et quelques cuartos [1], que je lui donnai, fort honteux de n'avoir pas davantage. Je crus qu'elle voulait emporter toute la boutique. Elle prit tout ce qu'il y avait de plus beau et de plus cher, *yemas* [2], *turon* [3], fruits confits, tant que l'argent dura. Tout cela, il fallut encore que je le portasse dans des sacs de papier. Vous connaissez peut-être la rue du Candilejo, où il y a une tête du roi don Pedro le Justicier [4]. Elle aurait dû m'inspirer des réflexions. Nous nous arrêtâmes, dans cette rue-là, devant une vieille maison. Elle entra dans l'allée, et frappa au rez-de-chaussée. Une bohémienne, vraie servante de Satan, vint nous ouvrir. Carmen lui dit quelques mots en romani. La vieille grogna d'abord. Pour l'apaiser, Carmen lui donna deux oranges et une poignée de bonbons, et lui permit de goûter au

1. *Cuartos :* monnaie de très faible valeur. \ **2.** *Yemas :* jaunes d'œuf sucrés [note de Mérimée]. \ **3.** *Turon :* espèce de nougat [note de Mérimée]. \ **4.** *Don Pedro le Justicier :* le roi don Pèdre, que nous nommons *le Cruel*, et que la reine Isabelle la Catholique n'appelait jamais que *le Justicier*, aimait à se promener le soir dans les rues de Séville, cherchant les aventures, comme le calife Haroûn-al-Raschid. Certaine nuit, il se prit de querelle, dans une rue écartée, avec un homme qui donnait une sérénade. On se battit, et le roi tua le cavalier amoureux. Au bruit des épées, une vieille femme mit la tête à la fenêtre, et éclaira la scène avec la petite lampe, *candilejo*, qu'elle tenait à la main. Il faut savoir que le roi don Pèdre, d'ailleurs leste et vigoureux, avait un défaut de conformation singulier. Quand il marchait, ses rotules craquaient fortement. La vieille, à ce craquement, n'eut pas de peine à le reconnaître. Le lendemain, le Vingt-quatre en charge vint faire son rapport au roi. « Sire, on s'est battu en duel, cette nuit, dans telle rue. Un des combattants est mort. – Avez-vous découvert le meurtrier ? – Oui, sire. – Pourquoi n'est-il pas déjà puni ? – Sire, j'attends vos ordres. – Exécutez la loi. » Or le roi venait de publier un décret portant que tout duelliste serait décapité, et que sa tête demeurerait exposée sur le lieu du combat. Le Vingt-quatre se tira d'affaire en homme d'esprit. Il fit scier la tête d'une statue du roi, et l'exposa dans une niche au milieu de la rue, théâtre du meurtre. Le roi et tous les Sévillans le trouvèrent fort bon. La rue prit son nom de la lampe de la vieille, seul témoin de l'aventure. Voilà la tradition populaire. Zuñiga raconte l'histoire un peu différemment (voir *Anales de Sevilla*, t. II, p. 136). Quoi qu'il en soit, il existe encore à Séville une rue du Candilejo, et dans cette rue un buste de pierre qu'on dit être le portrait de don Pèdre. Malheureusement, ce buste est moderne. L'ancien était fort usé au XVIIe siècle, et la municipalité d'alors le fit remplacer par celui qu'on voit aujourd'hui [note de Mérimée].

vin. Puis elle lui mit sa mante[1] sur le dos et la conduisit à la porte, qu'elle ferma avec la barre de bois. Dès que nous fûmes seuls, elle se mit à danser et à rire comme une folle, en chantant : « Tu es mon *rom*, je suis ta *romi*[2]. » Moi, j'étais au milieu de la chambre, chargé de toutes ses emplettes[3], ne sachant où les poser. Elle jeta tout par terre, et me sauta au cou, en me disant : « Je paie mes dettes, je paie mes dettes ! c'est la loi des calé[4] ! » Ah ! monsieur, cette journée-là ! cette journée-là !... quand j'y pense, j'oublie celle de demain.

Le bandit se tut un instant ; puis, après avoir rallumé son cigare, il reprit :

Nous passâmes ensemble toute la journée mangeant, buvant, et le reste. Quand elle eut mangé des bonbons comme un enfant de six ans, elle en fourra des poignées dans la jarre d'eau de la vieille. « C'est pour lui faire du sorbet », disait-elle. Elle écrasait des yemas en les lançant contre la muraille. « C'est pour que les mouches nous laissent tranquilles », disait-elle... Il n'y a pas de tour ni de bêtise qu'elle ne fît. Je lui dis que je voudrais la voir danser ; mais où trouver des castagnettes ? Aussitôt elle prend la seule assiette de la vieille, la casse en morceaux, et la voilà qui danse la romalis en faisant claquer les morceaux de faïence aussi bien que si elle avait eu des castagnettes d'ébène[5] ou d'ivoire. On ne s'ennuyait pas auprès de cette fille-là, je vous en réponds. Le soir vint, et j'entendis les tambours qui battaient la retraite.

« Il faut que j'aille au quartier pour l'appel, lui dis-je.

– Au quartier ? dit-elle d'un air de mépris ; tu es donc un

1. *Mante :* long manteau sans manches.\ 2. *Rom :* mari ; *romi :* femme [note de Mérimée]. \ 3. *Emplettes :* achats. \ 4. *Calo* ; féminin *: calli* ; pluriel *: calé*. Mot à mot *: noir*, nom que les bohémiens se donnent dans leur langue [note de Mérimée]. \ 5. *Ebène :* espèce de bois précieux.

nègre, pour te laisser mener à la baguette ? Tu es un vrai canari, d'habit et de caractère[1]. Va, tu as un cœur de poulet. » Je restai, résigné d'avance à la salle de police. Le matin, ce fut elle qui parla la première de nous séparer. « Écoute, Joseito, dit-elle ; t'ai-je payé ? D'après notre loi, je ne te devais rien, puisque tu es un *payllo*, mais tu es un joli garçon, et tu m'as plu. Nous sommes quittes. Bonjour. »

Je lui demandai quand je la reverrais.

« Quand tu seras moins niais », répondit-elle en riant. Puis, d'un ton plus sérieux : « Sais-tu, mon fils, que je crois que je t'aime un peu ? Mais cela ne peut durer. Chien et loup ne font pas longtemps bon ménage. Peut-être que, si tu prenais la loi d'Égypte[2], j'aimerais à devenir ta romi. Mais, ce sont des bêtises : cela ne se peut pas. Bah ! mon garçon, crois-moi, tu en es quitte à bon compte. Tu as rencontré le diable, oui, le diable ; il n'est pas toujours noir, et il ne t'a pas tordu le cou. Je suis habillée de laine, mais je ne suis pas mouton[3]. Va mettre un cierge devant ta *majari*[4] ; elle l'a bien gagné. Allons, adieu encore une fois. Ne pense plus à Carmencita, ou elle te ferait épouser une veuve à jambe de bois[5]. »

En parlant ainsi, elle défaisait la barre qui fermait la porte, et une fois dans la rue elle s'enveloppa dans sa mantille et me tourna les talons.

Elle disait vrai. J'aurais été sage de ne plus penser à elle ; mais, depuis cette journée dans la rue du Candilejo, je ne pouvais plus songer à autre chose. Je me promenais tout le jour, espérant la rencontrer. J'en demandais des nouvelles à la

---

1. *Tu es un vrai canari, d'habit et de caractère :* les dragons espagnols sont habillés de jaune [note de Mérimée]. \ **2.** *Si tu prenais la loi d'Égypte :* si tu devenais gitan. \ **3.** *Je suis habillée de laine, mais je ne suis pas mouton : me dicas vriardâ de jorpoy, bus ne sino braco* (proverbe bohémien) [note de Mérimée]. \ **4.** *Majari :* la sainte – La sainte Vierge [note de Mérimée]. \ **5.** *Une veuve à jambe de bois :* la potence, qui est veuve du dernier pendu [note de Mérimée].

vieille et au marchand de friture. L'un et l'autre répondaient qu'elle était partie pour Laloro[1], c'est ainsi qu'ils appellent le Portugal. Probablement c'était d'après les instructions de Carmen qu'ils parlaient de la sorte, mais je ne tardai pas à savoir qu'ils mentaient. Quelques semaines après ma journée de la rue du Candilejo, je fus de faction à une des portes de la ville. À peu de distance de cette porte, il y avait une brèche qui s'était faite dans le mur d'enceinte ; on y travaillait pendant le jour, et la nuit on y mettait un factionnaire pour empêcher les fraudeurs. Pendant le jour, je vis Lillas Pastia passer et repasser autour du corps de garde, et causer avec quelques-uns de mes camarades ; tous le connaissaient, et ses poissons et ses beignets encore mieux. Il s'approcha de moi et me demanda si j'avais des nouvelles de Carmen.

« Non, lui dis-je.

– Eh bien, vous en aurez, compère. »

Il ne se trompait pas. La nuit, je fus mis de faction à la brèche. Dès que le brigadier se fut retiré, je vis venir à moi une femme. Le cœur me disait que c'était Carmen. Cependant je criai : « Au large ! on ne passe pas !

– Ne faites donc pas le méchant, me dit-elle en se faisant connaître à moi.

– Quoi ! vous voilà, Carmen !

– Oui, mon pays. Parlons peu, parlons bien. Veux-tu gagner un douro[2] ? Il va venir des gens avec des paquets ; laisse-les faire.

– Non, répondis-je. Je dois les empêcher de passer ; c'est la consigne.

– La consigne ! la consigne ! Tu n'y pensais pas rue du Candilejo.

1. *Laloro :* la (terre) rouge [note de Mérimée]. \ **2.** *Douro :* pièce d'argent.

– Ah ! répondis-je, tout bouleversé par ce seul souvenir, cela valait bien la peine d'oublier la consigne ; mais je ne veux pas de l'argent des contrebandiers.

– Voyons, si tu ne veux pas d'argent, veux-tu que nous allions encore dîner chez la vieille Dorothée ?

– Non ! dis-je à moitié étranglé par l'effort que je faisais. Je ne puis pas.

– Fort bien. Si tu es si difficile, je sais à qui m'adresser. J'offrirai à ton officier d'aller chez Dorothée. Il a l'air d'un bon enfant, et il fera mettre en sentinelle un gaillard qui ne verra que ce qu'il faudra voir. Adieu, canari. Je rirai bien le jour où la consigne sera de te pendre. »

J'eus la faiblesse de la rappeler, et je promis de laisser passer toute la bohême[1], s'il le fallait, pourvu que j'obtinsse la seule récompense que je désirais. Elle me jura aussitôt de me tenir parole dès le lendemain, et courut prévenir ses amis, qui étaient à deux pas. Il y en avait cinq, dont était Pastia, tous bien chargés de marchandises anglaises. Carmen faisait le guet. Elle devait avertir avec ses castagnettes dès qu'elle apercevrait la ronde, mais elle n'en eut pas besoin. Les fraudeurs firent leur affaire en un instant.

Le lendemain, j'allai rue du Candilejo. Carmen se fit attendre, et vint d'assez mauvaise humeur. « Je n'aime pas les gens qui se font prier, dit-elle. Tu m'as rendu un plus grand service la première fois, sans savoir si tu y gagnerais quelque chose. Hier, tu as marchandé avec moi. Je ne sais pas pourquoi je suis venue car je ne t'aime plus. Tiens, va-t'en, voilà un douro pour ta peine. » Peu s'en fallut que je ne lui jetasse la pièce à la tête, et je fus obligé de faire un effort violent sur moi-même pour ne pas la battre. Après nous être disputés pendant

1. *Toute la bohême :* tous les bohémiens.

une heure, je sortis furieux. J'errai quelque temps par la ville, marchant deçà et delà comme un fou ; enfin j'entrai dans une église, et, m'étant mis dans le coin le plus obscur, je pleurai à chaudes larmes. Tout d'un coup j'entends une voix : « Larmes de dragon ! j'en veux faire un philtre[1]. » Je lève les yeux, c'était Carmen en face de moi. « Eh bien, mon pays, m'en voulez-vous encore ? me dit-elle. Il faut bien que je vous aime, malgré que j'en aie, car, depuis que vous m'avez quittée, je ne sais ce que j'ai. Voyons, maintenant c'est moi qui te demande si tu veux venir rue du Candilejo. » Nous fîmes donc la paix ; mais Carmen avait l'humeur comme est le temps chez nous. Jamais l'orage n'est si près dans nos montagnes que lorsque le soleil est le plus brillant. Elle m'avait promis de me revoir une autre fois chez Dorothée, et elle ne vint pas. Et Dorothée me dit de plus belle qu'elle était allée à Laloro pour les affaires d'Égypte.

Sachant déjà par expérience à quoi m'en tenir là-dessus, je cherchais Carmen partout où je croyais qu'elle pouvait être, et je passais vingt fois par jour dans la rue du Candilejo. Un soir, j'étais chez Dorothée, que j'avais presque apprivoisée en lui payant de temps à autre quelque verre d'anisette, lorsque Carmen entra suivie d'un jeune homme, lieutenant dans notre régiment. « Va-t'en vite, me dit-elle en basque. » Je restai stupéfait, la rage dans le cœur. « Qu'est-ce que tu fais ici ? me dit le lieutenant. Décampe, hors d'ici ! » Je ne pouvais faire un pas ; j'étais comme perclus[2]. L'officier, en colère, voyant que je ne me retirais pas, et que je n'avais pas même ôté mon bonnet de police, me prit au collet et me secoua rudement. Je ne sais ce que je lui dis. Il tira son épée, et je dégainai. La vieille me saisit le bras, et le lieutenant me donna un coup au

1. *Philtre :* breuvage magique. \ **2.** *Perclus :* paralysé.

front, dont je porte encore la marque. Je reculai, et d'un coup de coude je jetai Dorothée à la renverse ; puis, comme le lieutenant me poursuivait, je lui mis la pointe au corps, et il s'enferra[1]. Carmen alors éteignit la lampe, et dit dans sa langue à Dorothée de s'enfuir. Moi-même je me sauvai dans la rue, et me mis à courir sans savoir où. Il me semblait que quelqu'un me suivait. Quand je revins à moi, je trouvai que Carmen ne m'avait pas quitté. « Grand niais de canari ! me dit-elle, tu ne sais faire que des bêtises. Aussi bien, je te l'ai dit que je te porterais malheur. Allons, il y a remède à tout, quand on a pour bonne amie une Flamande de Rome[2]. Commence par mettre ce mouchoir sur ta tête, et jette-moi ce ceinturon. Attends-moi dans cette allée. Je reviens dans deux minutes. » Elle disparut, et me rapporta bientôt une mante rayée qu'elle était allée chercher je ne sais où. Elle me fit quitter mon uniforme, et mettre la mante par-dessus ma chemise. Ainsi accoutré[3], avec le mouchoir dont elle avait bandé la plaie que j'avais à la tête, je ressemblais assez à un paysan valencien, comme il y en a à Séville, qui viennent vendre leur orgeat de *chufas*[4]. Puis elle me mena dans une maison assez semblable à celle de Dorothée, au fond d'une petite ruelle. Elle et une autre bohémienne me lavèrent, me pansèrent mieux que n'eût pu le faire un chirurgien-major, me firent boire je ne sais quoi ; enfin, on me mit sur un matelas, et je m'endormis.

Probablement ces femmes avaient mêlé dans ma boisson quelques-unes de ces drogues assoupissantes dont elles ont le

1. *Il s'enferra :* il tomba sur son épée. \ **2.** *Flamande de Rome : flamenca de Roma.* Terme d'argot qui désigne les bohémiennes. *Roma* ne veut pas dire ici la ville éternelle, mais la nation des Romi ou des *gens mariés*, nom que se donnent les bohémiens. Les premiers qu'on vit en Espagne venaient probablement des Pays-Bas, d'où est venu leur nom de *Flamands* [note de Mérimée]. \ **3.** *Accoutré :* déguisé de manière ridicule. \ **4.** *Chufas :* racine bulbeuse dont on fait une boisson assez agréable [note de Mérimée].

secret, car je ne m'éveillai que fort tard le lendemain. J'avais un grand mal de tête et un peu de fièvre. Il fallut quelque temps pour que le souvenir me revînt de la terrible scène où j'avais pris part la veille. Après avoir pansé ma plaie, Carmen et son amie, accroupies toutes les deux sur les talons auprès de mon matelas, échangèrent quelques mots en *chipe calli*, qui paraissaient être une consultation médicale. Puis toutes les deux m'assurèrent que je serais guéri avant peu, mais qu'il fallait quitter Séville le plus tôt possible ; car, si l'on m'y attrapait, j'y serais fusillé sans rémission. « Mon garçon, me dit Carmen, il faut que tu fasses quelque chose ; maintenant que le roi ne te donne plus ni riz ni merluche[1], il faut que tu songes à gagner ta vie. Tu es trop bête pour voler *a pastesas*[2], mais tu es leste et fort : si tu as du cœur, va-t'en à la côte, et fais-toi contrebandier. Ne t'ai-je pas promis de te faire pendre ? Cela vaut mieux que d'être fusillé. D'ailleurs, si tu sais t'y prendre, tu vivras comme un prince, aussi longtemps que les miñons[3] et les gardes-côtes ne te mettront pas la main sur le collet. »

Ce fut de cette façon engageante que cette diable de fille me montra la nouvelle carrière qu'elle me destinait, la seule, à vrai dire, qui me restât, maintenant que j'avais encouru la peine de mort. Vous le dirai-je, monsieur ? elle me détermina sans beaucoup de peine. Il me semblait que je m'unissais à elle plus intimement par cette vie de hasards et de rébellion. Désormais je crus m'assurer son amour. J'avais entendu souvent parler de quelques contrebandiers qui parcouraient l'Andalousie, montés sur un bon cheval, l'espingole au poing, leur maîtresse en croupe. Je me voyais déjà trottant par monts et par vaux

1. *Merluche :* nourriture ordinaire du soldat espagnol [note de Mérimée]. \ **2.** *Voler a pastesas : ustilar a pastesas*, voler avec adresse, dérober sans violence [note de Mérimée]. \ **3.** *Miñons :* espèce de corps franc [note de Mérimée].

avec la gentille bohémienne derrière moi. Quand je lui parlais de cela, elle riait à se tenir les côtés, et me disait qu'il n'y a rien de si beau qu'une nuit passée au bivouac[1], lorsque chaque rom se retire avec sa romi sous sa petite tente formée de trois cerceaux, avec une couverture par-dessus.

« Si je tiens jamais dans la montagne, lui disais-je, je serai sûr de toi ! Là, il n'y a pas de lieutenant pour partager avec moi.

– Ah ! tu es jaloux, répondait-elle. Tant pis pour toi. Comment es-tu assez bête pour cela ? Ne vois-tu pas que je t'aime, puisque je ne t'ai jamais demandé d'argent ? »

Lorsqu'elle parlait ainsi, j'avais envie de l'étrangler.

Pour le faire court[2], monsieur, Carmen me procura un habit bourgeois, avec lequel je sortis de Séville sans être reconnu. J'allai à Jerez[3] avec une lettre de Pastia pour un marchand d'anisette chez qui se réunissaient des contrebandiers. On me présenta à ces gens-là, dont le chef, surnommé le Dancaïre, me reçut dans sa troupe. Nous partîmes pour Gaucin[4], où je retrouvai Carmen, qui m'y avait donné rendez-vous. Dans les expéditions, elle servait d'espion à nos gens, et de meilleur il n'y en eut jamais. Elle revenait de Gibraltar, et déjà elle avait arrangé avec un patron de navire l'embarquement de marchandises anglaises que nous devions recevoir sur la côte. Nous allâmes les attendre près d'Estepona[5], puis nous en cachâmes une partie dans la montagne ; chargés du reste, nous nous rendîmes à Ronda. Carmen nous y avait précédés. Ce fut elle encore qui nous indiqua le moment où nous entrerions en ville. Ce premier voyage et quelques autres après furent heureux. La vie de contrebandier me plaisait mieux que la vie de soldat ;

1. *Bivouac :* campement. \ **2.** *Pour le faire court :* en quelques mots. \ **3.** *Jerez :* ville d'Andalousie, à cinquante kilomètres au sud de Séville. \ **4.** *Gaucin :* petite ville au nord de Gibraltar. \ **5.** *Estepona :* port au nord de Gibraltar.

je faisais des cadeaux à Carmen. J'avais de l'argent et une maîtresse. Je n'avais guère de remords, car, comme disent les bohémiens : Gale avec plaisir ne démange pas[1]. Partout nous étions bien reçus ; mes compagnons me traitaient bien, et même me témoignaient de la considération. La raison, c'était que j'avais tué un homme, et parmi eux il y en avait qui n'avaient pas un pareil exploit sur la conscience. Mais ce qui me touchait davantage dans ma nouvelle vie, c'est que je voyais souvent Carmen. Elle me montrait plus d'amitié que jamais ; cependant, devant les camarades, elle ne convenait pas qu'elle était ma maîtresse ; et même, elle m'avait fait jurer par toutes sortes de serments de ne rien leur dire sur son compte. J'étais si faible devant cette créature, que j'obéissais à tous ses caprices. D'ailleurs, c'était la première fois qu'elle se montrait à moi avec la réserve d'une honnête femme, et j'étais assez simple pour croire qu'elle s'était véritablement corrigée de ses façons d'autrefois.

Notre troupe, qui se composait de huit ou dix hommes, ne se réunissait guère que dans les moments décisifs, et d'ordinaire nous étions dispersés deux à deux, trois à trois, dans les villes et les villages. Chacun de nous prétendait avoir un métier : celui-ci était chaudronnier, celui-là maquignon[2] ; moi, j'étais marchand de merceries[3], mais je ne me montrais guère dans les gros endroits, à cause de ma mauvaise affaire de Séville. Un jour, ou plutôt une nuit, notre rendez-vous était au bas de Véger[4]. Le Dancaïre et moi nous nous y trouvâmes avant les autres. Il paraissait fort gai. « Nous allons avoir un camarade de plus, me dit-il. Carmen vient de faire un de ses meilleurs tours. Elle vient de faire échapper son rom qui était au presidio[5] à Tarifa. »

1. *Gale avec plaisir ne démange pas : sarapia sat pesquital ne punzava* [note de Mérimée]. \ **2.** *Maquignon :* marchand de chevaux. \ **3.** *Merceries :* marchandises servant aux travaux de couture. \ **4.** *Véger :* ville sur la route de Cadix. \ **5.** *Au presidio :* en prison.

Je commençais déjà à comprendre le bohémien, que parlaient presque tous mes camarades, et ce mot de rom me causa un saisissement. « Comment ! son mari ! elle est donc mariée ? demandai-je au capitaine.

– Oui, répondit-il, à Garcia le Borgne, un bohémien aussi futé qu'elle. Le pauvre garçon était aux galères. Carmen a si bien embobeliné[1] le chirurgien du presidio, qu'elle en a obtenu la liberté de son rom. Ah ! cette fille-là vaut son pesant d'or. Il y a deux ans qu'elle cherche à le faire évader. Rien n'a réussi, jusqu'à ce qu'on s'est avisé de changer le major. Avec celui-ci, il paraît qu'elle a trouvé bien vite le moyen de s'entendre. » Vous vous imaginez le plaisir que me fit cette nouvelle. Je vis bientôt Garcia le Borgne ; c'était bien le plus vilain monstre que la bohême ait nourri : noir de peau et plus noir d'âme, c'était le plus franc[2] scélérat que j'aie rencontré dans ma vie. Carmen vint avec lui ; et, lorsqu'elle l'appelait son rom devant moi, il fallait voir les yeux qu'elle me faisait, et ses grimaces quand Garcia tournait la tête. J'étais indigné, et je ne lui parlai pas de la nuit. Le matin nous avions fait nos ballots[3], et nous étions déjà en route, quand nous nous aperçûmes qu'une douzaine de cavaliers étaient à nos trousses. Les fanfarons Andalous, qui ne parlaient que de tout massacrer, firent aussitôt piteuse[4] mine. Ce fut un sauve-qui-peut général. Le Dancaïre, Garcia, un joli garçon d'Ecija[5], qui s'appelait le Remendado, et Carmen ne perdirent pas la tête. Le reste avait abandonné les mulets, et s'était jeté dans les ravins où les chevaux ne pouvaient les suivre. Nous ne pouvions conserver nos bêtes, et nous nous hâtâmes de défaire le meilleur de notre butin, et de le charger sur nos épaules, puis nous essayâmes de nous sauver au travers des rochers par les pentes les plus

1. *Embobeliné :* dupé. \ **2.** *Franc :* véritable. \ **3.** *Ballots :* paquets. \ **4.** *Piteuse :* pitoyable. \ **5.** *Ecija :* ville à l'est de Séville.

raides. Nous jetions nos ballots devant nous, et nous les suivions de notre mieux en glissant sur les talons. Pendant ce temps-là, l'ennemi nous canardait[1], c'était la première fois que j'entendais siffler les balles, et cela ne me fit pas grand-chose. Quand on est en vue d'une femme, il n'y a pas de mérite à se moquer de la mort. Nous nous échappâmes, excepté le pauvre Remendado, qui reçut un coup de feu dans les reins. Je jetai mon paquet, et j'essayai de le prendre. « Imbécile ! me cria Garcia, qu'avons-nous à faire d'une charogne ? achève-le et ne perds pas les bas de coton.

– Jette-le ! Jette-le », me criait Carmen. La fatigue m'obligea de le déposer un moment à l'abri d'un rocher. Garcia s'avança, et lui lâcha son espingole dans la tête. « Bien habile qui le reconnaîtrait maintenant, dit-il en regardant sa figure que douze balles avaient mise en morceaux. – Voilà, monsieur, la belle vie que j'ai menée. Le soir, nous nous trouvâmes dans un hallier[2], épuisés de fatigue, n'ayant rien à manger et ruinés par la perte de nos mulets. Que fit cet infernal Garcia ? il tira un paquet de cartes de sa poche, et se mit à jouer avec le Dancaïre à la lueur d'un feu qu'ils allumèrent. Pendant ce temps-là, moi, j'étais couché, regardant les étoiles, pensant au Remendado, et me disant que j'aimerais autant être à sa place. Carmen était accroupie près de moi, et de temps en temps elle faisait un roulement de castagnettes en chantonnant. Puis, s'approchant comme pour me parler à l'oreille, elle m'embrassa, presque malgré moi, deux ou trois fois. « Tu es le diable, lui disais-je. – Oui », me répondait-elle.

Après quelques heures de repos, elle s'en fut à Gaucin, et le lendemain matin un petit chevrier[3] vint nous porter du pain. Nous demeurâmes là tout le jour, et la nuit nous nous rappro-

1. *Canardait :* tirait dessus (familier). \ **2.** *Hallier :* gros buisson épais. \ **3.** *Chevrier :* gardien de chèvres.

châmes de Gaucin. Nous attendions des nouvelles de Carmen. Rien ne venait. Au jour, nous voyons un muletier qui menait une femme bien habillée, avec un parasol, et une petite fille qui paraissait sa domestique. Garcia nous dit : « Voilà deux mules et deux femmes que saint Nicolas nous envoie ; j'aimerais mieux quatre mules ; n'importe, j'en fais mon affaire ! » Il prit son espingole et descendit vers le sentier en se cachant dans les broussailles. Nous le suivions, le Dancaïre et moi, à peu de distance. Quand nous fûmes à portée, nous nous montrâmes, et nous criâmes au muletier de s'arrêter. La femme, en nous voyant, au lieu de s'effrayer, et notre toilette aurait suffi pour cela, fait un grand éclat de rire. « Ah ! les *lilipendi* qui me prennent pour une *erani*[1] ! » C'était Carmen, mais si bien déguisée, que je ne l'aurais pas reconnue parlant une autre langue. Elle sauta en bas de sa mule, et causa quelque temps à voix basse avec le Dancaïre et Garcia, puis elle me dit : « Canari, nous nous reverrons avant que tu sois pendu. Je vais à Gibraltar pour les affaires d'Égypte. Vous entendrez bientôt parler de moi. » Nous nous séparâmes après qu'elle nous eut indiqué un lieu où nous pourrions trouver un abri pour quelques jours. Cette fille était la providence de notre troupe. Nous reçûmes bientôt quelque argent qu'elle nous envoya, et un avis qui valait mieux pour nous : c'était que tel jour partiraient deux milords[2] anglais, allant de Gibraltar à Grenade par tel chemin. À bon entendeur, salut. Ils avaient de belles et bonnes guinées[3]. Garcia voulait les tuer, mais le Dancaïre et moi nous nous y opposâmes. Nous ne leur prîmes que l'argent et les montres, outre les chemises, dont nous avions grand besoin.

1. *Les lilipendi qui me prennent pour une erani :* les imbéciles qui me prennent pour une femme comme il faut [note de Mérimée]. \ **2.** *Milords :* gentilshommes. \ **3.** *Guinées :* unité monétaire anglaise.

Monsieur, on devient coquin sans y penser. Une jolie fille vous fait perdre la tête, on se bat pour elle, un malheur arrive, il faut vivre à la montagne, et de contrebandier on devient voleur avant d'avoir réfléchi. Nous jugeâmes qu'il ne faisait pas bon pour nous dans les environs de Gibraltar après l'affaire des milords, et nous nous enfonçâmes dans la sierra de Ronda. – Vous m'avez parlé de José-Maria ; tenez, c'est là que j'ai fait connaissance avec lui. Il menait sa maîtresse dans ses expéditions. C'était une jolie fille, sage, modeste, de bonnes manières ; jamais un mot malhonnête, et un dévouement !... En revanche, il la rendait bien malheureuse. Il était toujours à courir après toutes les filles, il la malmenait, puis quelquefois il s'avisait de faire le jaloux. Une fois, il lui donna un coup de couteau. Eh bien, elle ne l'en aimait que davantage. Les femmes sont ainsi faites, les Andalouses surtout. Celle-là était fière de la cicatrice qu'elle avait au bras, et la montrait comme la plus belle chose du monde. Et puis José-Maria, par-dessus le marché, était le plus mauvais camarade !... Dans une expédition que nous fîmes, il s'arrangea si bien, que tout le profit lui en demeura, à nous les coups et l'embarras de l'affaire. Mais je reprends mon histoire. Nous n'entendions plus parler de Carmen. Le Dancaïre dit : « Il faut qu'un de nous aille à Gibraltar pour en avoir des nouvelles ; elle doit avoir préparé quelque affaire. J'irais bien, mais je suis trop connu à Gibraltar. » Le borgne dit : « Moi aussi, on m'y connaît, j'y ai fait tant de farces aux Écrevisses[1] ! et, comme je n'ai qu'un œil, je suis difficile à déguiser. – Il faut donc que j'y aille ? dis-je à mon tour, enchanté à la seule idée de revoir Carmen ; voyons, que faut-il faire ? » Les autres me dirent :

« Fais tant que de t'embarquer ou de passer par Saint-Roc[2], comme tu aimeras le mieux, et, lorsque tu seras à Gibraltar,

1. *Écrevisses :* nom que le peuple en Espagne donne aux Anglais à cause de la couleur de leur uniforme [note de Mérimée]. \ **2.** *Saint-Roc :* ou San Roque, ville située au nord de Gibraltar.

demande sur le port où demeure une marchande de chocolat qui s'appelle la Rollona ; quand tu l'auras trouvée, tu sauras d'elle ce qui se passe là-bas. » Il fut convenu que nous partirions tous les trois pour la sierra de Gaucin, que j'y laisserais mes deux compagnons, et que je me rendrais à Gibraltar comme un marchand de fruits. À Ronda, un homme qui était à nous m'avait procuré un passeport ; à Gaucin, on me donna un âne : je le chargeai d'oranges et de melons, et je me mis en route. Arrivé à Gibraltar, je trouvai qu'on y connaissait bien la Rollona, mais elle était morte ou elle était allée à *finibus terræ*[1], et sa disparition expliquait, à mon avis, comment nous avions perdu notre moyen de correspondre avec Carmen. Je mis mon âne dans une écurie, et, prenant mes oranges, j'allais par la ville comme pour les vendre, mais, en effet[2], pour voir si je ne rencontrerais pas quelque figure de connaissance. Il y a là force canaille de tous les pays du monde, et c'est la tour de Babel[3], car on ne saurait faire dix pas dans une rue sans entendre parler autant de langues. Je voyais bien des gens d'Égypte, mais je n'osais guère m'y fier ; je les tâtais, et ils me tâtaient. Nous devinions bien que nous étions des coquins ; l'important était de savoir si nous étions de la même bande. Après deux jours passés en courses inutiles, je n'avais rien appris touchant la Rollona ni Carmen, et je pensais à retourner auprès de mes camarades après avoir fait quelques emplettes, lorsqu'en me promenant dans une rue, au coucher du soleil, j'entends une voix de femme d'une fenêtre qui me dit : « Marchand d'oranges !... » Je lève la tête, et je vois à un balcon Carmen, accoudée avec un officier en rouge, épaulettes d'or, cheveux frisés, tournure d'un gros milord. Pour elle, elle était habillée

1. *À finibus terræ :* aux galères, ou bien à tous les diables [note de Mérimée]. \ **2.** *En effet :* en réalité. \ **3.** *Tour de Babel :* allusion au récit de l'origine des différentes langues vivantes dans *La Bible*.

superbement : un châle sur les épaules, un peigne d'or, tout en soie ; et la bonne pièce, toujours la même ! riait à se tenir les côtés. L'Anglais, en baragouinant[1] l'espagnol, me cria de monter, que madame voulait des oranges ; et Carmen me dit en basque : « Monte, et ne t'étonne de rien. » Rien, en effet, ne devait m'étonner de sa part. Je ne sais si j'eus plus de joie que de chagrin en la retrouvant. Il y avait à la porte un grand domestique anglais, poudré, qui me conduisit dans un salon magnifique. Carmen me dit aussitôt en basque :

« Tu ne sais pas un mot d'espagnol, tu ne me connais pas. » Puis, se tournant vers l'Anglais : « Je vous le disais bien, je l'ai tout de suite reconnu pour un Basque ; vous allez entendre quelle drôle de langue. Comme il a l'air bête, n'est-ce pas ? On dirait un chat surpris dans un garde-manger.

– Et toi, lui dis-je dans ma langue, tu as l'air d'une effrontée coquine, et j'ai bien envie de te balafrer la figure devant ton galant.

– Mon galant ! dit-elle, tiens, tu as deviné cela tout seul ? Et tu es jaloux de cet imbécile-là ? Tu es encore plus niais qu'avant nos soirées de la rue du Candilejo. Ne vois-tu pas, sot que tu es, que je fais en ce moment les affaires d'Égypte, et de la façon la plus brillante. Cette maison est à moi, les guinées de l'écrevisse seront à moi ; je le mène par le bout du nez ; je le mènerai d'où il ne sortira jamais.

– Et moi, lui dis-je, si tu fais encore les affaires d'Égypte de cette manière-là, je ferai si bien que tu ne recommenceras plus.

– Ah ! oui-dà ! Es-tu mon rom, pour me commander ? Le Borgne le trouve bon, qu'as-tu à y voir ? Ne devrais-tu pas être bien content d'être le seul qui se puisse dire mon *minchorrò*[2] ?

– Qu'est-ce qu'il dit ? demanda l'Anglais.

1. *Baragouinant :* parlant de manière incorrecte.\ **2.** *Mon minchorrò :* mon amant, ou plutôt mon caprice [note de Mérimée].

– Il dit qu'il a soif et qu'il boirait bien un coup », répondit Carmen. Et elle se renversa sur un canapé en éclatant de rire à sa traduction.

Monsieur, quand cette fille-là riait, il n'y avait pas moyen de parler raison. Tout le monde riait avec elle. Ce grand Anglais se mit à rire aussi, comme un imbécile qu'il était, et ordonna qu'on m'apportât à boire.

Pendant que je buvais : « Vois-tu cette bague qu'il a au doigt ? dit-elle ; si tu veux, je te la donnerai. »

Moi je répondis : « Je donnerais un doigt pour tenir ton milord dans la montagne, chacun un maquila au poing.

– Maquila, qu'est-ce que cela veut dire ? demanda l'Anglais.

– Maquila, dit Carmen riant toujours, c'est une orange. N'est-ce pas un bien drôle de mot pour une orange ? Il dit qu'il voudrait vous faire manger du maquila.

– Oui ? dit l'Anglais. Eh bien ? apporte encore demain du maquila. » Pendant que nous parlions, le domestique entra et dit que le dîner était prêt. Alors l'Anglais se leva, me donna une piastre, et offrit son bras à Carmen, comme si elle ne pouvait pas marcher seule. Carmen, riant toujours, me dit : « Mon garçon, je ne puis t'inviter à dîner ; mais demain, dès que tu entendras le tambour pour la parade, viens ici avec des oranges. Tu trouveras une chambre mieux meublée que celle de la rue du Candilejo, et tu verras si je suis toujours ta Carmencita. Et puis nous parlerons des affaires d'Égypte. » Je ne répondis rien, et j'étais dans la rue que l'Anglais me criait : « Apportez demain du maquila ! » et j'entendais les éclats de rire de Carmen.

Je sortis ne sachant ce que je ferais, je ne dormis guère, et le matin je me trouvais si en colère contre cette traîtresse, que j'avais résolu de partir de Gibraltar sans la revoir ; mais, au premier roulement de tambour, tout mon courage m'abandonna : je pris ma natte[1] d'oranges et je courus chez Carmen. Sa jalousie était entrouverte, et je vis son grand œil noir qui me guettait. Le domestique poudré m'introduisit aussitôt ; Carmen lui donna une commission, et dès que nous fûmes seuls, elle partit d'un de ses éclats de rire de crocodile, et se jeta à mon cou. Je ne l'avais jamais vue si belle. Parée comme une madone[2], parfumée… des meubles de soie, des rideaux brodés… ah !… et moi fait comme un voleur que j'étais. « Minchorrò ! disait Carmen, j'ai envie de tout casser ici, de mettre le feu à la maison, et de m'enfuir à la sierra. » Et c'étaient des tendresses !… et puis des rires !… et elle dansait, et elle déchirait ses falbalas[3] : jamais singe ne fit plus de gambades, de grimaces, de diableries. Quand elle eut repris son sérieux : « Écoute, me dit-elle, il s'agit de l'Égypte. Je veux qu'il me mène à Ronda, où j'ai une sœur religieuse… (Ici nouveaux éclats de rire.) Nous passons par un endroit que je te ferai dire. Vous tombez sur lui : pillé rasibus[4] ! Le mieux serait de l'escoffier[5] ; mais, ajouta-t-elle avec un sourire diabolique qu'elle avait dans de certains moments, et ce sourire-là, personne n'avait alors envie de l'imiter, – sais-tu ce qu'il faudrait faire ? Que le Borgne paraisse le premier. Tenez-vous un peu en arrière ; l'écrevisse est brave et adroit : il a de bons pistolets… Comprends-tu ?… »

Elle s'interrompit par un nouvel éclat de rire qui me fit frissonner.

« Non, lui dis-je : je hais Garcia, mais c'est mon camarade. Un jour peut-être je t'en débarrasserai, mais nous règlerons nos comptes à la façon de mon pays. Je ne suis Égyptien que par hasard ; et, pour certaines choses, je serai toujours franc Navarrais, comme dit le proverbe[6]. »

1. *Natte :* panier. \ **2.** *Madone :* représentation de la Vierge. \ **3.** *Falbalas :* volants qui ornent le bas d'une robe. \ **4.** *Pillé rasibus :* mis au ras du sol. \ **5.** *L'escoffier :* le tuer. \ **6.** *Franc Navarrais : Navarro fino* [note de Mérimée].

Elle reprit : « Tu es une bête, un niais, un vrai *payllo*. Tu es comme le nain qui se croit grand quand il a pu cracher loin[1]. Tu ne m'aimes pas, va-t'en. »

Quand elle me disait : « Va-t'en », je ne pouvais m'en aller. Je promis de partir, de retourner auprès de mes camarades et d'attendre l'Anglais ; de son côté, elle me promit d'être malade jusqu'au moment de quitter Gibraltar pour Ronda. Je demeurai encore deux jours à Gibraltar. Elle eut l'audace de me venir voir déguisée dans mon auberge. Je partis ; moi aussi j'avais mon projet. Je retournai à notre rendez-vous, sachant le lieu et l'heure où l'Anglais et Carmen devaient passer. Je trouvai le Dancaïre et Garcia qui m'attendaient. Nous passâmes la nuit dans un bois auprès d'un feu de pommes de pin qui flambait à merveille. Je proposai à Garcia de jouer aux cartes. Il accepta. À la seconde partie, je lui dis qu'il trichait ; il se mit à rire. Je lui jetai les cartes à la figure. Il voulut prendre son espingole ; je mis le pied dessus, et je lui dis : « On dit que tu sais jouer du couteau comme le meilleur jaque[2] de Málaga, veux-tu t'essayer avec moi ? » Le Dancaïre voulut nous séparer. J'avais donné deux ou trois coups de poing à Garcia. La colère l'avait rendu brave ; il avait tiré son couteau, moi le mien. Nous dîmes tous deux au Dancaïre de nous laisser place libre et franc jeu. Il vit qu'il n'y avait pas moyen de nous arrêter, et il s'écarta. Garcia était déjà ployé[3] en deux comme un chat prêt à l'élancer contre une souris. Il tenait son chapeau de la main gauche pour parer[4], son couteau en avant. C'est leur garde andalouse. Moi, je me mis à la navarraise[5], droit en face de lui, le bras gauche levé, la jambe gauche en avant, le couteau le long de la cuisse droite. Je me sentais

1. *Tu es comme le nain qui se croit grand quand il a pu cracher loin : or esorjié de or narsichislé, sin chismar lachinguel.* Proverbe bohémien. La promesse d'un nain, c'est de cracher loin [note de Mérimée]. \ **2.** *Jaque :* brave, fanfaron. \ **3.** *Ployé :* courbé. \ **4.** *Parer :* détourner les coups. \ **5.** *À la navarraise :* en position de duel.

plus fort qu'un géant. Il se lança sur moi comme un trait ; je tournai sur le pied gauche, et il ne trouva plus rien devant lui ; mais je l'atteignis à la gorge, et le couteau entra si avant, que ma main était sous son menton. Je retournai la lame si fort qu'elle se cassa. C'était fini. La lame sortit de la plaie lancée par un bouillon de sang gros comme le bras. Il tomba sur le nez raide comme un pieu. « Qu'as-tu fait ? me dit le Dancaïre. – Écoute, lui dis-je : nous ne pouvions vivre ensemble. J'aime Carmen, et je veux être seul. D'ailleurs, Garcia était un coquin, et je me rappelle ce qu'il a fait au pauvre Remendado. Nous ne sommes plus que deux, mais nous sommes de bons garçons. Voyons, veux-tu de moi pour ami, à la vie, à la mort ? » Le Dancaïre me tendit la main. C'était un homme de cinquante ans. « Au diable les amourettes ! s'écria-t-il. Si tu lui avais demandé Carmen, il te l'aurait vendue pour une piastre. Nous ne sommes plus que deux ; comment ferons-nous demain ? – Laisse-moi faire tout seul, lui répondis-je. Maintenant je me moque du monde entier. »

Nous enterrâmes Garcia, et nous allâmes placer notre camp deux cents pas plus loin. Le lendemain, Carmen et son Anglais passèrent avec deux muletiers et un domestique. Je dis au Dancaïre : « Je me charge de l'Anglais. Fais peur aux autres, ils ne sont pas armés. » L'Anglais avait du cœur. Si Carmen ne lui eût poussé le bras, il me tuait. Bref, je reconquis Carmen ce jour-là, et mon premier mot fut de lui dire qu'elle était veuve. Quand elle sut comment cela s'était passé : « Tu seras toujours un *lillipendi* ! me dit-elle. Garcia devait te tuer. Ta garde navarraise n'est qu'une bêtise, et il en a mis à l'ombre de plus habiles que toi. C'est que son temps était venu. Le tien viendra.

– Et le tien, répondis-je, si tu n'es pas pour moi une vraie romi.

– À la bonne heure, dit-elle ; j'ai vu plus d'une fois dans du marc[1] de café que nous devions finir ensemble. Bah ! arrive qui plante[2] ! » Et elle fit claquer ses castagnettes, ce qu'elle faisait toujours quand elle voulait chasser quelque idée importune[3].

On s'oublie quand on parle de soi. Tous ces détails-là vous ennuient sans doute, mais j'ai bientôt fini. La vie que nous menions dura assez longtemps. Le Dancaïre et moi nous nous étions associé quelques camarades plus sûrs que les premiers, et nous nous occupions de contrebande, et aussi parfois, il faut bien l'avouer, nous arrêtions sur la grande route, mais à la dernière extrémité, et lorsque nous ne pouvions faire autrement. D'ailleurs, nous ne maltraitions pas les voyageurs, et nous nous bornions à leur prendre leur argent. Pendant quelques mois, je fus content de Carmen ; elle continuait à nous être utile pour nos opérations, en nous avertissant des bons coups que nous pourrions faire. Elle se tenait, soit à Málaga, soit à Cordoue, soit à Grenade ; mais, sur un mot de moi, elle quittait tout, et venait me retrouver dans une venta isolée, ou même au bivouac. Une fois seulement, c'était à Málaga, elle me donna quelque inquiétude. Je sus qu'elle avait jeté son dévolu sur[4] un négociant fort riche, avec lequel probablement elle se proposait de recommencer la plaisanterie de Gibraltar. Malgré tout ce que le Dancaïre put me dire pour m'arrêter, je partis, et j'entrai dans Málaga en plein jour. Je cherchai Carmen, et je l'emmenai aussitôt. Nous eûmes une verte[5] explication.

« Sais-tu, me dit-elle, que, depuis que tu es mon rom pour tout de bon, je t'aime moins que lorsque tu étais mon minchorrò ? Je ne veux pas être tourmentée, ni surtout commandée. Ce que je veux, c'est être libre et faire ce qui me

1. *Marc :* résidu. \ **2.** *Arrive qui plante :* advienne que pourra. \ **3.** *Importune :* gênante. \ **4.** *Avait jeté son dévolu sur :* avait choisi pour le séduire. \ **5.** *Verte :* violente.

plaît. Prends garde de me pousser à bout. Si tu m'ennuies, je trouverai quelque bon garçon qui te fera comme tu as fait au Borgne. » Le Dancaïre nous raccommoda ; mais nous nous étions dit des choses qui nous restaient sur le cœur, et nous n'étions plus comme auparavant. Peu après, un malheur nous arriva. La troupe nous surprit. Le Dancaïre fut tué, ainsi que deux de mes camarades ; deux autres furent pris. Moi, je fus grièvement blessé, et, sans mon bon cheval, je demeurais entre les mains des soldats. Exténué de fatigue, ayant une balle dans le corps, j'allais me cacher dans un bois avec le seul compagnon qui me restât. Je m'évanouis en descendant de cheval, et je crus que j'allais crever dans les broussailles comme un lièvre qui a reçu du plomb[1]. Mon camarade me porta dans une grotte que nous connaissions, puis il alla chercher Carmen. Elle était à Grenade, et aussitôt elle accourut. Pendant quinze jours, elle ne me quitta pas d'un instant. Elle ne ferma pas l'œil ; elle me soigna avec une adresse et des attentions que jamais femme n'a eues pour l'homme le plus aimé. Dès que je pus me tenir sur mes jambes, elle me mena à Grenade dans le plus grand secret. Les bohémiennes trouvent partout des asiles sûrs, et je passai plus de six semaines dans une maison, à deux portes du corregidor qui me cherchait. Plus d'une fois, regardant derrière un volet, je le vis passer. Enfin je me rétablis ; mais j'avais fait bien des réflexions sur mon lit de douleur, et je projetais de changer de vie. Je parlai à Carmen de quitter l'Espagne, et de chercher à vivre honnêtement dans le Nouveau-Monde[2]. Elle se moqua de moi. « Nous ne sommes pas faits pour planter des choux, dit-elle ; notre destin, à nous, c'est de vivre aux dépens des payllos. Tiens, j'ai arrangé une affaire avec Nathan Ben-Joseph de

1. *Qui a reçu du plomb :* qui a été blessé par balle. \ **2.** *Le Nouveau-Monde :* l'Amérique.

Gibraltar. Il a des cotonnades[1] qui n'attendent que toi pour passer. Il sait que tu es vivant. Il compte sur toi. Que diraient nos correspondants de Gibraltar, si tu leur manquais de parole ? » Je me laissai entraîner, et je repris mon vilain commerce.

Pendant que j'étais caché à Grenade, il y eut des courses de taureaux[2] où Carmen alla. En revenant, elle parla beaucoup d'un picador très adroit nommé Lucas. Elle savait le nom de son cheval, et combien lui coûtait sa veste brodée. Je n'y fis pas attention. Juanito, le camarade qui m'était resté, me dit, quelques jours après, qu'il avait vu Carmen avec Lucas chez un marchand du Zacatin[3]. Cela commença à m'alarmer. Je demandai à Carmen comment et pourquoi elle avait fait connaissance avec le picador. « C'est un garçon, me dit-elle, avec qui on peut faire une affaire. Rivière qui fait du bruit a de l'eau ou des cailloux[4]. Il a gagné douze cents réaux[5] aux courses. De deux choses l'une : ou bien il faut avoir cet argent ; ou bien, comme c'est un bon cavalier et un gaillard de cœur, on peut l'enrôler dans notre bande. Un tel et un tel sont morts, tu as besoin de les remplacer. Prends-le avec toi.

– Je ne veux, répondis-je, ni de son argent, ni de sa personne, et je te défends de lui parler.

– Prends garde, me dit-elle ; lorsqu'on me défie de faire une chose, elle est bientôt faite ! » Heureusement, le picador partit pour Málaga, et moi, je me mis en devoir de faire entrer les cotonnades du juif. J'eus fort à faire dans cette expédition-là, Carmen aussi, et j'oubliai Lucas ; peut-être aussi l'oublia-t-elle, pour le moment du moins. C'est vers ce temps, monsieur, que je vous rencontrai, d'abord près de Montilla, puis après à

1. *Cotonnades :* tissus en coton. \ **2.** *Courses de taureaux :* corridas. \ **3.** *Zacatin :* rue commerçante de Grenade. \ **4.** *Rivière qui fait du bruit a de l'eau ou des cailloux : len sos sonsi abela ; Pani o reblendani terela* (proverbe bohémien) [note de Mérimée]. \ **5.** *Réaux :* monnaie espagnole.

Cordoue. Je ne vous parlerai pas de notre dernière entrevue. Vous en savez peut-être plus long que moi. Carmen vous vola votre montre ; elle voulait encore votre argent, et surtout cette bague que je vois à votre doigt, et qui, dit-elle, est un anneau magique qu'il lui importait beaucoup de posséder. Nous eûmes une violente dispute, et je la frappai. Elle pâlit et pleura. C'était la première fois que je la voyais pleurer, et cela me fit un effet terrible. Je lui demandai pardon, mais elle me bouda pendant tout un jour, et, quand je repartis pour Montilla, elle ne voulut pas m'embrasser. J'avais le cœur gros, lorsque, trois jours après, elle vint me trouver l'air riant et gaie comme un pinson. Tout était oublié, et nous avions l'air d'amoureux de deux jours. Au moment de nous séparer, elle me dit : « Il y a une fête à Cordoue, je vais la voir, puis je saurai les gens qui s'en vont avec de l'argent, et je te le dirai. » Je la laissai partir. Seul, je pensai à cette fête et à ce changement d'humeur de Carmen. « Il faut qu'elle se soit vengée déjà, me dis-je, puisqu'elle est revenue la première. » Un paysan me dit qu'il y avait des taureaux à Cordoue. Voilà mon sang qui bouillonne, et, comme un fou, je pars, et je vais à la place[1]. On me montra Lucas, et, sur le banc contre la barrière, je reconnus Carmen. Il me suffit de la voir une minute pour être sûr de mon fait. Lucas, au premier taureau, fit le joli cœur[2], comme je l'avais prévu. Il arracha la cocarde[3] du taureau et la porta à Carmen, qui s'en coiffa sur-le-champ. Le taureau se chargea de me venger. Lucas fut culbuté avec son cheval sur la poitrine, et le taureau par-dessus tous les deux. Je regardai Carmen, elle n'était déjà plus à sa place. Il m'était impossible de sortir de celle où j'étais, et je fus obligé

1. *À la place :* aux arènes. \ **2.** *Fit le joli cœur :* fit le galant. \ **3.** *La cocarde :* la *divisa*, nœud de rubans dont la couleur indique les pâturages d'où viennent les taureaux. Ce nœud est fixé dans la peau du taureau au moyen d'un crochet, et c'est le comble de la galanterie que de l'arracher à l'animal vivant, pour l'offrir à une femme [note de Mérimée].

d'attendre la fin des courses. Alors j'allai à la maison que vous connaissez, et je m'y tins coi[1] toute la soirée et une partie de la nuit. Vers deux heures du matin, Carmen revint, et fut un peu surprise de me voir. « Viens avec moi, lui dis-je.

– Eh bien ! dit-elle, partons ! » J'allais prendre mon cheval, je la mis en croupe, et nous marchâmes tout le reste de la nuit sans nous dire un seul mot. Nous nous arrêtâmes au jour dans une venta isolée, assez près d'un petit ermitage. Là je dis à Carmen :

« Écoute, j'oublie tout. Je ne te parlerai de rien ; mais jure-moi une chose : c'est que tu vas me suivre en Amérique, et que tu t'y tiendras tranquille.

– Non, dit-elle d'un ton boudeur, je ne veux pas aller en Amérique. Je me trouve bien ici.

– C'est parce que tu es près de Lucas ; mais songes-y bien, s'il guérit, ce ne sera pas pour faire de vieux os. Au reste, pourquoi m'en prendre à lui ? Je suis las de tuer tous tes amants ; c'est toi que je tuerai. »

Elle me regarda fixement de son regard sauvage, et me dit :

« J'ai toujours pensé que tu me tuerais. La première fois que je t'ai vu, je venais de rencontrer un prêtre à la porte de ma maison. Et cette nuit, en sortant de Cordoue, n'as-tu rien vu ? Un lièvre a traversé le chemin entre les pieds de ton cheval. C'est écrit.

– Carmencita, lui demandai-je, est-ce que tu ne m'aimes plus ? »

Elle ne répondit rien. Elle était assise les jambes croisées sur une natte et faisait des traits par terre avec son doigt.

« Changeons de vie, Carmen, lui dis-je d'un ton suppliant. Allons vivre quelque part où nous ne serons jamais séparés. Tu

1. *Coi :* silencieux.

sais que nous avons, pas loin d'ici, sous un chêne, cent vint onces[1] enterrées... Puis, nous avons des fonds encore chez le juif Ben-Joseph. »

Elle se mit à sourire, et me dit :

« Moi d'abord, toi ensuite. Je sais bien que cela doit arriver ainsi.

– Réfléchis, repris-je ; je suis au bout de ma patience et de mon courage ; prends ton parti ou je prendrai le mien. » Je la quittai et j'allai me promener du côté de l'ermitage[2]. Je trouvai l'ermite qui priait. J'attendis que sa prière fût finie ; j'aurais bien voulu prier, mais je ne pouvais pas. Quand il se releva, j'allais à lui. « Mon père, lui dis-je, voulez-vous prier pour quelqu'un qui est en grand péril ?

– Je prie pour tous les affligés, dit-il.

– Pouvez-vous dire une messe pour une âme qui va peut-être paraître devant son Créateur ?

– Oui », répondit-il en me regardant fixement. Et, comme il y avait dans mon air quelque chose d'étrange, il voulut me faire parler :

« Il me semble que je vous ai vu », dit-il. Je mis une piastre sur son banc.

– Quand direz-vous la messe ? lui demandai-je.

– Dans une demi-heure. Le fils de l'aubergiste de là-bas va venir la servir. Dites-moi, jeune homme, n'avez-vous pas quelque chose sur la conscience qui vous tourmente ? voulez-vous écouter les conseils d'un chrétien ? »

Je me sentais près de pleurer. Je lui dis que je reviendrais, et je me sauvai. J'allai me coucher sur l'herbe jusqu'à ce que j'entendisse la cloche. Alors je m'approchai, mais je restai en dehors de la chapelle. Quand la messe fut dite, je retournai à la venta.

1. *Onces :* ancienne monnaie d'or espagnole. \ 2. *Ermitage :* lieu où s'isolent les ermites.

J'espérais presque que Carmen se serait enfuie ; elle aurait pu prendre mon cheval et se sauver… mais je la retrouvai. Elle ne voulait pas qu'on pût dire que je lui avais fait peur. Pendant mon absence, elle avait défait l'ourlet de sa robe pour en retirer le plomb[1]. Maintenant elle était devant une table, regardant dans une terrine pleine d'eau le plomb qu'elle avait fait fondre, et qu'elle venait d'y jeter. Elle était si occupée de sa magie qu'elle ne s'aperçut pas d'abord de mon retour. Tantôt elle prenait un morceau de plomb et le tournait de tous les côtés d'un air triste, tantôt elle chantait quelqu'une de ces chansons magiques où elles invoquent Marie Padilla, la maîtresse de don Pedro, qui fut, dit-on, la *Bari Crallisa*, ou la grande reine des bohémiens[2].

« Carmen, lui dis-je, voulez-vous venir avec moi ? »

Elle se leva, jeta sa sébile[3], et mit sa mantille sur sa tête comme prête à partir. On m'amena mon cheval, elle monta en croupe et nous nous éloignâmes.

« Ainsi, lui dis-je, ma Carmen, après un bout de chemin, tu veux bien me suivre n'est-ce pas ?

– Je te suis à la mort, oui, mais je ne vivrai plus avec toi. »

Nous étions dans une gorge solitaire[4] ; j'arrêtai mon cheval. « Est-ce ici ? » dit-elle, et d'un bond elle fut à terre. Elle ôta sa mantille, la jeta à ses pieds, et se tint immobile un poing sur la hanche, me regardant fixement.

« Tu veux me tuer, je le vois bien, dit-elle ; c'est écrit, mais tu ne me feras pas céder.

– Je t'en prie, lui dis-je, sois raisonnable. Écoute-moi ! tout le passé est oublié. Pourtant, tu le sais, c'est toi qui m'as

1. *Le plomb :* le plomb qui, cousu dans l'ourlet, sert à maintenir une robe droite. \ **2.** *La grande reine des bohémiens :* on a accusé Marie Padilla d'avoir ensorcelé le roi don Pèdre. Une tradition populaire rapporte qu'elle avait fait présent à la reine Blanche de Bourbon d'une ceinture d'or, qui parut aux yeux fascinés du roi comme un serpent vivant. De là la répugnance qu'il montra toujours pour la malheureuse princesse [note de Mérimée]. \ **3.** *Sébile :* écuelle de bois. \ **4.** *Solitaire :* déserte.

perdu ; c'est pour toi que je suis devenu un voleur et un meurtrier. Carmen ! ma Carmen! laisse-moi te sauver et me sauver avec toi.

– José, répondit-elle, tu me demandes l'impossible. Je ne t'aime plus ; toi, tu m'aimes encore, et c'est pour cela que tu veux me tuer. Je pourrais bien encore te faire quelque mensonge ; mais je ne veux pas m'en donner la peine. Tout est fini entre nous. Comme mon rom, tu as le droit de tuer ta romi ; mais Carmen sera toujours libre. Calli elle est née, calli elle mourra.

– Tu aimes donc Lucas ? lui demandai-je.

– Oui, je l'ai aimé, comme toi, un instant, moins que toi peut-être. À présent, je n'aime plus rien, et je me hais pour t'avoir aimé. »

Je me jetai à ses pieds, je lui pris les mains, je les arrosai de mes larmes. Je lui rappelai tous les moments de bonheur que nous avions passés ensemble. Je lui offris de rester brigand pour lui plaire. Tout, monsieur, tout ! je lui offris tout, pourvu qu'elle voulût m'aimer encore !

Elle me dit : « T'aimer encore, c'est impossible. Vivre avec toi, je ne le veux pas. » La fureur me possédait. Je tirai mon couteau. J'aurais voulu qu'elle eût peur et me demandât grâce, mais cette femme était un démon.

« Pour la dernière fois, m'écriai-je, veux-tu rester avec moi ?

– Non ! non ! non ! » dit-elle en frappant du pied, et elle tira de son doigt une bague que je lui avais donnée, et la jeta dans les broussailles.

Je la frappai deux fois. C'était le couteau du Borgne que j'avais pris, ayant cassé le mien. Elle tomba au second coup sans crier. Je crois encore voir son grand œil noir me regarder fixement ; puis il devint trouble et se ferma. Je restai anéanti une bonne heure devant ce cadavre. Puis, je me rappelai que Carmen m'avait dit souvent qu'elle aimerait à être enterrée dans un bois. Je lui creusai une fosse avec mon couteau, et je l'y déposai. Je cherchai longtemps sa bague, et je la trouvai à la fin. Je la mis dans la fosse auprès d'elle, avec une petite croix. Peut-être ai-je eu tort. Ensuite je montai sur mon cheval, je galopai jusqu'à Cordoue, et au premier corps de garde je me fis connaître. J'ai dit que j'avais tué Carmen ; mais je n'ai pas voulu dire où était son corps. L'ermite était un saint homme. Il a prié pour elle ! Il a dit une messe pour son âme… Pauvre enfant ! Ce sont les *Calé* qui sont coupables pour l'avoir élevée ainsi.

IV

L'Espagne est un des pays où se trouvent aujourd'hui, en plus grand nombre encore, ces nomades dispersés dans toute l'Europe, et connus sous les noms de *Bohémiens, Gitanos, Gypsies, Zigeuner*, etc. La plupart demeurent, ou plutôt mènent une vie errante dans les provinces du Sud et de l'Est, en Andalousie, en Estramadure dans le royaume de Murcie ; il y en a beaucoup en Catalogne. Ces derniers passent souvent en France. On en rencontre dans toutes nos foires du Midi. D'ordinaire, les hommes exercent les métiers de maquignon, de vétérinaire et de tondeur de mulets ; ils y joignent l'industrie de raccommoder les poêlons [1] et les instruments de cuivre, sans parler de la contrebande et autres pratiques illicites [2]. Les femmes disent la bonne aventure, mendient et vendent toutes sortes de drogues innocentes ou non.

1. *Poêlons :* casseroles de métal. \ **2.** *Illicites :* interdites par la loi.

Les caractères physiques des Bohémiens sont plus faciles à distinguer qu'à décrire, et lorsqu'on en a vu un seul, on reconnaîtrait entre mille un individu de cette race. La physionomie, l'expression, voilà surtout ce qui les sépare des peuples qui habitent le même pays. Leur teint est très basané[1], toujours plus foncé que celui des populations parmi lesquelles ils vivent. De là le nom de *Calé*, les noirs, par lequel ils se désignent souvent[2]. Leurs yeux sensiblement obliques, bien fendus, très noirs, sont ombragés par des cils longs et épais. On ne peut comparer leur regard qu'à celui d'une bête fauve. L'audace et la timidité s'y peignent tout à la fois, et sous ce rapport leurs yeux révèlent assez bien le caractère de la nation, rusée, hardie, mais craignant *naturellement les coups* comme Panurge[3]. Pour la plupart les hommes sont bien découplés[4], sveltes, agiles ; je ne crois pas en avoir jamais vu un seul chargé d'embonpoint. En Allemagne, les Bohémiennes sont souvent très jolies ; la beauté est fort rare parmi les gitanas d'Espagne. Très jeunes elles peuvent passer pour des laiderons[5] agréables ; mais une fois qu'elles sont mères, elles deviennent repoussantes. La saleté des deux sexes est incroyable, et qui n'a pas vu les cheveux d'une matrone bohémienne s'en fera difficilement une idée, même en se représentant les crins les plus rudes, les plus gras, les plus poudreux. Dans quelques grandes villes d'Andalousie, certaines jeunes filles, un peu plus agréables que les autres, prennent plus de soin de leur personne. Celles-là vont danser pour de l'argent, des danses qui ressemblent fort à celles que l'on interdit dans nos bals publics du carnaval. M. Borrow[6], missionnaire anglais, auteur de

1. *Basané :* bronzé. \ **2.** *Le nom de Calé, les noirs, par lequel ils se désignent souvent :* il m'a semblé que les Bohémiens allemands, bien qu'ils comprennent parfaitement le mot *Calé*, n'aimaient point à être appelés de la sorte. Ils s'appellent entre eux *Romané tchavé* [note de Mérimée]. \ **3.** *Panurge :* personnage du roman *Pantagruel* de François Rabelais (1494-1553). \ **4.** *Bien découplés :* bien bâtis. \ **5.** *Laiderons :* jeunes femmes laides. \ **6.** *Borrow* (1803-1881) : érudit anglais, auteur d'un ouvrage sur les bohémiens intitulé *The Zincali* (1841).

deux ouvrages fort intéressants sur les Bohémiens d'Espagne, qu'il avait entrepris de convertir, aux frais de la société Biblique[1], assure qu'il est sans exemple qu'une Gitana ait jamais eu quelque faiblesse pour un homme étranger à sa race. Il me semble qu'il y a beaucoup d'exagération dans les éloges qu'il accorde à leur chasteté. D'abord, le plus grand nombre est dans le cas de la laide d'Ovide : *Casta quam nemo rogavit*[2]. Quant aux jolies, elles sont comme toutes les Espagnoles, difficiles dans le choix de leurs amants. Il faut leur plaire, il faut les mériter. M. Borrow cite comme preuve de leur vertu un trait qui fait honneur à la sienne, surtout à sa naïveté. Un homme immoral de sa connaissance offrit, dit-il, inutilement plusieurs onces à une jolie Gitana. Un Andalou, à qui je racontai cette anecdote, prétendit que cet homme immoral aurait eu plus de succès en montrant deux ou trois piastres, et qu'offrir des onces d'or à une Bohémienne, était un aussi mauvais moyen de persuader, que de promettre un million ou deux à une fille d'auberge. – Quoi qu'il en soit il est certain que les Gitanas montrent à leurs maris un dévouement extraordinaire. Il n'y a pas de danger ni de misères qu'elles ne bravent pour les secourir en leurs nécessités[3]. Un des noms que se donnent les Bohémiens, *Romé* ou les *époux*, me paraît attester le respect de la race pour l'état de mariage. En général on peut dire que leur principale vertu est le patriotisme, si l'on peut ainsi appeler la fidélité qu'ils observent dans leurs relations avec les individus de même origine qu'eux, leur empressement à s'entraider, le secret inviolable qu'ils se gardent dans les affaires compromettantes. Au reste, dans toutes les associations mystérieuses et en dehors des lois, on observe quelque chose de semblable.

1. *Société Biblique :* mission protestante. \ **2.** *Casta quam nemo rogavit :* « Elle est chaste celle que personne ne sollicita », citation extraite des *Amours* du poète latin Ovide (43 avant J.-C – 17 après J.-C.). \ **3.** *En leurs nécessités :* lorsqu'ils en ont besoin.

J'ai visité, il y a quelques mois, une horde de Bohémiens établis dans les Vosges. Dans la hutte d'une vieille femme, l'ancienne de sa tribu, il y avait un Bohémien étranger à sa famille, attaqué d'une maladie mortelle. Cet homme avait quitté un hôpital où il était bien soigné, pour aller mourir au milieu de ses compatriotes. Depuis treize semaines il était alité[1] chez ses hôtes, et beaucoup mieux traité que les fils et les gendres qui vivaient dans la même maison. Il avait un bon lit de paille et de mousse avec des draps assez blancs, tandis que le reste de la famille, au nombre de onze personnes, couchaient sur des planches longues de trois pieds. Voilà pour leur hospitalité. La même femme, si humaine pour son hôte, me disait devant le malade : *Singo, singo, homte hi mulo.* « Dans peu, dans peu, il faut qu'il meure. » Après tout, la vie de ces gens est si misérable, que l'annonce de la mort n'a rien d'effrayant pour eux.

Un trait remarquable du caractère des Bohémiens, c'est leur indifférence en matière de religion ; non qu'ils soient esprits forts[2] ou sceptiques. Jamais ils n'ont fait profession d'athéisme. Loin de là, la religion du pays qu'ils habitent est la leur ; mais ils en changent en changeant de patrie. Les superstitions qui, chez les peuples grossiers[3], remplacent les sentiments religieux, leur sont également étrangères. Le moyen, en effet, que des superstitions existent chez des gens qui vivent le plus souvent de la crédulité des autres. Cependant, j'ai remarqué chez les Bohémiens espagnols une horreur singulière pour le contact d'un cadavre. Il y en a peu qui consentiraient pour de l'argent à porter un mort au cimetière.

J'ai dit que la plupart des Bohémiennes se mêlaient de dire la bonne aventure. Elles s'en acquittent fort bien. Mais ce qui est pour elles une source de grands profits, c'est la vente des

1. *Alité :* obligé de rester au lit. \ **2.** *Esprits forts :* athées. \ **3.** *Grossiers :* primitifs.

charmes et les philtres amoureux. Non seulement elles tiennent des pattes de crapauds pour fixer les cœurs volages, ou de la poudre de pierre d'aimant pour se faire aimer des insensibles ; mais elles font au besoin des conjurations puissantes qui obligent le diable à leur prêter son secours. L'année dernière, une Espagnole me racontait l'histoire suivante : Elle passait un jour dans la rue d'Alcalá[1], fort triste et préoccupée ; une Bohémienne accroupie sur le trottoir lui cria : « Ma belle dame, votre amant vous a trahie. » C'était la vérité. « Voulez-vous que je vous le fasse revenir ? » On comprend avec quelle joie la proposition fut acceptée, et quelle devait être la confiance inspirée par une personne qui devinait ainsi d'un coup d'œil, les secrets intimes du cœur. Comme il eût été impossible de procéder à des opérations magiques dans la rue la plus fréquentée de Madrid, on convint d'un rendez-vous pour le lendemain. « Rien de plus facile que de ramener l'infidèle à vos pieds, dit la Gitana. Auriez-vous un mouchoir, une écharpe, une mantille qu'il vous ait donnée ? » On lui remit un fichu de soie. « Maintenant cousez avec de la soie cramoisie[2], une piastre dans un coin du fichu. Dans un autre coin cousez une demi-piastre ; ici, une piécette ; là, une pièce de deux réaux. Puis il faut coudre au milieu une pièce d'or. Un doublon serait le mieux. » On coud le doublon et le reste. « À présent, donnez-moi le fichu, je vais le porter au Campo-Santo[3], à minuit sonnant. Venez avec moi, si vous voulez voir une belle diablerie. Je vous promets que dès demain vous reverrez celui que vous aimez. » La Bohémienne partit seule pour le Campo-Santo, car on avait trop peur des diables pour l'accompagner. Je vous laisse à penser si la pauvre amante délaissée a revu son fichu et son infidèle.

1. *Alcalá* : rue mythique de Madrid. \ **2.** *Cramoisie* : rouge foncé. \ **3.** *Campo-Santo* : cimetière.

Malgré leur misère et l'espèce d'aversion[1] qu'ils inspirent, les Bohémiens jouissent cependant d'une certaine considération parmi les gens peu éclairés, et ils en sont très vains. Ils se sentent une race supérieure pour l'intelligence et méprisent cordialement le peuple qui leur donne l'hospitalité. « Les Gentils[2] sont si bêtes, me disait une Bohémienne des Vosges, qu'il n'y a aucun mérite à les attraper. L'autre jour, une paysanne m'appelle dans la rue, j'entre chez elle. Son poêle fumait, et elle me demande un sort pour le faire aller. Moi, je me fais d'abord donner un bon morceau de lard. Puis, je me mets à marmotter quelques mots en romani. Tu es bête, je disais, tu es née bête, bête tu mourras... Quand je fus près de la porte, je lui dis en bon allemand : Le moyen infaillible d'empêcher ton poêle de fumer, c'est de n'y pas faire de feu. Et je pris mes jambes à mon cou. »

L'histoire des Bohémiens est encore un problème. On sait à la vérité que leurs premières bandes, fort peu nombreuses, se montrèrent dans l'est de l'Europe, vers le commencement du XVe siècle ; mais on ne peut dire ni d'où ils viennent, ni pourquoi ils sont venus en Europe, et, ce qui est plus extraordinaire, on ignore comment ils se sont multipliés en peu de temps d'une façon si prodigieuse dans plusieurs contrées[3] fort éloignées les unes des autres. Les Bohémiens eux-mêmes n'ont conservé aucune tradition sur leur origine, et si la plupart d'entre eux parlent de l'Égypte comme de leur patrie primitive, c'est qu'ils ont adopté une fable très anciennement répandue sur leur compte.

La plupart des orientalistes qui ont étudié la langue des Bohémiens, croient qu'ils sont originaires de l'Inde. En effet, il paraît qu'un grand nombre de racines et beaucoup de formes grammaticales du romani se retrouvent dans des idiomes dérivés

1. *Aversion :* répulsion. \ **2.** *Les Gentils :* ceux qui ne sont pas bohémiens. \ **3.** *Contrées :* régions.

du sanscrit[1]. On conçoit que dans leurs longues pérégrinations[2], les Bohémiens ont adopté beaucoup de mots étrangers. Dans tous les dialectes du romani, on trouve quantité de mots grecs. Par exemple : *cocal,* os de κόκκαλον ; *petalli*, fer de cheval, de πέταλον ; *cafi*, clou, de καρφί, etc. Aujourd'hui les Bohémiens ont presque autant de dialectes différents qu'il existe de hordes de leur race séparées les unes des autres. Partout ils parlent la langue du pays qu'ils habitent plus facilement que leur propre idiome, dont ils ne font guère usage que pour pouvoir s'entretenir librement devant des étrangers. Si l'on compare le dialecte des Bohémiens de l'Allemagne avec celui des Espagnols, sans communication avec les premiers depuis des siècles, on reconnaît une très grande quantité de mots communs ; mais la langue originale, partout, quoiqu'à différents degrés, s'est notablement altérée[3] par le contact des langues plus cultivées, dont ces nomades ont été contraints de faire usage. L'allemand, d'un côté, l'espagnol, de l'autre, ont tellement modifié le fond du romani, qu'il serait impossible à un Bohémien de la Forêt-Noire de converser avec un de ses frères andalous, bien qu'il leur suffît d'échanger quelques phrases pour reconnaître qu'ils parlent tous les deux un dialecte dérivé du même idiome. Quelques mots d'un usage très fréquent sont communs, je crois, à tous les dialectes ; ainsi, dans tous les vocabulaires que j'ai pu voir : *pani* veut dire de l'eau, *manro*, du pain, *mâs*, de la viande, *lon*, du sel.

Les noms de nombre sont partout à peu près les mêmes. Le dialecte allemand me semble beaucoup plus pur que le dialecte espagnol ; car il a conservé nombre de formes grammaticales primitives, tandis que les Gitanos ont adopté celles du Castillan. Pourtant quelques mots font exception pour attester l'ancienne communauté de langage. – Les prétérits[4] du dialecte allemand

1. *Sanscrit :* langue indo-européenne. \ **2.** *Pérégrinations :* voyages. \ **3.** *Altérée :* modifiée. \ **4.** *Prétérits :* temps du passé.

se forment en ajoutant *ium* à l'impératif qui est toujours la racine du verbe. Les verbes, dans le romani espagnol, se conjuguent tous sur le modèle des verbes castillans de la première conjugaison. De l'infinitif *jamar*, manger, on devrait régulièrement faire *jamé*, j'ai mangé, de *lillar*, prendre, on devrait faire *lillé*, j'ai pris. Cependant quelques vieux Bohémiens disent par exception : *jayon, lillon*. Je ne connais pas d'autres verbes qui aient conservé cette forme antique[1].

Pendant que je fais ainsi étalage de mes minces connaissances dans la langue romani, je dois noter quelques mots d'argot français que nos voleurs ont empruntés aux Bohémiens. *Les Mystères de Paris*[2] ont appris à la bonne compagnie que *chourin* voulait dire couteau. C'est du romani pur ; *tchouri* est un de ces mots communs à tous les dialectes. M. Vidocq[3] appelle un cheval *grès*, c'est encore un mot bohémien *gras, gre, graste, gris*. Ajoutez encore le mot *romanichel* qui dans l'argot parisien désigne les Bohémiens. C'est la corruption de *romané tchave*, gars bohémiens. Mais une étymologie dont je suis fier, c'est celle de *frimousse*, mine, visage, mot que tous les écoliers emploient ou employaient de mon temps. Observez d'abord que Oudin[4], dans son curieux dictionnaire, écrivait en 1640, *firlimousse*. Or, *firla, fila* en romani veut dire visage, *mui* a la même signification, c'est exactement *os* des Latins. La combinaison *firlamui* a été sur-le-champ comprise par un Bohémien puriste[5], et je la crois conforme au génie de sa langue.

En voilà bien assez pour donner aux lecteurs de *Carmen*, une idée avantageuse de mes études sur le Romani. Je terminerai par ce proverbe qui vient à propos : *En retudi panda nasti abela macha.* En close bouche, n'entre point mouche.

1. *Antique :* ancienne. \ **2.** *Les Mystères de Paris :* roman-feuilleton d'Eugène Sue (1804-1857). \ **3.** *Vidocq* (1775-1857) *:* ancien bagnard qui devint chef de la police de sûreté de Paris. \ **4.** *Oudin :* auteur, en 1640, des *Curiosités françaises pour servir de supplément aux dictionnaires*. \ **5.** *Puriste :* attaché à la pureté de langue.

LES ÂMES
DU PURGATOIRE

Cicéron dit quelque part, c'est, je crois, dans son traité *De la nature des dieux*[1], qu'il y a eu plusieurs Jupiters, – un Jupiter en Crète, – un autre à Olympie, – un autre ailleurs ; – si bien qu'il n'y a pas une ville de Grèce un peu célèbre qui n'ait eu son Jupiter à elle. De tous ces Jupiters on en a fait un seul à qui l'on a attribué toutes les aventures de chacun de ses homonymes. C'est ce qui explique la prodigieuse quantité de bonnes fortunes[2] qu'on prête à ce dieu.

La même confusion est arrivée à l'égard de don Juan, personnage qui approche de bien près de la célébrité de Jupiter. Séville seule a possédé plusieurs don Juans ; mainte autre ville[3] cite le sien. Chacun avait autrefois sa légende séparée. Avec le temps, toutes se sont fondues en une seule.

Pourtant, en y regardant de près, il est facile de faire la part de chacun, ou du moins de distinguer deux de ces héros, savoir : don Juan Tenorio[4], qui, comme chacun sait, a été emporté par une statue de pierre ; et don Juan de Maraña[5], dont la fin a été toute différente.

On conte de la même manière la vie de l'un et de l'autre : le dénouement seul les distingue. Il y en a pour tous les goûts,

1. *De la nature des dieux :* ouvrage de l'écrivain et orateur latin Cicéron (106-43 avant J.-C.). \ **2.** *De bonnes fortunes :* d'aventures amoureuses couronnées de succès. \ **3.** *Mainte autre ville :* plusieurs autres villes. \ **4.** *Don Juan Tenorio :* Tenorio est le nom de famille du personnage de don Juan dans les œuvres qui sont à l'origine du mythe. \ **5.** *Don Juan de Maraña :* ce personnage fictionnel puise son origine dans un personnage ayant réellement existé, Miguel de Mañara (1627-1679), dont Mérimée déforme volontairement le nom.

comme dans les pièces de Ducis[1], qui finissent bien ou mal, suivant la sensibilité des lecteurs.

Quant à la vérité de cette histoire ou de ces deux histoires, elle est incontestable, et on offenserait grandement le patriotisme provincial des Sévillans si l'on révoquait en doute l'existence de ces garnements qui ont rendu suspecte la généalogie de leurs plus nobles familles. On montre aux étrangers la maison de don Juan Tenorio, et tout homme, ami des arts, n'a pu passer à Séville sans visiter l'église de la Charité[2]. Il y aura vu le tombeau du chevalier de Maraña avec cette inscription dictée par son humilité, ou si l'on veut par son orgueil : *Aqui yace el peor hombre que fué en el mundo*[3]. Le moyen de douter après cela ? Il est vrai qu'après vous avoir conduit à ces deux monuments, votre cicérone[4] vous racontera encore comment don Juan (on ne sait lequel) fit des propositions étranges à la Giralda[5], cette figure de bronze qui surmonte la tour moresque de la cathédrale, et comment la Giralda les accepta ; – comment don Juan, se promenant, chaud de vin[6], sur la rive gauche du Guadalquivir, demanda du feu à un homme qui passait sur la rive droite en fumant un cigare, et comment le bras du fumeur (qui n'était autre que le diable en personne) s'allongea tant et tant qu'il traversa le fleuve et vint présenter son cigare à don Juan, lequel alluma le sien sans sourciller et sans profiter de l'avertissement tant il était endurci...

J'ai tâché de faire à chaque don Juan la part qui lui revient dans leur fonds commun de méchancetés et de crimes. Faute

1. *Ducis* (1733-1816) : dramaturge français qui réécrivit notamment les dénouements des pièces de Shakespeare afin de les mettre au goût de son public. \ **2.** *L'église de la Charité* : église construite grâce à la générosité de Miguel de Mañara après sa conversion. \ **3.** *Aqui yace el peor hombre que fué en el mundo* : ci-gît le pire homme qui fut au monde. \ **4.** *Cicérone* : guide. \ **5.** *La Giralda* : il s'agit de la tour de la cathédrale de Séville dont le sommet est constitué par la statue allégorique de la Foi victorieuse. \ **6.** *Chaud de vin* : ivre.

de meilleure méthode, je me suis appliqué à ne conter de don Juan de Maraña, mon héros, que des aventures qui n'appartinssent pas par droit de prescription à don Juan Tenorio, si connu parmi nous par les chefs-d'œuvre de Molière[1] et de Mozart[2].

Le comte don Carlos de Maraña était l'un des seigneurs les plus riches et les plus considérés qu'il y eût à Séville. Sa naissance était illustre, et, dans la guerre contre les Morisques[3] révoltés, il avait prouvé qu'il n'avait pas dégénéré du courage de ses aïeux. Après la soumission des Alpuxarres[4], il revint à Séville avec une balafre sur le front et un grand nombre d'enfants pris sur les infidèles, qu'il prit soin de faire baptiser et qu'il vendit avantageusement dans des maisons chrétiennes. Ses blessures, qui ne le défiguraient point, ne l'empêchèrent pas de plaire à une demoiselle de bonne maison, qui lui donna la préférence sur un grand nombre de prétendants à sa main. De ce mariage naquirent d'abord plusieurs filles, dont les unes se marièrent par la suite, et les autres entrèrent en religion. Don Carlos de Maraña se désespérait de n'avoir pas d'héritier de son nom, lorsque la naissance d'un fils vint le combler de joie et lui fit espérer que son antique majorat ne passerait pas à une ligne collatérale[5].

Don Juan, ce fils tant désiré, et le héros de cette véridique histoire, fut gâté par son père et par sa mère, comme devait l'être l'unique héritier d'un grand nom et d'une grande fortune.

---

1. *Molière* (1622-1673) : dramaturge français qui écrit, en 1665, *Dom Juan ou le festin de pierre*. \ **2.** *Mozart* (1756-1791) : compositeur autrichien auteur, en 1787, de l'opéra *Don Giovanni*. \ **3.** *Morisques* : autre nom des Maures, qui dominèrent le sud de l'Espagne jusqu'à la fin de la Reconquista, en 1492. Restés en Espagne, certains de leurs descendants convertis se soulevèrent contre l'autorité royale espagnole au milieu du XVIe siècle. \ **4.** *Alpuxarres* : habitants de l'Alpujarra, région de la Sierra Nevada, révoltés puis soumis au pouvoir royal vers 1570. \ **5.** *Ligne collatérale* : autre branche de la famille.

Tout enfant, il était maître à peu près absolu de ses actions, et dans le palais de son père personne n'aurait eu la hardiesse de le contrarier. Seulement, sa mère voulait qu'il fût dévot[1] comme elle, son père voulait que son fils fût brave comme lui. Celle-ci, à force de caresses et de friandises, obligeait l'enfant à apprendre les litanies, les rosaires, enfin toutes les prières obligatoires et non obligatoires. Elle l'endormait en lui lisant la légende. D'un autre côté, le père apprenait à son fils les romances du Cid[2] et de Bernard del Carpio[3], lui contait la révolte des Morisques, et l'encourageait à s'exercer toute la journée à lancer le javelot, à tirer de l'arbalète ou même de l'arquebuse contre un mannequin vêtu en Maure qu'il avait fait fabriquer au bout de son jardin.

Il y avait dans l'oratoire[4] de la comtesse de Maraña un tableau dans le style dur et sec de Moralès[5], qui représentait les tourments du purgatoire. Tous les genres de supplices dont le peintre avait pu s'aviser s'y trouvaient représentés avec tant d'exactitude, que le tortionnaire de l'Inquisition[6] n'y aurait rien trouvé à reprendre. Les âmes en purgatoire étaient dans une espèce de grande caverne au haut de laquelle on voyait un soupirail. Placé sur le bord de cette ouverture, un ange tendait la main à une âme qui sortait du séjour de douleurs, tandis qu'à côté de lui un homme âgé, tenant un chapelet dans ses mains jointes, paraissait prier avec beaucoup de ferveur. Cet homme, c'était le donataire du tableau, qui l'avait fait faire pour une église de Huescar[7]. Dans leur révolte, les Morisques mirent le feu à la ville ; l'église fut détruite ; mais, par miracle, le tableau

1. *Dévot :* très respectueux des pratiques religieuses. \ **2.** *Les romances du Cid :* le Cid Campeador est un héros espagnol du Moyen Âge dont l'histoire est à l'origine d'un véritable mythe littéraire européen. \ **3.** *Bernard del Carpio :* héros légendaire des luttes des Espagnols contre les Francs. \ **4.** *Oratoire :* petite chapelle. \ **5.** *Moralès* (1509-1586) : peintre espagnol. \ **6.** *Inquisition :* tribunal ecclésiastique qui était chargé de réprimer l'hérésie. \ **7.** *Huescar :* ville espagnole de la province de Grenade.

fut conservé. Le comte de Maraña l'avait rapporté et en avait décoré l'oratoire de sa femme. D'ordinaire, le petit Juan, toutes les fois qu'il entrait chez sa mère, demeurait longtemps immobile en contemplation devant ce tableau, qui l'effrayait et le captivait à la fois. Surtout il ne pouvait détacher ses yeux d'un homme dont un serpent paraissait ronger les entrailles pendant qu'il était suspendu au-dessus d'un brasier ardent au moyen d'hameçons de fer qui l'accrochaient par les côtes. Tournant les yeux avec anxiété du côté du soupirail, le patient semblait demander au donataire des prières qui l'arrachassent à tant de souffrances. La comtesse ne manquait jamais d'expliquer à son fils que ce malheureux subissait ce supplice parce qu'il n'avait pas bien su son catéchisme, parce qu'il s'était moqué d'un prêtre, ou qu'il avait été distrait à l'église. L'âme qui s'envolait vers le paradis, c'était l'âme d'un parent de la famille de Maraña, qui avait sans doute quelques peccadilles [1] à se reprocher ; mais le comte de Maraña avait prié pour lui, il avait beaucoup donné au clergé pour le racheter du feu et des tourments, et il avait eu la satisfaction d'envoyer au paradis l'âme de son parent sans lui laisser le temps de beaucoup s'ennuyer en purgatoire. « Pourtant, Juanito, ajoutait la comtesse, je souffrirai peut-être un jour comme cela, et je resterais des millions d'années en purgatoire si tu ne pensais pas à faire dire des messes pour m'en tirer ! comme il serait mal de laisser dans la peine la mère qui t'a nourri ! » Alors l'enfant pleurait ; et s'il avait quelques réaux [2] dans sa poche, il s'empressait de les donner au premier quêteur qu'il rencontrait porteur d'une tirelire pour les âmes du purgatoire.

S'il entrait dans le cabinet de son père, il voyait des cuirasses faussées par des balles d'arquebuse, un casque que le comte de

1. *Peccadilles :* fautes sans gravité. \ 2. *Réaux :* ancienne monnaie espagnole.

Maraña portait à l'assaut d'Almeria[1] et qui gardait l'empreinte du tranchant d'une hache musulmane ; des lances, des sabres mauresques, des étendards pris sur les infidèles décoraient cet appartement.

« Ce cimeterre, disait le comte, je l'ai enlevé au cadi de Vejer[2], qui m'en frappa trois fois avant que je lui ôtasse la vie. – Cet étendard était porté par les rebelles de la montagne d'Elvire. Ils venaient de saccager un village chrétien ; j'accourus avec vingt cavaliers. Quatre fois j'essayai de pénétrer au milieu de leur bataillon pour enlever cet étendard ; quatre fois je fus repoussé. À la cinquième, je fis le signe de la croix ; je criai : "Saint Jacques !" et j'enfonçai les rangs de ces païens. – Et vois-tu ce calice d'or que je porte dans mes armes ? Un alfaqui[3] des Morisques l'avait volé dans une église, où il avait commis mille horreurs. Ses chevaux avaient mangé de l'orge sur l'autel, et ses soldats avaient dispersé les ossements des saints. L'alfaqui se servait de ce calice pour boire du sorbet à la neige. Je le surpris dans sa tente comme il portait à ses lèvres le vase sacré. Avant qu'il eût dit : "Allah !" pendant que le breuvage était encore dans sa gorge, de cette bonne épée je frappai la tête rasée de ce chien, et la lame y entra jusqu'aux dents. Pour rappeler cette sainte vengeance, le roi m'a permis de porter un calice d'or dans mes armes. Je te dis cela, Juanito, pour que tu le racontes à tes enfants et qu'ils sachent pourquoi tes armes ne sont pas exactement celles de ton grand-père, don Diego, que tu vois peintes au-dessous de son portrait. »

Partagé entre la guerre et la dévotion, l'enfant passait ses journées à fabriquer de petites croix avec des lattes, ou bien, armé d'un sabre de bois, à s'escrimer dans le potager contre des

1. *Almeria :* port repris par les Espagnols aux Musulmans en 1490. \ **2.** *Cadi de Vejer :* administrateur musulman et juge suprême de la ville de Vejer. \ **3.** *Alfaqui :* docteur de la religion musulmane.

citrouilles de Rota, dont la forme ressemblait beaucoup, suivant lui, à des têtes de Maures couvertes de leurs turbans.

À dix-huit ans, don Juan expliquait assez mal le latin, servait fort bien la messe, et maniait la rapière, ou l'épée à deux mains, mieux que ne faisait le Cid. Son père, jugeant qu'un gentilhomme de la maison de Maraña devait encore acquérir d'autres talents, résolut de l'envoyer à Salamanque[1]. Les apprêts du voyage furent bientôt faits. Sa mère lui donna force chapelets, scapulaires[2] et médailles bénites. Elle lui apprit aussi plusieurs oraisons d'un grand secours dans une foule de circonstances de la vie. Don Carlos lui donna une épée dont la poignée, damasquinée[3] d'argent, était ornée des armes de sa famille ; il lui dit : « Jusqu'à présent tu n'as vécu qu'avec des enfants ; tu vas maintenant vivre avec des hommes. Souviens-toi que le bien le plus précieux d'un gentilhomme, c'est son honneur ; et ton honneur, c'est celui des Maraña. Périsse le dernier rejeton de notre maison plutôt qu'une tache soit faite à son honneur ! Prends cette épée ; elle te défendra si l'on t'attaque. Ne sois jamais le premier à la tirer ; mais rappelle-toi que tes ancêtres n'ont jamais remis la leur dans le fourreau que lorsqu'ils étaient vainqueurs et vengés. » Ainsi muni d'armes spirituelles et temporelles, le descendant des Maraña monta à cheval et quitta la demeure de ses pères.

L'université de Salamanque était alors dans toute sa gloire. Ses étudiants n'avaient jamais été plus nombreux, ses professeurs plus doctes[4] ; mais aussi jamais les bourgeois n'avaient eu tant à souffrir des insolences de la jeunesse indisciplinée qui demeurait, ou plutôt régnait dans leur ville. Les sérénades, les charivaris[5], toute espèce de tapage nocturne, tel était leur

1. *Salamanque :* ville de l'ouest de l'Espagne, célèbre pour son université. \ **2.** *Scapulaires :* objets de dévotion composés de deux petits morceaux d'étoffe bénis. \ **3.** *Damasquinée :* incrustée d'un fil d'argent qui compose un dessin. \ **4.** *Doctes :* savants. \ **5.** *Charivaris :* désordres.

train de vie ordinaire, dont la monotonie était de temps en temps diversifiée par des enlèvements de femmes ou de filles, par des vols ou des bastonnades. Don Juan, arrivé à Salamanque, passa quelques jours à remettre des lettres de recommandation aux amis de son père, à visiter ses professeurs, à parcourir les églises, et à se faire montrer les reliques qu'elles refermaient. D'après la volonté de son père, il remit à un des professeurs une somme assez considérable pour être distribuée entre les étudiants pauvres. Cette libéralité[1] eut le plus grand succès, et lui valut aussitôt de nombreux amis.

Don Juan avait un grand désir d'apprendre. Il se proposait bien d'écouter comme paroles d'Évangile tout ce qui sortirait de la bouche de ses professeurs ; et pour n'en rien perdre, il voulut se placer aussi près que possible de la chaire. Lorsqu'il entra dans la salle où devait se faire la leçon, il vit qu'une place était vide aussi près du professeur qu'il eût pu le désirer. Il s'y assit. Un étudiant sale, mal peigné, vêtu de haillons, comme il y en a tant dans les universités, détourna un instant les yeux de son livre pour les porter sur don Juan avec un air d'étonnement stupide. « Vous vous mettez à cette place, dit-il d'un ton presque effrayé ; ignorez-vous que c'est là que s'assied d'ordinaire don Garcia Navarro ? »

Don Juan répondit qu'il avait toujours entendu dire que les places appartenaient au premier occupant, et que, trouvant celle-là vide, il croyait pouvoir la prendre, surtout si le seigneur don Garcia n'avait pas chargé son voisin de la lui garder.

« Vous êtes étranger, ici, à ce que je vois, dit l'étudiant, et arrivé depuis bien peu de temps, puisque vous ne connaissez pas don Garcia. Sachez donc que c'est un des hommes les plus… » Ici l'étudiant baissa la voix et parut éprouver la

1. *Libéralité :* générosité.

crainte d'être entendu des autres étudiants. « Don Garcia est un homme terrible. Malheur à qui l'offense ! Il a la patience courte et l'épée longue ; et soyez sûr que, si quelqu'un s'assied à une place où don Garcia s'est assis deux fois, c'en est assez pour qu'une querelle s'ensuive, car il est fort chatouilleux et susceptible. Quand il querelle, il frappe, et quand il frappe, il tue. Or donc je vous ai averti : vous ferez ce qui vous semblera bon. »

Don Juan trouvait fort extraordinaire que ce don Garcia prétendît se réserver les meilleures places sans se donner la peine de les mériter par son exactitude. En même temps il voyait que plusieurs étudiants avaient les yeux fixés sur lui, et il sentait combien il serait mortifiant[1] de quitter cette place après s'y être assis. D'un autre côté, il ne se souciait nullement d'avoir une querelle dès son arrivée, et surtout avec un homme aussi dangereux que paraissait l'être don Garcia. Il était dans cette perplexité, ne sachant à quoi se déterminer et restant toujours machinalement à la même place, lorsqu'un étudiant entra et s'avança droit vers lui. « Voici don Garcia », lui dit son voisin.

Ce Garcia était un jeune homme large d'épaules, bien découplé[2], le teint hâlé[3], l'œil fier et la bouche méprisante. Il avait un pourpoint[4] râpé[5], qui avait pu être noir, et un manteau troué ; par-dessus tout cela pendait une longue chaîne d'or. On sait que de tout temps les étudiants de Salamanque et des autres universités d'Espagne ont mis une espèce de point d'honneur à paraître déguenillés[6], voulant probablement montrer par là que le véritable mérite sait se passer des ornements empruntés à la fortune.

1. *Mortifiant :* humiliant. \ **2.** *Bien découplé :* bien bâti. \ **3.** *Hâlé :* bronzé. \ **4.** *Pourpoint :* vêtement masculin couvrant le torse jusqu'au dessous de la ceinture. \ **5.** *Râpé :* usé. \ **6.** *Déguenillés :* vêtus misérablement.

Don Garcia s'approcha du banc où don Juan était encore assis, et le saluant avec beaucoup de courtoisie : « Seigneur étudiant, dit-il, vous êtes nouveau venu parmi nous ; pourtant votre nom m'est bien connu. Nos pères ont été grands amis, et, si vous voulez bien le permettre, leurs fils ne le seront pas moins. » En parlant ainsi il tendait la main à don Juan de l'air le plus cordial. Don Juan, qui s'attendait à un tout autre début, reçut avec beaucoup d'empressement les politesses de don Garcia et lui répondit qu'il se tiendrait pour très honoré de l'amitié d'un cavalier tel que lui.

« Vous ne connaissez point encore Salamanque, poursuivit don Garcia ; si vous voulez bien m'accepter pour votre guide, je serai charmé de vous faire tout voir, depuis le cèdre jusqu'à l'hysope[1], dans le pays où vous allez vivre. » Ensuite s'adressant à l'étudiant assis à côté de don Juan : « Allons, Périco, tire-toi de là. Crois-tu qu'un butor[2] comme toi doive faire compagnie au seigneur don Juan de Maraña ? » En parlant ainsi, il le poussa rudement et se mit à sa place, que l'étudiant se hâta d'abandonner.

Lorsque la leçon fut finie, don Garcia donna son adresse à son nouvel ami et lui fit promettre de venir le voir. Puis, l'ayant salué de la main d'un air gracieux et familier, il sortit en se drapant avec grâce de son manteau troué comme une écumoire.

Don Juan, tenant ses livres sous son bras, s'était arrêté dans une galerie du collège[3] pour examiner les vieilles inscriptions qui couvraient les murs, lorsqu'il s'aperçut que l'étudiant qui lui avait d'abord parlé s'approchait de lui comme s'il voulait examiner les mêmes objets. Don Juan, après lui avoir fait une inclination de tête pour lui montrer qu'il le reconnaissait, se disposait à sortir, mais l'étudiant l'arrêta par son manteau.

1. *Depuis le cèdre jusqu'à l'hysope :* de la plus petite chose jusqu'à la plus grande. \ **2.** *Butor :* homme de rien. \ **3.** *Collège :* université.

« Seigneur don Juan, dit-il, si rien ne vous presse, seriez-vous assez bon pour m'accorder un moment d'entretien ? – Volontiers, répondit don Juan, et il s'appuya contre un pilier, je vous écoute. »

Périco regarda de tous côtés d'un air d'inquiétude, comme s'il craignait d'être observé, et se rapprocha de don Juan pour lui parler à l'oreille, ce qui paraissait une précaution inutile, car il n'y avait personne qu'eux dans la vaste galerie gothique où ils se trouvaient. Après un moment de silence : « Pourriez-vous me dire, seigneur don Juan, demanda l'étudiant d'une voix basse et presque tremblante, pourriez-vous me dire si votre père a réellement connu le père de don Garcia Navarro ? »

Don Juan fit un mouvement de surprise. « Vous avez entendu don Garcia le dire à l'instant même.

– Oui, répondit l'étudiant, baissant encore plus la voix ; mais enfin avez-vous jamais entendu dire à votre père qu'il connût le seigneur Navarro ?

– Oui sans doute, et il était avec lui à la guerre contre les Morisques.

– Fort bien ; mais avez-vous entendu dire de ce gentilhomme qu'il eût... un fils ?

– En vérité, je n'ai jamais fait beaucoup d'attention à ce que mon père pouvait en dire... Mais à quoi bon ces questions ? Don Garcia n'est-il pas le fils du seigneur Navarro ?... Serait-il bâtard[1] ?

– J'atteste le ciel que je n'ai rien dit de semblable, s'écria l'étudiant effrayé en regardant derrière le pilier contre lequel s'appuyait don Juan ; je voulais vous demander seulement si vous n'aviez pas connaissance d'une histoire étrange que bien des gens racontent sur ce don Garcia ?

1. *Bâtard :* né d'une union illégitime.

– Je n'en sais pas un mot.

– On dit..., remarquez bien que je ne fais que répéter ce que j'ai entendu dire,... on dit que don Diego Navarro avait un fils qui, à l'âge de six ou sept ans, tomba malade d'une maladie grave et si étrange que les médecins ne savaient quel remède y apporter. Sur quoi le père, qui n'avait pas d'autre enfant, envoya de nombreuses offrandes à plusieurs chapelles, fit toucher des reliques au malade, le tout en vain. Désespéré, il dit un jour, m'a-t-on assuré..., il dit un jour en regardant une image de saint Michel[1] : "Puisque tu ne peux pas sauver mon fils, je veux voir si celui qui est là sous tes pieds n'aura pas plus de pouvoir."

– C'était un blasphème abominable ! s'écria don Juan, scandalisé au dernier point.

– Peu après l'enfant guérit..., et cet enfant..., c'est don Garcia !

– Si bien que don Garcia a le diable au corps depuis ce temps-là, dit en éclatant de rire don Garcia, qui se montra au même instant et qui paraissait avoir écouté cette conversation caché derrière un pilier voisin. – En vérité, Périco, dit-il d'un ton froid et méprisant à l'étudiant stupéfait, si vous n'étiez pas un poltron[2], je vous ferais repentir de l'audace que vous avez eue de parler de moi. – Seigneur don Juan, poursuivit-il en s'adressant à Maraña, quand vous nous connaîtrez mieux, vous ne perdrez pas votre temps à écouter ce bavard. Et tenez, pour vous prouver que je ne suis pas un méchant diable, faites-moi l'honneur de m'accompagner de ce pas à l'église de Saint-Pierre ; lorsque nous y aurons fait nos dévotions, je vous demanderai la permission de vous faire faire un mauvais dîner avec quelques camarades. »

---

1. *Saint Michel :* saint Michel, archange qui a combattu le diable. On le représente traditionnellement le pied sur un dragon à terre. \ **2.** *Poltron :* lâche.

En parlant ainsi, il prenait le bras de don Juan, qui, honteux d'avoir été surpris à écouter l'étrange histoire de Périco, se hâta d'accepter l'offre de son nouvel ami pour lui prouver le peu de cas qu'il faisait des médisances qu'il venait d'entendre.

En entrant dans l'église de Saint-Pierre, don Juan et don Garcia s'agenouillèrent devant une chapelle autour de laquelle il y avait un grand concours de fidèles. Don Juan fit sa prière à voix basse ; et, bien qu'il demeurât un temps convenable dans cette pieuse occupation, il trouva, lorsqu'il releva la tête, que son camarade paraissait encore plongé dans une extase dévote : il remuait doucement les lèvres ; on eût dit qu'il n'était pas à la moitié de ses méditations. Un peu honteux d'avoir sitôt fini, il se mit à réciter tout bas les litanies qui lui revinrent en mémoire. Les litanies dépêchées, don Garcia ne bougeait pas davantage. Don Juan expédia encore avec distraction quelques menus suffrages ; puis, voyant son camarade toujours immobile, il crut pouvoir regarder un peu autour de lui pour passer le temps et attendre la fin de cette éternelle oraison. Trois femmes agenouillées sur des tapis de Turquie attirèrent son attention tout d'abord. L'une, à son âge, à ses lunettes et à l'ampleur vénérable de ses coiffes, ne pouvait être autre qu'une duègne[1]. Les deux autres étaient jeunes et jolies, et ne tenaient pas leurs yeux tellement baissés sur leurs chapelets qu'on ne pût voir qu'ils étaient grands, vifs et bien fendus. Don Juan éprouva beaucoup de plaisir à regarder l'une d'elles, plus de plaisir même qu'il n'aurait dû en avoir dans un saint lieu. Oubliant la prière de son camarade, il le tira par la manche et lui demanda tout bas quelle était cette demoiselle qui tenait un chapelet d'ambre[2] jaune.

« C'est, répondit Garcia sans paraître scandalisé de son interruption, c'est doña Teresa de Ojeda ; et celle-ci, c'est doña

1. *Duègne :* vieille gouvernante chargée de surveiller les jeunes filles. \ **2.** *Ambre :* résine fossilisée.

Fausta, sa sœur aînée, toutes les deux filles d'un auditeur au conseil de Castille[1]. Je suis amoureux de l'aînée ; tâchez de le devenir de la cadette. Tenez, ajouta-t-il, elles se lèvent et vont sortir de l'église ; hâtons-nous, afin de les voir monter en voiture ; peut-être que le vent soulèvera leurs basquines[2] et que nous apercevrons une jolie jambe ou deux. »

Don Juan était tellement ému par la beauté de doña Teresa, que, sans faire attention à l'indécence de ce langage, il suivit don Garcia jusqu'à la porte de l'église, et vit les deux nobles demoiselles monter dans leur carrosse et quitter la place de l'église pour entrer dans une des rues les plus fréquentées. Lorsqu'elles furent parties, don Garcia, enfonçant son chapeau de travers sur sa tête, s'écria gaiement :

« Voilà de charmantes filles ! Je veux que le diable m'emporte si l'aînée n'est pas à moi avant qu'il soit dix jours ! Et vous, avez-vous avancé vos affaires avec la cadette ?

– Comment ! avancé mes affaires ? répondit don Juan d'un air naïf, mais voilà la première fois que je la vois !

– Bonne raison, vraiment ! s'écria don Garcia. Croyez-vous qu'il y ait beaucoup plus longtemps que je connais la Fausta ? Aujourd'hui pourtant je lui ai remis un billet qu'elle a fort bien pris.

– Un billet ? Mais je ne vous ai pas vu écrire !

– J'en ai toujours de tout écrits sur moi, et, pourvu qu'on n'y mette pas de nom, ils peuvent servir pour toutes. Ayez seulement l'attention de ne pas employer d'épithètes compromettantes sur la couleur des yeux ou des cheveux. Quant aux soupirs, aux larmes et aux alarmes, brunes ou blondes, filles ou femmes, les prendront également en bonne part. »

1. *Auditeur au conseil de Castille :* haut magistrat qui rapporte devant un tribunal suprême sur des affaires touchant l'administration de la justice militaire. \ **2.** *Basquines :* jupes régionales des femmes basques.

Tout en causant de la sorte, don Garcia et don Juan se trouvèrent à la porte de la maison où le dîner les attendait. C'était chère[1] d'étudiants, plus copieuse qu'élégante et variée : force[2] ragoûts épicés, viandes salées, toutes choses provoquant à la soif. D'ailleurs il y avait abondance de vins de la Manche[3] et d'Andalousie. Quelques étudiants, amis de don Garcia, attendaient son arrivée. On se mit immédiatement à table, et pendant quelque temps on n'entendit d'autre bruit que celui des mâchoires et des verres heurtant les flacons. Bientôt, le vin mettant les convives en belle humeur, la conversation commença et devint des plus bruyantes. Il ne fut question que de duels, d'amourettes et de tours d'écoliers. L'un racontait comment il avait dupé son hôtesse en déménageant la veille du jour qu'il devait payer son loyer. L'autre avait envoyé demander chez un marchand de vin quelques jarres de *valdepeñas*[4] de la part d'un des plus graves professeurs de théologie, et il avait eu l'adresse de détourner les jarres, laissant le professeur payer le mémoire[5], s'il voulait. Celui-ci avait battu le guet[6] ; celui-là, au moyen d'une échelle de corde, était entré chez sa maîtresse malgré les précautions d'un jaloux. D'abord don Juan écoutait avec une espèce de consternation le récit de tous ces désordres. Peu à peu, le vin qu'il buvait et la gaieté des convives désarmèrent sa pruderie. Les histoires que l'on racontait le firent rire, et même il en vint à envier la réputation que donnaient à quelques-uns leurs tours d'adresse ou d'escroquerie. Il commença à oublier les sages principes qu'il avait apportés à l'université, pour admirer la règle de conduite des étudiants ; règle simple et facile à suivre, qui consiste à tout se permettre envers les *pillos*, c'est-à-dire toute la partie de l'espèce humaine

1. *Chère :* nourriture. \ **2.** *Force :* beaucoup de. \ **3.** *La Manche :* province espagnole. \ **4.** *Valdepeñas :* ville de la province espagnole de la Manche. \ **5.** *Le mémoire :* la somme due. \ **6.** *Le guet :* la troupe chargée de surveiller la ville.

qui n'est pas immatriculée sur les registres de l'université. L'étudiant au milieu des pillos est en pays ennemi, et il a le droit d'agir à leur égard comme les Hébreux à l'égard des Cananéens[1]. Seulement M. le corregidor ayant malheureusement peu de respect pour les saintes lois de l'université, et ne cherchant que l'occasion de nuire à ses initiés, ils doivent être unis comme frères, s'entraider et surtout se garder un secret inviolable.

Cette édifiante conversation dura aussi longtemps que les bouteilles. Lorsqu'elles furent vides, toutes les judiciaires[2] étaient singulièrement embrouillées, et chacun éprouvait une violente envie de dormir. Le soleil était encore dans toute sa force, on se sépara pour aller faire la sieste ; mais don Juan accepta un lit chez don Garcia. Il ne se fut pas plus tôt étendu sur un matelas de cuir, que la fatigue et les fumées du vin le plongèrent dans un profond sommeil. Pendant longtemps ses rêves furent si bizarres et si confus qu'il n'éprouvait d'autre sentiment que celui d'un malaise vague, sans avoir la perception d'une image ou d'une idée qui pût en être la cause. Peu à peu il commença à voir plus clair dans son rêve, si l'on peut s'exprimer ainsi, et il songea avec suite. Il lui semblait qu'il était dans une barque sur un grand fleuve plus large et plus troublé qu'il n'avait jamais vu le Guadalquivir en hiver. Il n'y avait ni voiles, ni rames, ni gouvernail, et la rive du fleuve était déserte. La barque était tellement ballottée par le courant, qu'au malaise qu'il éprouvait il se crut à l'embouchure du Guadalquivir, au moment où les badauds de Séville qui vont à Cadix commencent à ressentir les premières atteintes du mal de mer. Bientôt il se trouva dans une partie de la rivière beaucoup plus resserrée, en sorte qu'il pouvait facilement voir et même se faire

1. *Comme les Hébreux à l'égard des Cananéens :* les Hébreux exterminèrent les habitants de Chanaan pour s'installer sur leurs terres. \ **2.** *Judiciaires :* facultés de raisonnement.

entendre sur les deux bords. Alors parurent en même temps, sur les deux rives, deux figures lumineuses qui s'approchèrent, chacune de son côté, comme pour lui porter secours. Il tourna d'abord la tête à droite, et vit un vieillard d'une figure grave et austère, pieds nus, n'ayant pour vêtement qu'un sayon[1] épineux. Il semblait tendre la main à don Juan. À gauche, où il regarda ensuite, il vit une femme, d'une taille élevée et de la figure la plus noble et la plus attrayante, tenant à la main une couronne de fleurs qu'elle lui présentait. En même temps il remarqua que sa barque se dirigeait à son gré, sans rames, mais par le seul fait de sa volonté. Il allait prendre terre du côté de la femme, lorsqu'un cri, parti de la rive droite, lui fit tourner la tête et se rapprocher de ce côté. Le vieillard avait l'air encore plus austère qu'auparavant. Tout ce que l'on voyait de son corps était couvert de meurtrissures, livide et teint de sang caillé. D'une main il tenait une couronne d'épines, de l'autre un fouet garni de pointes de fer. À ce spectacle, don Juan fut saisi d'horreur ; il revint bien vite à la rive gauche. L'apparition qui l'avait tant charmé s'y trouvait encore ; les cheveux de la femme flottaient au vent, ses yeux étaient animés d'un feu surnaturel, et au lieu de la couronne elle tenait en main une épée. Don Juan s'arrêta un instant avant de prendre terre, et alors, regardant avec plus d'attention, il s'aperçut que la lame de l'épée était rouge de sang, et que la main de la nymphe était rouge aussi. Épouvanté, il se réveilla en sursaut. En ouvrant les yeux, il ne put retenir un cri à la vue d'une épée nue qui brillait à deux pieds du lit. Mais ce n'était pas une belle nymphe qui tenait cette épée. Don Garcia allait réveiller son ami, et voyant auprès de son lit une épée d'un travail curieux, il l'examinait de l'air d'un connaisseur. Sur la lame était cette inscription : « Garde loyauté. » Et la poignée,

1. *Sayon :* manteau grossier.

comme nous l'avons déjà dit, portait les armes, le nom et la devise des Maraña.

« Vous avez là une belle épée, mon camarade, dit don Garcia. – Vous devez être reposé maintenant. – La nuit est venue, promenons-nous un peu ; et quand les honnêtes gens de cette ville seront rentrés chez eux, nous irons, s'il vous plaît, donner une sérénade à nos divinités. »

Don Juan et don Garcia se promenèrent quelque temps au bord de la Tormes, regardant passer les femmes qui venaient respirer le frais ou lorgner leurs amants. Peu à peu les promeneurs devinrent plus rares ; ils disparurent tout à fait.

« Voici le moment, dit dont Garcia, voici le moment où la ville tout entière appartient aux étudiants. Les pillos n'oseraient nous troubler dans nos innocentes récréations. Quant au guet, si par aventure nous avions quelque démêlé avec lui, je n'ai pas besoin de vous dire que c'est une canaille qu'il ne faut pas ménager. Mais si les drôles étaient trop nombreux, et qu'il fallût jouer des jambes, n'ayez aucune inquiétude : je connais tous les détours, ne vous mettez en peine que de me suivre, et soyez sûr que tout ira bien. »

En parlant ainsi, il jeta son manteau sur son épaule gauche de manière à se couvrir la plus grande partie de la figure, mais à se laisser le bras droit libre. Don Juan en fit autant, et tous les deux se dirigèrent vers la rue qu'habitaient doña Fausta et sa sœur. En passant devant le porche d'une église, don Garcia siffla, et son page parut tenant une guitare à la main. Don Garcia la prit et le congédia.

« Je vois, dit don Juan en entrant dans la rue de Valladolid[1], je vois que vous voulez m'employer à protéger votre sérénade ; soyez sûr que je me conduirai de manière à mériter votre

1. *Valladolid :* ville de l'ouest de l'Espagne, capitale jusqu'en 1561.

approbation. Je serais renié par Séville, ma patrie, si je ne savais pas garder une rue contre les fâcheux[1] !

– Je ne prétends pas vous poser en sentinelle, répondit don Garcia. J'ai mes amours ici, mais vous y avez aussi les vôtres. À chacun son gibier. Chut ! voici la maison. Vous à cette jalousie[2], moi à celle-ci, et alerte ! »

Don Garcia, ayant accordé la guitare, se mit à chanter d'une voix assez agréable une romance où, comme à l'ordinaire, il était question de larmes, de soupirs et de tout ce qui s'ensuit. Je ne sais s'il en était l'auteur.

À la troisième ou quatrième séguidille[3] les jalousies des deux fenêtres se soulevèrent légèrement, et une petite toux se fit entendre. Cela voulait dire qu'on écoutait. Les musiciens, dit-on, ne jouent jamais lorsqu'on les en prie ou qu'on les écoute. Don Garcia déposa sa guitare sur une borne et entama la conversation à voix basse avec une des femmes qui l'écoutaient.

Don Juan, en levant les yeux, vit à la fenêtre au-dessus de lui une femme qui paraissait le considérer attentivement. Il ne doutait pas que ce ne fût la sœur de doña Fausta, que son goût et le choix de son ami lui donnaient pour dame de ses pensées. Mais il était timide encore, sans expérience, et il ne savait par où commencer. Tout à coup un mouchoir tomba de la fenêtre, et une petite voix douce s'écria : « Ah ! Jésus ! mon mouchoir est tombé ! » Don Juan le ramassa aussitôt, le plaça sur la pointe de son épée et le porta à la hauteur de la fenêtre. C'était un moyen d'entrer en matière. La voix commença par des remerciements, puis demanda si le seigneur cavalier qui avait tant de courtoisie n'avait pas été dans la matinée à l'église de Saint-Pierre. Don Juan répondit qu'il y était allé, et qu'il y

1. *Fâcheux :* importuns. \ **2.** *Jalousie :* volet au travers duquel on peut voir sans être vu. \ **3.** *Séguidille :* musique accompagnant d'ordinaire une danse espagnole rapide.

avait perdu le repos. « Comment ? – En vous voyant. » La glace était brisée. Don Juan était de Séville, et savait par cœur toutes les romances morisques dont la langue amoureuse est si riche. Il ne pouvait manquer d'être éloquent. La conversation dura environ une heure. Enfin Teresa s'écria qu'elle entendait son père, et qu'il fallait se retirer. Les deux galants ne quittèrent la rue qu'après avoir vu deux petites mains blanches sortir de la jalousie et leur jeter à chacun une branche de jasmin. Don Juan alla se coucher la tête remplie d'images délicieuses. Pour don Garcia, il entra dans un cabaret où il passa la plus grande partie de la nuit.

Le lendemain, les soupirs et les sérénades recommencèrent. Il en fut de même les nuits suivantes. Après une résistance convenable, les deux dames consentirent à donner et à recevoir des boucles de cheveux, opération qui se fit au moyen d'un fil qui descendit, et rapporta les gages échangés. Don Garcia, qui n'était pas homme à se contenter de bagatelles[1], parle d'une échelle de corde ou bien de fausses clefs ; mais on le trouva hardi, et sa proposition fut sinon rejetée, du moins indéfiniment ajournée[2].

Depuis un mois à peu près, don Juan et don Garcia roucoulaient assez inutilement sous les fenêtres de leurs maîtresses. Par une nuit très sombre, ils étaient à leur faction ordinaire, et la conversation durait depuis quelque temps à la satisfaction de tous les interlocuteurs, lorsqu'à l'extrémité de la rue parurent sept à huit hommes en manteau, dont la moitié portait des instruments de musique.

« Juste ciel ! s'écria Teresa, voici don Cristoval qui vient nous donner une sérénade. Éloignez-vous pour l'amour de dieu, ou il arrivera quelque malheur.

1. *Bagatelles :* peu de choses. \ 2. *Ajournée :* reportée.

– Nous ne cédons à personne une si belle place », s'écria don Garcia ; et élevant la voix : « Cavalier, dit-il au premier qui s'avançait, la place est prise, et ces dames ne se soucient guère de votre musique ; donc, s'il vous plaît, cherchez fortune ailleurs.

– C'est un de ces faquins d'étudiants qui prétend nous empêcher de passer ! s'écria don Cristoval. Je vais lui apprendre ce qu'il en coûte pour s'adresser à mes amours ! » À ces mots, il met l'épée à la main. En même temps, celles de deux de ses compagnons brillèrent hors du fourreau. Don Garcia, avec une prestesse[1] admirable, roulant son manteau autour de son bras, mit flamberge au vent[2], et s'écria : « À moi les étudiants ! » Mais il n'y en avait pas un seul aux environs. Les musiciens, craignant sans doute de voir leurs instruments brisés dans la bagarre, prirent la fuite en appelant la justice, pendant que les deux femmes à la fenêtre invoquaient à leur aide tous les saints du paradis.

Don Juan, qui se trouvait au-dessous de la fenêtre la plus proche de don Cristoval, eut d'abord à se défendre contre lui. Son adversaire était adroit, et, en outre, il avait à la main gauche une targe[3] de fer dont il se servait pour parer, tandis que don Juan n'avait que son épée et son manteau. Vivement pressé par don Cristoval, il se rappela fort à propos une botte[4] du seigneur Uberti, son maître d'armes. Il se laissa tomber sur sa main gauche, et de la droite, glissant son épée sous la targe de don Cristoval, il la lui enfonça au défaut des côtes avec tant de force que le fer se brisa après avoir pénétré de la longueur d'une palme. Don Cristoval poussa un cri et tomba baigné dans son sang. Pendant cette opération, qui dura moins à faire qu'à raconter, don Garcia se défendait avec succès contre ses

1. *Prestesse :* agilité. \ **2.** *Mit flamberge au vent :* tira son épée hors de son fourreau. \ **3.** *Targe :* petit bouclier. \ **4.** *Botte :* passe d'escrime.

deux adversaires, qui n'eurent pas plutôt vu leur chef sur le carreau qu'ils prirent la fuite à toutes jambes.

« Sauvons-nous maintenant, dit don Garcia ; ce n'est pas le moment de s'amuser. Adieu, mes belles ! » Et il entraîna avec lui don Juan tout effaré de son exploit. À vingt pas de la maison, don Garcia s'arrêta pour demander à son compagnon ce qu'il avait fait de son épée.

« Mon épée ? dit don Juan, s'apercevant alors seulement qu'il ne la tenait plus à la main... Je ne sais... je l'aurai probablement laissée tomber.

– Malédiction ! s'écria don Garcia, et votre nom qui est gravé sur la garde ! »

Dans ce moment on voyait des hommes avec des flambeaux sortir des maisons voisines et s'empresser autour du mourant. À l'autre bout de la rue, une troupe d'hommes armés s'avançaient rapidement. C'était évidemment une patrouille attirée par les cris des musiciens et par le bruit du combat.

Don Garcia, rabattant son chapeau sur ses yeux, et se couvrant de son manteau le bas du visage pour n'être pas reconnu, s'élança, malgré le danger, au milieu de tous ces hommes rassemblés, espérant retrouver cette épée qui aurait indubitablement[1] fait reconnaître le coupable. Don Juan le vit frapper de droite et de gauche, éteignant les lumières et culbutant tout ce qui se trouvait sur son passage. Il reparut bientôt courant de toutes ses forces et tenant une épée de chaque main : toute la patrouille le poursuivait.

« Ah ! don Garcia, s'écria don Juan en prenant l'épée qu'il lui tendait, que de remerciements je vous dois !

– Fuyons ! fuyons ! s'écria Garcia. Suivez-moi, et si quelqu'un

1. *Indubitablement :* sans aucun doute.

de ces coquins vous serre de trop près, piquez-le comme vous venez de le faire à l'autre. »

Tous deux se mirent alors à courir avec toute la vitesse que pouvait leur prêter leur vigueur naturelle, augmentée de la peur de M. le corregidor, magistrat qui passait pour encore plus redoutable aux étudiants qu'aux voleurs.

Don Garcia, qui connaissait Salamanque comme son *Deus det*[1], était fort habile à tourner rapidement les coins de rues et à se jeter dans les allées étroites, tandis que son compagnon, plus novice, avait grand-peine à le suivre. L'haleine commençait à leur manquer, lorsqu'au bout d'une rue ils rencontrèrent un groupe d'étudiants qui se promenaient en chantant et jouant de la guitare. Aussitôt que ceux-ci se furent aperçus que deux de leurs camarades étaient poursuivis, ils se saisirent de pierres, de bâtons et de toutes les armes possibles. Les archers, tout essoufflés, ne jugèrent pas à propos d'entamer l'escarmouche[2]. Ils se retirèrent prudemment, et les deux coupables allèrent se réfugier et se reposer un instant dans une église voisine.

Sous le portail, don Juan voulut remettre son épée dans le fourreau, ne trouvant pas convenable ni chrétien d'entrer dans la maison de Dieu une arme à la main. Mais le fourreau résistait, la lame n'entrait qu'avec peine ; bref, il reconnut que l'épée qu'il tenait n'était pas la sienne : don Garcia, dans sa précipitation, avait saisi la première épée qu'il avait trouvée à terre, et c'était celle du mort ou d'un de ses acolytes. Le cas était grave ; don Juan en avertit son ami, qu'il avait appris à regarder comme de bon conseil.

Don Garcia fronça le sourcil, se mordit les lèvres, tordit les bords de son chapeau, se promena quelques pas, pendant que don Juan, tout étourdi de la fâcheuse découverte qu'il venait

1. *Deus det : que Dieu donne, accorde*. Mots extraits d'une prière qu'on récite après le repas du soir. \ **2.** *L'escarmouche :* le combat.

de faire, était en proie à l'inquiétude autant qu'aux remords. Après un quart d'heure de réflexions pendant lequel don Garcia eut le bon goût de ne pas dire une seule fois : Pourquoi laissiez-vous tomber votre épée ? celui-ci prit don Juan par le bras et lui dit : « Venez avec moi, je tiens votre affaire. »

Dans ce moment un prêtre sortait de la sacristie de l'église et se disposait à gagner la rue ; don Garcia l'arrêta.

« N'est-ce pas au savant licencié[1] Gomez que j'ai l'honneur de parler ? lui dit-il en s'inclinant profondément.

– Je ne suis pas encore licencié, répondit le prêtre, évidemment flatté de passer pour un licencié. Je m'appelle Manuel Tordoya, fort à votre service.

– Mon père, dit don Garcia, vous êtes précisément la personne à qui je désirais parler ; c'est d'un cas de conscience qu'il s'agit, et si la renommée ne m'a pas trompé, vous êtes l'auteur de ce fameux traité *De casibus conscientiæ*[2] qui a fait tant de bruit à Madrid ? »

Le prêtre, se laissant aller au péché de vanité, répondit en balbutiant qu'il n'était pas l'auteur de ce livre (lequel, à vrai dire, n'avait jamais existé), mais qu'il s'était fort occupé de semblables matières. Don Garcia, qui avait ses raisons pour ne pas l'écouter, poursuivit de la sorte : « Voici, mon père, en trois mots, l'affaire sur laquelle je désirais vous consulter. Un de mes amis, aujourd'hui même, il y a moins d'une heure, est abordé dans la rue par un homme qui lui dit : Cavalier, je vais me battre à deux pas d'ici, mon adversaire a une épée plus longue que la mienne ; veuillez me prêter la vôtre pour que les armes soient égales. Et mon ami a changé d'épée avec lui. Il attend quelque temps au coin de la rue que l'affaire soit terminée. N'entendant plus le cliquetis des épées, il

1. *Licencié :* titulaire d'une licence de théologie. \ **2.** *De casibus conscientiæ :* à propos des cas de conscience.

s'approche ; que voit-il ? un homme mort percé, par l'épée même qu'il venait de prêter. Depuis ce moment il est désespéré, il se reproche sa complaisance, et il craint d'avoir fait un péché mortel. Moi, j'essaye de le rassurer ; je crois le péché véniel[1], en ce que, s'il n'avait pas prêté son épée, il aurait été la cause que deux hommes se seraient battus à armes inégales. Qu'en pensez-vous, mon père ? n'êtes vous pas de mon sentiment ? »

Le prêtre, qui était apprenti casuiste[2], dressa les oreilles à cette histoire et se frotta quelque temps le front comme un homme qui cherche une citation. Don Juan ne savait où voulait en venir don Garcia ; mais il n'ajouta rien, craignant de faire quelque gaucherie[3].

« Mon père, poursuivit Garcia, la question est fort ardue, puisqu'un aussi grand savant que vous hésite à la résoudre. Demain, si vous le permettez, nous reviendrons savoir votre sentiment. En attendant, veuillez, je vous prie, dire ou faire dire quelques messes pour l'âme du mort. » Il déposa, en disant ces mots, deux ou trois ducats dans la main du prêtre, ce qui acheva de le disposer favorablement pour des jeunes gens si dévots, si scrupuleux et surtout si généreux. Il leur assura que le lendemain, au même lieu, il leur donnerait son opinion par écrit. Don Garcia fut prodigue de remerciements ; puis il ajouta d'un ton dégagé, et comme une observation de peu d'importance : « Pourvu que la justice n'aille pas nous rendre responsables de cette mort ! Nous espérons en vous pour nous réconcilier avec Dieu.

– Quant à la justice, dit le prêtre, vous n'avez rien à en craindre. Votre ami, n'ayant fait que prêter son épée, n'est point légalement complice.

1. *Véniel :* qui peut être racheté (par opposition au péché mortel). \ **2.** *Casuiste :* qui résout les cas de conscience par des subtilités complaisantes. \ **3.** *Gaucherie :* maladresse.

– Oui, mon père, mais le meurtrier a pris la fuite. On examinera la blessure, on trouvera peut-être l'épée ensanglantée... que sais-je ? Les gens de loi sont terribles, dit-on.

– Mais, dit le prêtre, vous étiez témoin que l'épée a été empruntée ?

– Certainement, dit don Garcia ; je l'affirmerais devant toutes les cours du royaume. D'ailleurs, poursuivit-il du ton le plus insinuant, vous, mon père, vous seriez là pour rendre témoignage de la vérité. Nous nous sommes présentés à vous longtemps avant que l'affaire fût connue pour vous demander vos conseils spirituels. Vous pourriez même attester l'échange... En voici la preuve. » Il prit alors l'épée de don Juan. « Voyez plutôt cette épée, dit-il, quelle figure elle fait dans ce fourreau ! »

Le prêtre inclina la tête comme un homme convaincu de la vérité de l'histoire qu'on lui racontait. Il soupesait sans parler les ducats qu'il avait dans la main, et il y trouvait toujours un argument sans réplique en faveur des jeunes gens.

« Au surplus, mon père, dit don Garcia d'un ton fort dévot, que nous importe la justice ? c'est avec le ciel que nous voulons être réconciliés

– À demain, mes enfants, dit le prêtre en se retirant.

– À demain, répondit don Garcia ; nous vous baisons les mains et nous comptons sur vous. »

Le prêtre parti, don Garcia fit un saut de joie. « Vive la simonie[1] ! s'écria-t-il, nous voilà dans une meilleure position, je l'espère. Si la justice s'inquiète de vous, ce bon père, pour les ducats qu'il a reçus et ceux qu'il espère tirer de nous, est prêt à attester que nous sommes aussi étrangers à la mort du cavalier que vous venez d'expédier, que l'enfant qui vient de naître. Rentrez chez vous maintenant, soyez toujours sur le qui-vive, et

1. *Simonie :* corruption du clergé par l'argent.

n'ouvrez votre porte qu'à bonnes enseignes ; moi, je vais courir la ville et savoir un peu les nouvelles. »

Don Juan, rentré dans sa chambre, se jeta tout habillé sur son lit. Il passa la nuit sans dormir, ne pensant qu'au meurtre qu'il venait de commettre, et surtout à ses conséquences. Chaque fois qu'il entendait dans la rue le bruit des pas d'un homme, il s'imaginait que la justice venait l'arrêter. Cependant, comme il était fatigué et qu'il avait encore la tête lourde par suite d'un dîner d'étudiants auquel il avait assisté, il s'endormit au moment où le soleil se levait.

Il reposait déjà depuis quelques heures, quand son domestique l'éveilla en lui disant qu'une dame voilée demandait à lui parler. Au même moment une femme entra dans la chambre. Elle était enveloppée de la tête aux pieds d'un grand manteau noir qui ne lui laissait qu'un œil découvert. Cet œil, elle le tourna vers le domestique, puis vers don Juan, comme pour demander à lui parler sans témoins. Le domestique sortit aussitôt. La dame s'assit regardant don Juan de tout son œil avec la plus grande attention. Après un moment de silence, elle commença de la sorte :

« Seigneur cavalier, ma démarche a de quoi surprendre, et vous devez, sans doute, concevoir de moi une médiocre opinion ; mais si l'on connaissait les motifs qui m'amènent ici, sans doute on ne me blâmerait pas. Vous vous êtes battu hier avec un cavalier de cette ville…

– Moi, madame ! s'écria don Juan en pâlissant ; je ne suis pas sorti de cette chambre…

– Il est inutile de feindre avec moi, et je dois vous donner l'exemple de la franchise. » En parlant ainsi, elle écarta son manteau, et don Juan reconnut doña Teresa. « Seigneur don Juan, poursuivit-elle en rougissant, je dois vous avouer que votre bravoure m'a intéressée pour vous au dernier point. J'ai remarqué, malgré le trouble où j'étais, que votre épée s'était brisée, et que vous l'aviez jetée à terre auprès de notre porte. Au moment où l'on s'empressait autour du blessé, je suis descendue et j'ai ramassé la poignée de cette épée. En la considérant j'ai lu votre nom, et j'ai compris combien vous seriez exposé si elle tombait entre les mains de vos ennemis. La voici, je suis bien heureuse de pouvoir vous la rendre. »

Comme de raison, don Juan tomba à ses genoux, lui dit qu'il lui devait la vie, mais que c'était un présent inutile, puisqu'elle allait le faire mourir d'amour. Doña Teresa était pressée et voulait se retirer sur-le-champ, cependant elle écoutait don Juan avec tant de plaisir qu'elle ne pouvait se décider à s'en retourner. Une heure à peu près se passa de la sorte, toute remplie de serments d'amour éternel, de baisements de main, prières d'une part, faibles refus de l'autre. Don Garcia, entrant tout à coup, interrompit le tête-à-tête. Il n'était pas homme à se scandaliser. Son premier soin fut de rassurer Teresa. Il loua beaucoup son courage, sa présence d'esprit, et finit par la prier de s'entremettre auprès de sa sœur afin de lui ménager un accueil plus humain. Doña Teresa promit tout ce qu'il voulut, s'enveloppa hermétiquement dans son manteau et partit après avoir promis de se trouver le soir même avec sa sœur dans une partie de la promenade qu'elle désigna.

« Nos affaires vont bien, dit don Garcia aussitôt que les deux jeunes gens furent seuls. Personne ne vous soupçonne. Le corregidor, qui ne me veut nul bien, m'avait d'abord fait l'honneur de penser à moi. Il était persuadé, disait-il, que c'était moi qui avait tué don Cristoval. Savez-vous ce qui lui a fait changer d'opinion ? c'est qu'on lui a dit que j'avais passé toute la soirée avec vous ; et vous avez, mon cher, une si grande réputation de sainteté que vous en avez à revendre pour les autres. Quoi qu'il en soit, on ne pense pas à nous. L'espièglerie de cette brave petite Teresa nous rassure pour l'avenir : ainsi n'y pensons plus et ne songeons qu'à nous amuser.

– Ah ! Garcia, s'écria tristement don Juan, c'est une bien triste chose que de tuer un de ses semblables !

– Il y a quelque chose de plus triste, répondit don Garcia, c'est qu'un de nos semblables nous tue, et une troisième chose qui surpasse les deux autres en tristesse, c'est un jour passé sans dîner. C'est pourquoi je vous invite à dîner aujourd'hui avec quelques bons vivants, qui seront charmés de vous voir. » En disant ces mots, il sortit.

L'amour faisait déjà une puissante diversion aux remords de notre héros. La vanité acheva de les étouffer. Les étudiants avec lesquels il dîna chez Garcia avaient appris par lui quel était le véritable meurtrier de don Cristoval. Ce Cristoval était un cavalier fameux par son courage et par son adresse, redouté des étudiants : aussi sa mort ne pouvait qu'exciter leur gaieté, et son heureux adversaire fut accablé de compliments. À les entendre, il était l'honneur, la fleur, le bras de l'université. Sa santé fut bue avec enthousiasme, et un étudiant de Murcie improvisa un sonnet[1] à sa louange, dans lequel il le comparait au Cid et à Bernard del Carpio. En se levant de table, don Juan se sentait bien encore quelque poids sur le cœur ; mais, s'il avait eu le pouvoir de ressusciter don Cristoval, il est douteux qu'il en eût fait usage, de peur de perdre la considération et la renommée que cette mort lui avait acquises dans toute l'université de Salamanque.

Le soir venu, des deux côtés on fut exact au rendez-vous qui eut lieu sur les bords de la Tormes. Doña Teresa prit la main de don Juan (on ne donnait pas encore le bras aux femmes), et doña Fausta celle de don Garcia. Après quelques tours de promenade, les deux couples se séparèrent fort contents, avec la promesse de ne pas laisser échapper une seule occasion de se revoir.

1. *Sonnet* : poème à forme fixe, composé de deux quatrains et de deux tercets.

En quittant les deux sœurs, ils rencontrèrent quelques bohémiennes qui dansaient avec des tambours de basque au milieu d'un groupe d'étudiants. Ils se mêlèrent à eux. Les danseuses plurent à don Garcia, qui résolut de les emmener souper. La proposition fut aussitôt faite et aussitôt acceptée. En sa qualité de *fidus Achates* [1], don Juan était de la partie. Piqué de ce qu'une des bohémiennes lui avait dit qu'il avait l'air d'un moine novice, il s'étudia à faire tout ce qu'il fallait pour prouver que ce surnom était mal appliqué : il jura, dansa, joua et but autant à lui seul que deux étudiants de seconde année auraient pu le faire.

On eut beaucoup de peine à le ramener chez lui après minuit, un peu plus qu'ivre et dans un tel état de fureur qu'il voulait mettre le feu à Salamanque et boire toute la Tormes pour empêcher d'éteindre l'incendie.

C'est ainsi que don Juan perdait, l'une après l'autre, toutes les heureuses qualités que la nature et son éducation lui avaient données. Au bout de trois mois de séjour à Salamanque sous la direction de don Garcia, il avait tout à fait séduit la pauvre Teresa ; son camarade avait réussi de son côté huit à dix jours plus tôt. D'abord don Juan aima sa maîtresse avec tout l'amour qu'un enfant de son âge a pour la première femme qui se donne à lui ; mais don Garcia lui démontra sans peine que la constance était une vertu chimérique [2] ; de plus, que, s'il se conduisait autrement que ses camarades dans les orgies universitaires, il serait cause que la réputation de la Teresa en recevrait des atteintes. « Car, disait-il, il n'y a qu'un amour très violent et satisfait qui se contente d'une seule femme. » En outre, la mauvaise compagnie dans laquelle don Juan était plongé ne lui laissait pas un moment de repos. Il paraissait à

1. *Fidus Achates : fidèle Achate*, compagnon d'Énée dans *L'Énéide* de Virgile (70-19 avant J.-C.). \ **2.** *Chimérique :* illusoire.

peine dans les classes, ou bien, affaibli par les veilles et la débauche, il s'assoupissait aux doctes leçons des plus illustres professeurs. En revanche, il était toujours le premier et le dernier à la promenade ; et, quant à ses nuits, il passait régulièrement au cabaret ou en pire lieu celles que doña Teresa ne pouvait lui consacrer.

Un matin il avait reçu un billet de cette dame, qui lui exprimait le regret de manquer à un rendez-vous promis pour la nuit. Une vieille parente venait d'arriver à Salamanque, et on lui donnait la chambre de Teresa qui devait coucher dans celle de sa mère. Ce désappointement[1] affecta très médiocrement don Juan, qui trouva le moyen d'employer sa soirée. Au moment qu'il sortait dans la rue, préoccupé de ses projets, une femme voilée lui remit un billet ; il était de doña Teresa. Elle avait trouvé moyen d'avoir une autre chambre, et avait tout arrangé avec sa sœur pour le rendez-vous. Don Juan montra la lettre à don Garcia. Ils hésitèrent quelque temps ; puis enfin, machinalement et comme par habitude, ils escaladèrent le balcon de leurs maîtresses.

Doña Teresa avait à la gorge[2] un signe assez apparent. Ce fut une immense faveur que reçut don Juan la première fois qu'il eut la permission de le regarder. Pendant quelque temps il continua à le considérer comme la plus ravissante chose du monde. Tantôt il le comparait à une violette, tantôt à une anémone, tantôt à la fleur de l'alfalfa[3]. Mais bientôt ce signe, qui était réellement fort joli, cessa par la satiété de lui paraître tel[4]. « C'est une grande tache noire, voilà tout, se disait-il en soupirant. C'est dommage qu'elle se trouve là. Parbleu, c'est que cela ressemble à une couenne de lard. Le diable emporte

---

1. *Désappointement :* déception. \ **2.** *Gorge :* poitrine. \ **3.** *Alfalfa :* plante faisant partie de la famille de la luzerne. \ **4.** *Cessa par la satiété de lui paraître tel :* cessa de lui paraître joli parce qu'il l'avait suffisamment vu.

le signe ! » Un jour même il demanda à Teresa si elle n'avait pas consulté un médecin sur les moyens de le faire disparaître. À quoi la pauvre fille répondit, en rougissant jusqu'au blanc des yeux, qu'il n'y avait pas un seul homme, excepté lui, qui eût vu cette tache ; qu'au surplus sa nourrice avait coutume de lui dire que de tels signes portaient bonheur.

Le soir que j'ai dit, don Juan, étant venu au rendez-vous d'assez mauvaise humeur, revit le signe en question, qui lui parut encore plus grand que les autres fois. « Parbleu, c'est la représentation d'un gros rat, se dit-il à lui-même en le considérant. En vérité, c'est une monstruosité ! C'est un signe de réprobation comme celui dont fut marqué Caïn [1]. Il faut avoir le diable au corps pour faire sa maîtresse d'une pareille femme. » Il fut maussade au dernier point. Il querella sans sujet la pauvre Teresa, la fit pleurer, et la quitta vers l'aube sans vouloir l'embrasser. Don Garcia, qui sortait avec lui, marcha quelque temps sans parler ; puis, s'arrêtant tout d'un coup :

« Convenez, don Juan, dit-il, que nous nous sommes bien ennuyés cette nuit. Pour moi, j'en suis encore excédé, et j'ai bien envie d'envoyer une bonne fois la princesse à tous les diables !

– Vous avez tort, dit don Juan ; la Fausta est une charmante personne, blanche comme un cygne, et elle est toujours de bonne humeur. Et puis elle vous aime tant ! En vérité, vous êtes bien heureux.

– Blanche, à la bonne heure ; je conviens qu'elle est blanche ; mais elle n'a pas de couleurs ; et à côté de sa sœur elle semble un hibou auprès d'une colombe. C'est vous qui êtes bien heureux.

1. *Caïn :* allusion biblique au meurtre d'Abel par son frère Caïn, tous deux fils d'Adam et d'Ève. En réalité, le signe que Dieu imprime à Caïn est autant un signe de protection que de réprobation (*Genèse*, 4, 15-16).

– Comme cela, répondit don Juan. La petite est assez gentille, mais c'est une enfant. Il n'y a pas à causer raisonnablement avec elle. Elle a la tête farcie de romans de chevalerie, et elle s'est fait sur l'amour les opinions les plus extravagantes. Vous ne vous faites pas une idée de son exigence.

– C'est que vous êtes trop jeune, don Juan, et vous ne savez pas dresser vos maîtresses. Une femme, voyez-vous, est comme un cheval : si vous lui laissez prendre de mauvaises habitudes, si vous ne lui persuadez pas que vous ne lui pardonnerez aucun caprice, jamais vous n'en pourrez rien obtenir.

– Dites-moi, don Garcia, traitez-vous vos maîtresses comme vos chevaux ? Employez-vous souvent la gaule [1] pour leur faire passer leurs caprices ?

– Rarement ; mais je suis trop bon. Tenez, don Juan, voulez-vous me céder votre Teresa ? je vous promets qu'au bout de quinze jours elle sera souple comme un gant. Je vous offre Fausta en échange. Vous faut-il du retour ?

– Le marché serait assez de mon goût, dit don Juan en souriant, si ces dames de leur côté y consentaient. Mais doña Fausta ne voudrait jamais vous céder. Elle perdrait trop au change.

– Vous êtes trop modeste ; mais rassurez-vous. Je l'ai tant fait enrager hier, que le premier venu lui semblerait auprès de moi comme un ange de lumière pour un damné. Savez-vous, don Juan, poursuivit don Garcia, que je parle très sérieusement ? » Et don Juan rit plus fort du sérieux avec lequel son ami débitait ces extravagances.

Cette édifiante conversation fut interrompue par l'arrivée de plusieurs étudiants qui donnèrent un autre cours à leurs idées. Mais, le soir venu, les deux amis étant assis devant une

1. *Gaule :* cravache.

bouteille de vin de Montilla accompagnée d'une petite corbeille remplie de glands de Valence, don Garcia se remit à se plaindre de sa maîtresse. Il venait de recevoir une lettre de Fausta, pleine d'expressions tendres et de doux reproches, au milieu desquels on voyait percer son esprit enjoué et son habitude de saisir le côté ridicule de chaque chose.

« Tenez, dit don Garcia tendant la lettre à don Juan et bâillant outre mesure, lisez ce beau morceau. Encore un rendez-vous pour ce soir ! mais le diable m'emporte si j'y vais. »

Don Juan lut la lettre, qui lui parut charmante.

« En vérité, dit-il, si j'avais une maîtresse comme la vôtre, toute mon étude serait de la rendre heureuse.

– Prenez-la donc, mon cher, s'écria don Garcia, prenez-la, passez-vous-en la fantaisie. Je vous abandonne mes droits. Faisons mieux, ajouta-t-il en se levant, comme éclairé par une inspiration soudaine, jouons nos maîtresses. Voici des cartes. Faisons une partie d'hombre[1]. Doña Fausta est mon enjeu ; vous, mettez sur table doña Teresa. »

Don Juan, riant aux larmes de la folie de son camarade, prit les cartes et les mêla. Quoiqu'il ne mît presque aucune attention à son jeu, il gagna. Don Garcia, sans paraître chagrin de la perte de sa partie, demanda ce qu'il fallait pour écrire, et fit une espèce de billet à ordre, tiré sur doña Fausta, à laquelle il enjoignait de se mettre à la disposition du porteur, absolument comme il eût écrit à son intendant de compter cent ducats à un de ses créanciers[2].

Don Juan, riant toujours, offrait à don Garcia de lui donner sa revanche. Mais celui-ci refusa. « Si vous avez un peu de

1. *Hombre :* jeu de cartes espagnol, qui fut très en faveur en France au XVIIe siècle. Il est probable qu'à l'origine le joueur interpellait son adversaire en l'appelant *hombre* (homme). D'où le nom donné à ce jeu. \ **2.** *Créanciers :* personnes à qui l'on doit de l'argent.

courage, dit-il, prenez mon manteau, allez à la petite porte que bien vous connaissez. Vous ne trouverez que Fausta, puisque la Teresa ne vous attend pas. Suivez-la sans dire un mot ; une fois dans sa chambre, il se peut fort bien qu'elle éprouve un moment de surprise, qu'elle verse même une larme ou deux ; mais que cela ne vous arrête pas. Soyez sûr qu'elle n'osera crier. Montrez-lui alors ma lettre ; dites-lui que je suis un horrible scélérat, un monstre, tout ce que vous voudrez ; qu'elle a une vengeance facile et prompte, et cette vengeance, soyez certain qu'elle la trouvera bien douce. »

À chacune des paroles de Garcia le diable entrait plus avant dans le cœur de don Juan, et lui disait que ce qu'il n'avait jusqu'à présent regardé que comme une plaisanterie sans but pouvait se terminer pour lui de la manière la plus agréable. Il cessa de rire, et le rouge du plaisir commença à lui monter au front.

« Si j'étais assuré, dit-il, que Fausta consentît à cet échange…

– Si elle consentira ! s'écria le libertin. Quel blanc-bec[1] êtes-vous, mon camarade, pour croire qu'une femme puisse hésiter entre un amant de six mois et un amant d'un jour ! Allez, vous me remercierez tous les deux demain, je n'en doute pas, et la seule récompense que je vous demande, c'est de me permettre de faire la cour à Teresita pour me dédommager. » Puis, voyant que don Juan était plus qu'à moitié convaincu, il lui dit : « Décidez-vous, car pour moi je ne veux pas voir Fausta ce soir ; si vous n'en voulez pas, je donne ce billet au gros Fadrique, et c'est lui qui en aura l'aubaine.

– Ma foi, arrive que pourra ! » s'écria don Juan, saisissant le billet ; et pour se donner du courage, il avala d'un trait un grand verre de Montilla.

L'heure approchait. Don Juan, qu'un reste de conscience retenait encore, buvait coup sur coup pour s'étourdir. Enfin

1. *Blanc-bec :* jeune homme sans expérience.

l'horloge sonna. Don Garcia jeta son manteau sur les épaules de don Juan, et le conduisit jusqu'à la porte de sa maîtresse ; puis, ayant fait le signal convenu, il lui souhaita une bonne nuit, et s'éloigna sans le moindre remords de la mauvaise action qu'il venait de commettre.

Aussitôt la porte s'ouvrit. Doña Fausta attendait depuis quelque temps.

« Est-ce vous, don Garcia ? demanda-t-elle à voix basse.

– Oui », répondit don Juan encore plus bas, et la figure cachée sous les plis d'un large manteau. Il entra, et la porte s'étant refermée, don Juan commença à monter un escalier obscur avec son guide.

« Prenez le bout de ma mantille, dit-elle, et suivez-moi le plus doucement que vous pourrez. »

En peu d'instants il se trouva dans la chambre de Fausta. Une lampe seule y jetait une médiocre clarté. D'abord don Juan, sans ôter son manteau ni son chapeau, se tint debout, le dos près de la porte, n'osant encore se découvrir. Doña Fausta le considéra quelque temps sans rien dire ; puis tout d'un coup elle s'avança vers lui en lui tendant les bras. Don Juan, laissant alors tomber son manteau, imita son mouvement.

« Quoi ! c'est vous, seigneur don Juan ? s'écria-t-elle. Est-ce que don Garcia est malade ?

– Malade ? Non, dit don Juan… Mais il ne peut venir. Il m'a envoyé auprès de vous.

– Oh ! que j'en suis fâchée ! Mais, dites-moi, ce n'est pas une autre femme qui l'empêche de venir ?

– Vous le savez donc bien libertin ?…

– Que ma sœur va être contente de vous voir ! La pauvre enfant ! elle croyait que vous ne viendriez pas… Laissez-moi passer, je vais l'avertir.

– C'est inutile.

– Votre air est singulier, don Juan... Vous avez une mauvaise nouvelle à m'apprendre... Parlez, il est arrivé quelque malheur à don Garcia ? »

Pour s'épargner une réponse embarrassante, don Juan tendit à la pauvre fille l'infâme billet de don Garcia. Elle le lut avec précipitation, et ne le comprit pas d'abord. Elle le relut, et n'en put croire ses yeux. Don Juan l'observait avec attention, et la voyait tour à tour s'essuyer le front, se frotter les yeux ; ses lèvres tremblaient, une pâleur mortelle couvrait son visage, et elle était obligée de tenir à deux mains le papier pour qu'il ne tombât pas à terre. Enfin, se levant par un effort désespéré, elle s'écria : « Tout cela est faux ! c'est une horrible fausseté ! Don Garcia n'a jamais écrit cela ! »

Don Juan répondit : « Vous connaissez son écriture. Il ne savait pas le prix du trésor qu'il possédait... et moi j'ai accepté parce que je vous adore. »

Elle jeta sur lui un regard du plus profond mépris, et se mit à relire la lettre avec l'attention d'un avocat qui soupçonne une falsification dans un acte. Ses yeux étaient démesurément ouverts et fixés sur le papier. De temps en temps une grosse larme s'en échappait sans qu'elle clignât la paupière, et tombait en glissant sur ses joues. Tout à coup elle sourit d'un sourire de fou, et s'écria : « C'est une plaisanterie, n'est-ce pas ? C'est une plaisanterie ? don Garcia est là, il va venir !...

– Ce n'est point une plaisanterie, doña Fausta. Il n'y a rien de plus vrai que l'amour que j'ai pour vous. Je serais bien malheureux si vous ne me croyiez pas.

– Misérable ! s'écria doña Fausta ; mais si tu dis vrai, tu es un plus grand scélérat encore que don Garcia.

– L'amour excuse tout, belle Faustita. Don Garcia vous abandonne ; prenez-moi pour vous consoler. Je vois peints sur ce panneau Bacchus et Ariane ; laissez-moi être votre Bacchus [1]. »

Sans répondre un mot, elle saisit un couteau sur la table, et s'avança vers don Juan en le tenant élevé au-dessus de sa tête. Mais il avait vu le mouvement ; il lui saisit le bras, la désarma sans peine, et, se croyant autorisé à la punir de ce commencement d'hostilités, il l'embrassa trois ou quatre fois, et voulut l'entraîner vers un petit lit de repos. Doña Fausta était une femme faible et délicate ; mais la colère lui donnait des forces, elle résistait à don Juan, tantôt se cramponnant aux meubles, tantôt se défendant des mains, des pieds et des dents. D'abord don Juan avait reçu quelques coups en souriant, mais bientôt la colère fut chez lui aussi forte que l'amour. Il étreignit fortement Fausta sans craindre de froisser sa peau délicate. C'était un lutteur irrité qui voulait à tout prix triompher de son adversaire, prêt à l'étouffer, s'il fallait, pour le vaincre. Fausta eut alors recours à la dernière ressource qui lui restait. Jusque-là un sentiment de pudeur féminine l'avait empêchée d'appeler à son aide ; mais, se voyant sur le point d'être vaincue, elle fit retentir la maison de ses cris.

Don Juan sentit qu'il ne s'agissait plus pour lui de posséder sa victime, et qu'il devait avant tout songer à sa sûreté. Il voulut repousser Fausta et gagner la porte, mais elle s'attachait à ses habits, et il ne pouvait s'en débarrasser. En même temps se faisait entendre le bruit alarmant de portes qui s'ouvraient ; des pas et des voix d'hommes s'approchaient ; il n'y avait pas un instant à perdre. Il fit un effort pour rejeter loin de lui doña Fausta ; mais elle l'avait saisi par le pourpoint avec tant de force, qu'il tourna sur lui-même avec elle sans avoir gagné autre chose que de changer de position. Fausta était alors du côté de la porte qui s'ouvrait en dedans. Elle continuait ses cris. En même

1. *Bacchus :* dans la mythologie antique, dieu du vin qui épouse Ariane après que celle-ci a été abandonnée par le héros Thésée.

temps la porte s'ouvre ; un homme tenant une arquebuse à la main paraît à l'entrée. Il laisse échapper une exclamation de surprise, et une détonation suit aussitôt. La lampe s'éteignit, et don Juan sentit que les mains de doña Fausta se desserraient, et que quelque chose de chaud et de liquide coulait sur les siennes. Elle tomba ou plutôt glissa sur le plancher, la balle venait de lui fracasser l'épine du dos ; son père l'avait tuée au lieu de son ravisseur. Don Juan, se sentant libre, s'élança vers l'escalier au milieu de la fumée de l'arquebuse. D'abord il reçut un coup de crosse du père et un coup d'épée du laquais qui le suivait. Mais ni l'un ni l'autre ne lui firent beaucoup de mal. Mettant l'épée à la main, il chercha à se frayer un passage et à éteindre le flambeau que portait le laquais. Effrayé de son air résolu, celui-ci, se retira en arrière. Pour don Alonso de Ojeda, homme ardent et intrépide, il se précipita sur don Juan sans hésiter : celui-ci para quelques bottes, et sans doute il n'avait d'abord que l'intention de se défendre ; mais l'habitude de l'escrime fait qu'une riposte, après une parade, n'est plus qu'un mouvement machinal et presque involontaire. Au bout d'un instant, le père de doña Fausta poussa un grand soupir et tomba mortellement blessé. Don Juan, trouvant le passage libre, s'élança comme un trait sur l'escalier, de là vers la porte, et en un clin d'œil il fut dans la rue sans être poursuivi des domestiques, qui s'empressaient autour de leur maître expirant. Doña Teresa, accourue au bruit du coup d'arquebuse, avait vu cette horrible scène et était tombée évanouie à côté de son père. Elle ne connaissait encore que la moitié de son malheur.

Don Garcia achevait la dernière bouteille de Montilla lorsque don Juan, pâle, couvert de sang, les yeux égarés, son pourpoint déchiré et son rabat sortant d'un demi-pied[1] de ses

1. *Demi-pied :* la moitié d'un pied, ancienne unité de mesure équivalant à 0,32 mètre.

limites ordinaires, entra précipitamment dans sa chambre et se jeta tout haletant sur un fauteuil sans pouvoir parler. L'autre comprit à l'instant que quelque accident grave venait d'arriver. Il laissa don Juan respirer péniblement deux ou trois fois, puis il lui demanda des détails ; en deux mots il fut au fait. Don Garcia, qui ne perdait pas facilement son flegme[1] habituel, écouta sans sourciller le récit entrecoupé que lui fit son ami. Puis, remplissant un verre et le lui présentant : « Buvez, dit-il, vous en avez besoin. C'est une mauvaise affaire, ajouta-t-il après avoir bu lui-même. Tuer un père est grave… Il y a bien des exemples pourtant, à commencer par le Cid. Le pire, c'est que vous n'avez pas cinq cents hommes, tous habillés de blanc, tous vos cousins, pour vous défendre des archers de Salamanque et des parents du défunt… Occupons-nous d'abord du plus pressé… » Il fit deux ou trois tours dans la chambre comme pour recueillir ses idées.

« Rester à Salamanque, reprit-il, après une semblable esclandre, ce serait folie. Ce n'est pas un hobereau[2] que don Alonso de Ojeda, et d'ailleurs les domestiques ont dû vous reconnaître. Admettons pour un moment que vous n'ayez pas été reconnu ; vous vous êtes acquis maintenant à l'Université une réputation si avantageuse, qu'on ne manquera pas de vous imputer un méfait anonyme. Tenez, croyez-moi, il faut partir, et le plus tôt, c'est le mieux. Vous êtes devenu ici trois fois plus savant qu'il ne sied à un gentilhomme de bonne maison. Laissez là Minerve[3], et essayez un peu de Mars[4] ; cela vous réussira mieux, car vous avez des dispositions. On se bat en Flandre. Allons tuer des hérétiques ; rien n'est plus propre à racheter nos peccadilles en ce monde. Amen ! Je finis comme au sermon. »

1. *Flegme :* calme. \ **2.** *Hobereau :* gentilhomme issu de la petite noblesse. \ **3.** *Minerve :* déesse de la sagesse. \ **4.** *Mars :* dieu de la guerre.

Le mot de Flandre[1] opéra comme un talisman sur don Juan. Quitter l'Espagne, il croyait que c'était s'échapper à lui-même. Au milieu des fatigues et des dangers de la guerre, il n'aurait pas de loisir pour ses remords ! « En Flandre, en Flandre ! s'écria-t-il, allons nous faire tuer en Flandre !

– De Salamanque à Bruxelles il y a loin, reprit gravement don Garcia, et dans votre position vous ne pouvez partir trop tôt. Songez que si M. le corregidor vous attrape, il vous sera bien difficile de faire une campagne ailleurs que sur les galères de Sa Majesté. »

Après s'être concerté quelques instants avec son ami, don Juan se dépouilla promptement de son habit d'étudiant. Il prit une veste de cuir brodé telle qu'en portaient alors les militaires, un grand chapeau rabattu, et n'oublia pas de garnir sa ceinture d'autant de doublons que don Garcia pu la charger. Tous ces apprêts ne durèrent que quelques minutes. Il se mit en route à pied, sortit de la ville sans être reconnu, et marcha toute la nuit et toute la matinée suivante, jusqu'à ce que la chaleur du soleil l'obligeât à s'arrêter. À la première ville où il arriva, il s'acheta un cheval, et s'étant joint à une caravane de voyageurs, il parvint sans obstacle à Saragosse[2]. Là il demeura quelques jours sous le nom de don Juan Carrasco. Don Garcia, qui avait quitté Salamanque le lendemain de son départ, prit un autre chemin et le rejoignit à Saragosse. Ils n'y firent pas un long séjour. Après avoir accompli fort à la hâte leurs dévotions à Notre-Dame du Pilier[3], non sans lorgner les beautés aragonaises, pourvus chacun d'un bon domestique, ils se rendirent à Barcelone, où ils s'embarquèrent pour Civita-Vecchia[4]. La fatigue, le mal de mer, la nouveauté des sites et la légèreté

1. *Flandre :* province de l'actuelle Belgique, possession espagnole à l'époque où se déroule l'action. \ 2. *Saragosse :* ville de la province d'Aragon en Espagne. \ 3. *Notre-Dame du Pilier :* sanctuaire de Saragosse où la Vierge serait apparue. \ 4. *Civita-Vecchia :* port italien.

naturelle de don Juan, tout se réunissait pour qu'il oubliât vite les horribles scènes qu'il laissait derrière lui. Pendant quelques mois, les plaisirs que les deux amis trouvèrent en Italie leur firent négliger le but principal de leur voyage ; mais, les fonds [1] commençant à leur manquer, ils se joignirent à un certain nombre de leurs compatriotes, braves comme eux et légers d'argent, et se mirent en route pour l'Allemagne.

Arrivés à Bruxelles, chacun s'enrôla dans la compagnie du capitaine qui lui plut. Les deux amis voulurent faire leurs premières armes dans celle du capitaine don Manuel Gomare, d'abord parce qu'il était Andalou, ensuite parce qu'il passait pour n'exiger de ses soldats que du courage et des armes bien polies et en bon état, fort accommodant d'ailleurs sur la discipline.

Charmé de leur bonne mine, celui-ci les traita bien et selon leurs goûts, c'est-à-dire qu'il les employa dans toutes les occasions périlleuses. La fortune leur fut favorable, et là où beaucoup de leurs camarades trouvèrent la mort, ils ne reçurent pas une blessure et se firent remarquer des généraux. Ils obtinrent chacun une enseigne [2] le même jour. Dès ce moment, se croyant sûrs de l'estime et de l'amitié de leurs chefs, ils avouèrent leurs véritables noms et reprirent leur train de vie ordinaire, c'est-à-dire qu'ils passaient le jour à jouer ou à boire, et la nuit à donner des sérénades aux plus jolies femmes des villes où ils se trouvaient en garnison pendant l'hiver. Ils avaient reçu de leurs parents leur pardon, ce qui les toucha médiocrement, et des lettres de crédit sur des banquiers d'Anvers. Ils en firent bon usage. Jeunes, riches, braves et entreprenants, leurs conquêtes furent nombreuses et rapides. Je ne m'arrêterai pas à les raconter ; qu'il suffise au lecteur de savoir

1. *Les fonds :* l'argent. \ **2.** *Enseigne :* charge d'officier.

que, lorsqu'ils voyaient une jolie femme, tous les moyens leur étaient bons pour l'obtenir. Promesses, serments n'étaient qu'un jeu pour ces indignes libertins ; et si des frères ou des maris trouvaient à redire à leur conduite, ils avaient pour leur répondre de bonnes épées et des cœurs impitoyables.

La guerre recommença avec le printemps.

Dans une escarmouche qui fut malheureuse pour les Espagnols, le capitaine Gomare fut mortellement blessé. Don Juan, qui le vit tomber, courut à lui et appela quelques soldats pour l'emporter ; mais le brave capitaine, rassemblant ce qui lui restait de forces, lui dit : « Laissez-moi mourir ici, je sens que c'est fait de moi. Autant vaut mourir ici qu'une demi-lieue plus loin. Gardez vos soldats ; ils vont être assez occupés, car je vois les Hollandais qui s'avancent en force. – Enfants, ajoutait-il en s'adressant aux soldats qui s'empressaient autour de lui, serrez-vous autour de vos enseignes et ne vous inquiétez pas de moi. »

Don Garcia survint en ce moment, et lui demanda s'il n'avait pas quelque dernière volonté qui pût être exécutée après sa mort.

« Que diable voulez-vous que je veuille dans un moment comme celui-ci ?... » Il parut se recueillir quelques instants. « Je n'ai jamais beaucoup songé à la mort, reprit-il, et je ne la croyais pas si prochaine... Je ne serais pas fâché d'avoir auprès de moi quelque prêtre... Mais tous nos moines sont aux bagages... Il est dur pourtant de mourir sans confession !

– Voici mon livre d'heures[1], dit don Garcia en lui présentant un flacon de vin. Prenez courage. »

Les yeux du vieux soldat devenaient de plus en plus troubles. La plaisanterie de don Garcia ne fut pas remarquée par lui, mais les vieux soldats qui l'entouraient en furent scandalisés.

1. *Livre d'heures :* livre de prières.

« Don Juan, dit le moribond, approchez, mon enfant. Venez, je vous fais mon héritier. Prenez cette bourse, elle contient tout ce que je possède ; il vaut mieux qu'elle soit à vous qu'à ces excommuniés[1]. La seule chose que je vous demande, c'est de faire dire quelques messes pour le repos de mon âme. »

Don Juan promit en lui serrant la main, tandis que don Garcia lui faisait observer tout bas quelle différence il y avait entre les opinions d'un homme faible quand il meurt et celles qu'il professe assis devant une table couverte de bouteilles. Quelques balles venant à siffler à leurs oreilles leur annoncèrent l'approche des Hollandais. Les soldats reprirent leurs rangs. Chacun dit adieu à la hâte au capitaine Gomare, et on ne s'occupa plus que de faire retraite en bon ordre. Cela était assez difficile avec un ennemi nombreux, un chemin défoncé par les pluies, et des soldats fatigués d'une longue marche. Pourtant les Hollandais ne purent les entamer, et abandonnèrent la poursuite à la nuit sans avoir pris un drapeau ou fait un seul prisonnier qui ne fût blessé.

Le soir, les deux amis, assis dans une tente avec quelques officiers, devisaient[2] de l'affaire à laquelle ils venaient d'assister. On blâma les dispositions du commandant du jour, et l'on trouva après coup tout ce qu'il aurait fallu faire. Puis on en vint à parler des morts et des blessés.

« Pour le capitaine Gomare, dit don Juan, je le regretterai longtemps. C'était un brave officier, bon camarade, un véritable père pour ses soldats.

– Oui, dit don Garcia ; mais je vous avouerai que jamais je n'ai été si surpris que lorsque je l'ai vu tant en peine pour n'avoir pas une robe noire[3] à ses côtés. Cela ne prouve qu'une

1. *Excommuniés :* Hollandais, protestants, qui étaient excommuniés par le pape. \ **2.** *Devisaient :* discutaient. \ **3.** *Une robe noire :* un prêtre.

chose, c'est qu'il est plus facile d'être brave en paroles qu'en actions. Tel se moque d'un danger éloigné qui pâlit quand il s'approche. À propos, don Juan, puisque vous êtes son héritier, dites-nous ce qu'il y a dans la bourse qu'il vous a laissée ? »

Don Juan l'ouvrit alors pour la première fois, et vit qu'elle contenait environ soixante pièces d'or.

« Puisque nous sommes en fonds, dit don Garcia, habitué à regarder la bourse de son ami comme la sienne, pourquoi ne ferions-nous pas une partie de pharaon[1] au lieu de pleurnicher ainsi en pensant à nos amis morts ? »

La proposition fut goûtée de tous ; on apporta quelques tambours que l'on couvrit d'un manteau. Ils servirent de table de jeu. Don Juan joua le premier, conseillé par don Garcia ; mais avant de ponter[2] il tira de sa bourse dix pièces d'or qu'il enveloppa dans son mouchoir et qu'il mit dans sa poche.

« Que diable voulez-vous en faire ? s'écria don Garcia. Un soldat thésauriser[3] ! et la veille d'une affaire !

– Vous savez, don Garcia, que tout cet argent n'est pas à moi. Don Manuel m'a fait un legs *sub pœnæ nomine*[4], comme nous disions à Salamanque.

– La peste soit du fat ! s'écria don Garcia. Je crois, le diable m'emporte, qu'il a l'intention de donner ces dix écus au premier curé que nous rencontrerons.

– Pourquoi pas ? Je l'ai promis.

– Taisez-vous ; par la barbe de Mahomet ! vous me faites honte, et je ne vous reconnais pas. »

Le jeu commença ; les chances furent d'abord variées ; bientôt elles tournèrent décidément contre don Juan. En vain, pour rompre la veine, don Garcia prit les cartes ; au bout d'une

1. *Pharaon :* jeu de cartes où l'on mise de l'argent. \ **2.** *Ponter :* miser. \ **3.** *Thésauriser :* économiser. \ **4.** *Legs sub pœnæ nomine :* legs avec châtiment possible en cas de non exécution d'une des clauses.

heure, tout l'argent qu'ils possédaient, et de plus les cinquante écus du capitaine Gomare, étaient passés dans les mains du banquier. Don Juan voulait aller dormir ; mais don Garcia était échauffé, il prétendit avoir sa revanche et regagner ce qu'il avait perdu.

« Allons, monsieur Prudent, dit-il, voyons ces derniers écus que vous avez si bien serrés. Je suis sûr qu'ils nous porteront bonheur.

– Songez, don Garcia, que j'ai promis !...

– Allons, allons, enfant que vous êtes ! il s'agit bien de messes à présent. Le capitaine, s'il était ici, aurait plutôt pillé une église que de laisser passer une carte sans ponter.

– Voilà cinq écus, dit don Juan. Ne les exposez pas d'un seul coup.

– Point de faiblesse ! » dit don Garcia. Et il mit les cinq écus sur un roi. Il gagna, fit paroli[1], mais perdit le second coup. « Voyons les cinq derniers ! » s'écria-t-il pâlissant de colère. Don Juan fit quelques objections facilement surmontées ; il céda et donna quatre écus qui aussitôt suivirent les premiers. Don Garcia, jetant les cartes au nez du banquier, se leva furieux. Il dit à don Juan : « Vous avez toujours été heureux, vous, et j'ai entendu dire qu'un dernier écu a un grand pouvoir pour conjurer le sort. »

Don Juan était pour le moins aussi furieux que lui. Il ne pensa plus aux messes ni à son serment. Il mit sur un as le seul écu restant, et le perdit aussitôt.

« Au diable l'âme du capitaine Gomare ! s'écria-t-il. Je crois que son argent était ensorcelé !... »

Le banquier leur demanda s'ils voulaient jouer encore ; mais, comme ils n'avaient plus d'argent et qu'on fait diffici-

1. *Fit paroli :* misa le double de la somme qu'il venait de gagner.

lement crédit à des gens qui s'exposent tous les jours à se faire casser la tête, force leur fut de quitter le jeu et de chercher à se consoler avec les buveurs. L'âme du pauvre capitaine fut tout à fait oubliée.

Quelques jours après, les Espagnols, ayant reçu des renforts, reprirent l'offensive et marchèrent en avant. Ils traversèrent les lieux où l'on s'était battu. Les morts n'étaient pas encore enterrés. Don Garcia et don Juan pressaient leurs chevaux pour échapper à ces cadavres qui choquaient à la fois la vue et l'odorat, lorsqu'un soldat qui les précédait fit un grand cri à la vue d'un corps gisant dans un fossé. Ils s'approchèrent et reconnurent le capitaine Gomare. Il était pourtant presque défiguré. Ses traits déformés et roidis dans d'horribles convulsions prouvaient que ses derniers moments avaient été accompagnés de douleurs atroces. Bien que déjà familiarisé avec de tels spectacles, don Juan ne put s'empêcher de frémir en voyant ce cadavre, dont les yeux ternes et remplis de sang caillé semblaient dirigés vers lui d'un air de menace. Il se rappela les dernières recommandations du pauvre capitaine, et comment il avait négligé de les exécuter. Pourtant, la dureté factice[1] dont il était parvenu à remplir son cœur le délivra bientôt de ces remords ; il fit promptement creuser une fosse pour ensevelir le capitaine. Par hasard, un capucin se trouvait là, qui récita quelques prières à la hâte. Le cadavre, aspergé d'eau bénite, fut recouvert de pierres et de terre, et les soldats poursuivirent leur route plus silencieux que de coutume : mais don Juan remarqua un vieil arquebusier qui, après avoir longtemps fouillé dans ses poches, y trouva enfin un écu, qu'il donna au capucin en lui disant : « Voilà pour dire des messes au capitaine Gomare. » Ce jour-là, don Juan donna des preuves d'une

1. *Factice* : artificielle.

bravoure extraordinaire, et s'exposa au feu de l'ennemi avec si peu de ménagement qu'on eût dit qu'il voulait se faire tuer. « On est brave quand on n'a plus le sou », disaient ses camarades.

Peu de temps après la mort du capitaine Gomare, un jeune soldat fut admis comme recrue dans la compagnie où servaient don Juan et don Garcia ; il paraissait décidé et intrépide, mais d'un caractère sournois et mystérieux. Jamais on ne le voyait boire ni jouer avec ses camarades ; il passait des heures entières assis sur un banc dans le corps de garde, occupé à regarder voler les mouches, ou bien à faire jouer la détente de son arquebuse. Les soldats, qui le raillaient de sa réserve, lui avaient donné le sobriquet de *Modesto*. C'était sous ce nom qu'il était connu dans la compagnie, et ses chefs même ne lui en donnaient pas d'autre.

La campagne finit par le siège de Berg-op-Zoom [1], qui fut, comme on le sait, un des plus meurtriers de cette guerre, les assiégés s'étant défendus avec le dernier acharnement. Une nuit les deux amis se trouvaient ensemble de service à la tranchée, alors tellement rapprochée des murailles de la place que le poste était des plus dangereux. Les sorties des assiégés étaient fréquentes, et leur feu vif et bien dirigé.

La première partie de la nuit se passa en alertes continuelles ; ensuite assiégés et assiégeants parurent céder également à la fatigue. De part et d'autre on cessa de tirer, et un profond silence s'établit dans toute la plaine, ou s'il était interrompu, ce n'était que par de rares décharges, qui n'avaient d'autre but que de prouver que si on avait cessé de combattre on continuait néanmoins à faire bonne garde. Il était environ quatre heures du matin ; c'est le moment où l'homme qui a veillé éprouve

1. *Berg-op-Zoom :* ville hollandaise qui a connu plusieurs sièges mais aucun qui ne correspond à la chronologie de l'histoire racontée par Mérimée.

une sensation de froid pénible, accompagnée d'une espèce d'accablement moral, produit par la lassitude physique et l'envie de dormir. Il n'est aucun militaire de bonne foi qui ne convienne qu'en de pareilles dispositions d'esprit et de corps il s'est senti capable de faiblesses dont il a rougi après le lever du soleil.

« Morbleu ! s'écria don Garcia en piétinant pour se réchauffer, et serrant son manteau autour de son corps, je sens ma moelle se figer dans mes os ; je crois qu'un enfant hollandais me battrait avec une cruche à bière pour toute arme. En vérité, je ne me reconnais plus. Voilà une arquebuse qui vient de me faire tressaillir. Ma foi ! si j'étais dévot, il ne tiendrait qu'à moi de prendre l'étrange état où je me trouve pour un avertissement d'en haut[1]. »

Tous ceux qui étaient présents, et don Juan surtout, furent extrêmement surpris de l'entendre parler du ciel, car il ne s'en occupait guère ; ou s'il en parlait, c'était pour s'en moquer. S'apercevant que plusieurs souriaient à ces paroles, ranimé par un sentiment de vanité, il s'écria :

« Que personne, au moins, n'aille s'aviser de croire que j'ai peur des Hollandais, de Dieu ou du diable, car nous aurions à la garde montante[2] nos comptes à régler ensemble !

– Passe pour les Hollandais, mais pour Dieu et l'Autre, il est bien permis de les craindre, dit un vieux capitaine à moustaches grises, qui portait un chapelet suspendu à côté de son épée.

– Quel mal peuvent-ils me faire ? demanda-t-il ; le tonnerre ne porte pas aussi juste qu'une arquebuse protestante.

– Et votre âme ? dit le vieux capitaine en se signant à cet horrible blasphème.

1. *D'en haut :* divin. \ **2.** *À la garde montante :* à la relève de la garde, au moment où la garde est remplacée.

– Ah ! pour mon âme… il faudrait, avant tout, que je fusse bien sûr d'en avoir une. Qui m'a jamais dit que j'eusse une âme ? Les prêtres. Or l'invention de l'âme leur rapporte de si beaux revenus, qu'il n'est pas douteux qu'ils n'en soient les auteurs, de même que les pâtissiers ont inventé les tartes pour les vendre.

– Don Garcia, vous finirez mal, dit le vieux capitaine. Ces propos-là ne doivent pas se tenir à la tranchée.

– À la tranchée comme ailleurs, je dis ce que je pense. Mais je me tais, car voici mon camarade don Juan dont le chapeau va tomber, tant ses cheveux se dressent sur sa tête. Lui ne croit pas seulement à l'âme ; il croit encore aux âmes du purgatoire.

– Je ne suis point un esprit fort [1], dit don Juan en riant, et j'envie parfois votre sublime indifférence pour les choses de l'autre monde ; car, je vous l'avouerai, dussiez-vous vous moquer de moi, il y a des instants où ce que l'on raconte des damnés me donne des rêveries désagréables.

– La meilleure preuve du peu de pouvoir du diable, c'est que vous êtes aujourd'hui debout dans cette tranchée. Sur ma parole, messieurs, ajouta don Garcia en frappant sur l'épaule de don Juan, s'il y avait un diable, il aurait déjà emporté ce garçon-là. Tout jeune qu'il est, je vous le donne pour un véritable excommunié. Il a mis plus de femmes à mal et plus d'hommes en bière que deux cordeliers [2] et deux braves de Valence n'auraient pu faire. »

Il parlait encore quand un coup d'arquebuse partit du côté de la tranchée qui touchait au camp espagnol. Don Garcia porta la main sur sa poitrine, et s'écria : « Je suis blessé ! » Il chancela, et tomba presque aussitôt. En même temps on vit un homme prendre la fuite, mais l'obscurité le déroba bientôt à ceux qui le poursuivaient.

1. *Esprit fort* : athée. \ **2.** *Cordeliers* : religieux appartenant à l'ordre de saint François d'Assise.

La blessure de don Garcia parut mortelle. Le coup avait été tiré de très près, et l'arme était chargée de plusieurs balles. Mais la fermeté de ce libertin endurci ne se démentit pas un instant. Il renvoya bien loin ceux qui lui parlaient de se confesser. Il disait à don Juan : « Une seule chose me fâche après ma mort, c'est que les capucins[1] vous persuaderont que c'est un jugement de Dieu contre moi. Convenez avec moi qu'il n'y a rien de plus naturel qu'une arquebuse tue un soldat. Ils disent que le coup a été tiré de notre côté : c'est sans doute quelque jaloux rancunier qui m'a fait assassiner. Faites-le pendre haut et court, si vous l'attrapez. Écoutez, don Juan, j'ai deux maîtresses à Anvers, trois à Bruxelles, et d'autres ailleurs que je ne me rappelle guère… ma mémoire se trouble… Je vous les lègue… faute de mieux. Prenez encore mon épée… et surtout n'oubliez pas la botte que je vous ai apprise… Adieu…, et, au lieu de messes, que mes camarades se réunissent dans une glorieuse orgie après mon enterrement. »

Telles furent à peu près ses dernières paroles. De Dieu, de l'autre monde, il ne s'en soucia pas plus qu'il ne l'avait fait étant plein de vie et de force. Il mourut le sourire sur les lèvres, la vanité lui donnant la force de soutenir jusqu'au bout le rôle détestable qu'il avait si longtemps joué. Modesto ne reparut plus. Toute l'armée fut persuadée qu'il était l'assassin de don Garcia ; mais on se perdait en vaines conjectures sur les motifs qui l'avaient poussé à ce meurtre.

Don Juan regretta don Garcia plus qu'il n'aurait fait son frère. Il se disait, l'insensé ! qu'il lui devait tout. C'était lui qui l'avait initié aux mystères de la vie, qui avait détaché de ses yeux l'écaille épaisse qui les couvrait. Qu'étais-je avant de le connaître ? se demandait-il, et son amour-propre lui disait qu'il était devenu un être supérieur aux autres hommes. Enfin

1. *Capucins :* religieux appartenant à une branche de l'ordre de saint François fondée au XVIe siècle.

tout le mal qu'en réalité lui avait fait la connaissance de cet athée, il le changeait en bien, et il en était aussi reconnaissant qu'un disciple doit l'être à l'égard de son maître.

Les tristes impressions que lui laissa cette mort si soudaine demeurèrent assez longtemps dans son esprit pour l'obliger à changer pendant plusieurs mois son genre de vie. Mais peu à peu il revint à ses anciennes habitudes, maintenant trop enracinées en lui pour qu'un accident pût les changer. Il se remit à jouer, à boire, à courtiser les femmes et à se battre avec les maris. Tous les jours il avait de nouvelles aventures. Aujourd'hui montant à une brèche, le lendemain escaladant un balcon ; le matin ferraillant avec un mari, le soir buvant avec des courtisanes.

Au milieu de ses débauches il apprit que son père venait de mourir ; sa mère ne lui avait survécu que de quelques jours, en sorte qu'il reçut les deux nouvelles à la fois. Les hommes d'affaires, d'accord avec son propre goût, lui conseillaient de retourner en Espagne et de prendre possession du majorat [1] et des grands biens dont il venait d'hériter. Depuis longtemps il avait obtenu sa grâce pour la mort de don Alonso de Ojeda, le père de doña Fausta, et il regardait cette affaire comme entièrement terminée. D'ailleurs, il avait envie de s'exercer sur un plus grand théâtre. Il pensait aux délices de Séville et aux nombreuses beautés qui n'attendaient, sans doute, que son arrivée pour se rendre à discrétion. Quittant donc la cuirasse, il partit pour l'Espagne. Il séjourna quelque temps à Madrid ; se fit remarquer dans une course de taureaux [2] par la richesse de son costume et son adresse à piquer ; il y fit quelques conquêtes, mais ne s'y arrêta pas longtemps. Arrivé à Séville, il éblouit petits et grands par son faste et sa magnificence.

1. *Majorat :* bien attaché à la détention d'un titre de noblesse et transmis avec le titre au fils aîné. \ **2.** *Course de taureaux :* corrida.

Tous les jours il donnait des fêtes nouvelles où il invitait les plus belles dames de l'Andalousie. Tous les jours nouveaux plaisirs, nouvelles orgies dans son magnifique palais. Il était devenu le roi d'une foule de libertins qui, désordonnés et indisciplinables avec tout le monde, lui obéissaient avec cette docilité qui se trouve top souvent dans les associations des méchants. Enfin il n'y avait pas de débauche dans laquelle il ne se plongeât, et comme un riche vicieux n'est pas seulement dangereux pour lui-même, son exemple pervertissait la jeunesse andalouse, qui l'élevait aux nues et le prenait pour modèle. Nul doute que, si la Providence eût souffert plus longtemps son libertinage, il n'eût fallu une pluie de feu pour faire justice des désordres et des crimes de Séville. Une maladie, qui retint don Juan dans son lit pendant quelques jours, ne lui inspira pas de retour sur lui-même ; au contraire, il ne demandait à son médecin de lui rendre la santé qu'afin de courir à de nouveaux excès.

Pendant sa convalescence, il s'amusa à dresser une liste de toutes les femmes qu'il avait séduites et de tous les maris qu'il avait trompés. La liste était divisée méthodiquement en deux colonnes. Dans l'une étaient les noms des femmes et leur signalement sommaire ; à côté, le nom de leurs maris et leur profession. Il eut beaucoup de peine à retrouver dans sa mémoire les noms de toutes ces malheureuses, et il est à croire que ce catalogue était loin d'être complet. Un jour, il le montra à un de ses amis qui était venu lui rendre visite ; et comme en Italie il avait eu les faveurs d'une femme qui osait se vanter d'avoir été la maîtresse d'un pape, la liste commençait par son nom, et celui du pape figurait dans la liste des maris. Venait ensuite un prince régnant, puis des ducs, des marquis, enfin jusqu'à des artisans.

« Vois, mon cher, dit-il à son ami ; vois, nul n'a pu m'échapper, depuis le pape jusqu'au cordonnier : il n'y a pas une classe qui ne m'ait fourni sa quote-part. »

Don Torribio, c'était le nom de cet ami, examina le catalogue, et le lui rendit en disant d'un ton de triomphe : « Il n'est pas complet !

– Comment ! pas complet ? Qui manque donc à ma liste de maris ?

– DIEU, répondit don Torribio.

– Dieu ? c'est vrai, il n'y a pas de religieuse. Morbleu[1] ! je te remercie de m'avoir averti. Eh bien ! je te jure ma foi de gentilhomme qu'avant qu'il soit un mois il sera sur ma liste, avant Mgr le pape, et que je te ferai souper ici avec une religieuse. Dans quel couvent de Séville y a-t-il de jolies nonnes ? »

Quelques jours après, don Juan était en campagne. Il se mit à fréquenter les églises des couvents de femmes, s'agenouillant fort près des grilles qui séparent les épouses du Seigneur du reste des fidèles. Là il jetait ses regards effrontés sur ces vierges timides, comme un loup entré dans une bergerie cherche la brebis la plus grasse pour l'immoler la première. Il eut bientôt remarqué, dans l'église de Notre-Dame du Rosaire, une jeune religieuse d'une beauté ravissante, que relevait encore un air de mélancolie répandu sur tous ses traits. Jamais elle ne levait les yeux, ni ne les tournait à droite ou à gauche ; elle paraissait entièrement absorbée par le divin mystère qu'on célébrait devant elle. Ses lèvres remuaient doucement, et il était facile de voir qu'elle priait avec plus de ferveur et d'onction[2] que toutes ses compagnes. Sa vue rappela à don Juan d'anciens souvenirs. Il lui sembla qu'il avait vu cette femme ailleurs, mais il lui était impossible de se rappeler en quel temps et en quel lieu. Tant de portraits étaient plus ou moins bien gravés dans sa mémoire, qu'il lui était impossible de ne pas faire de confusion. Deux jours de suite il revint dans l'église, se plaçant

1. *Morbleu :* juron qui est l'équivalent de « Mort de Dieu ! ». \ **2.** *Onction :* douceur dans les gestes qui marque une grande dévotion.

toujours près de la grille, sans pouvoir parvenir à faire lever les yeux à la sœur Agathe. Il avait appris que tel était son nom.

La difficulté de triompher d'une personne si bien gardée par sa position et sa modestie ne servait qu'à irriter les désirs de don Juan. Le point le plus important, et aussi le plus difficile, c'était d'être remarqué. Sa vanité lui persuadait que s'il pouvait seulement attirer l'attention de la sœur Agathe, la victoire était plus qu'à demi gagnée. Voici l'expédient[1] dont il s'avisa pour obliger cette belle personne à lever les yeux. Il se plaça aussi près d'elle qu'il lui fut possible, et, profitant du moment de l'élévation[2], où tout le monde se prosterne, il passa la main entre les barreaux de la grille et répandit devant la sœur Agathe le contenu d'une fiole d'essence[3] qu'il avait apportée. L'odeur pénétrante qui se développa subitement obligea la jeune religieuse à lever la tête ; et comme don Juan était placé précisément en face d'elle, elle ne put manquer de l'apercevoir. D'abord un vif étonnement se peignit sur tous ses traits, puis elle devint d'une pâleur mortelle ; elle poussa un faible cri et tomba évanouie sur les dalles. Ses compagnes s'empressèrent autour d'elle et l'emportèrent dans sa cellule. Don Juan, en se retirant très content de lui-même, se disait : Cette religieuse est vraiment charmante ; mais plus je la vois, plus il me semble qu'elle doit figurer déjà dans mon catalogue !

Le lendemain, il fut exact à se trouver auprès de la grille à l'heure de la messe. Mais la sœur Agathe n'était pas à sa place ordinaire, sur le premier rang des religieuses ; elle était, au contraire, presque cachée derrière ses compagnes. Néanmoins, don Juan remarqua qu'elle regardait souvent à la dérobée. Il en tira un augure[4] favorable pour sa passion. La petite me craint, pensait-il… elle s'apprivoisera bientôt. La messe finie, il observa

1. *Expédient :* stratégie, ruse. \ **2.** *Moment de l'élévation :* moment de la messe où le prêtre élève l'hostie. \ **3.** *Essence :* parfum. \ **4.** *Augure :* signe du destin.

qu'elle entrait dans un confessionnal ; mais, pour y arriver, elle passa près de la grille, et laissa tomber son chapelet comme par mégarde. Don Juan avait trop d'expérience pour se laisser prendre à cette prétendue distraction. D'abord il pensa qu'il était important pour lui d'avoir ce chapelet ; mais il était de l'autre côté de la grille, et il sentit que pour le ramasser il fallait attendre que tout le monde fût sorti de l'église. Pour attendre ce moment, il s'adossa contre un pilier, dans une attitude méditative, une main placée sur ses yeux, mais les doigts légèrement écartés, en sorte qu'il ne perdait rien des mouvements de la sœur Agathe. Quiconque l'eût vu dans cette posture l'eût pris pour un bon chrétien absorbé dans une pieuse rêverie.

La religieuse sortit du confessionnal et fit quelques pas pour rentrer dans l'intérieur du couvent ; mais elle s'aperçut bientôt ou plutôt elle feignit de s'apercevoir que son chapelet lui manquait. Elle jeta les yeux de tous côtés, et vit qu'il était près de la grille. Elle revint et se baissa pour le ramasser. Dans le moment même, don Juan observa quelque chose de blanc qui passait sous la grille. C'était un très petit papier plié en quatre. Aussitôt la religieuse se retira.

Le libertin, surpris de réussir plus vite qu'il ne s'y était attendu, éprouva une espèce de regret de ne pas rencontrer plus d'obstacles. Tel est à peu près le regret d'un chasseur qui poursuit un cerf, comptant sur une longue et pénible course : tout à coup l'animal tombe, à peine lancé, enlevant ainsi au chasseur le plaisir et le mérite qu'il s'était promis de la poursuite. Toutefois il ramassa promptement le billet, et sortit de l'église pour le lire à son aise. Voici ce qu'il contenait :

« C'est vous, don Juan ! Est-il donc vrai que vous ne m'ayez point oubliée ? J'étais bien malheureuse, mais je commençais à m'habituer à mon sort. Je vais être maintenant cent fois plus malheureuse. Je devrais vous haïr… ; vous avez versé le sang de mon père… ; mais je ne puis vous haïr ni vous oublier. Ayez pitié de moi. Ne revenez plus dans cette église ; vous me faites trop de mal. Adieu, adieu, je suis morte au monde.

TERESA. »

« Ah ! c'est la Teresita ! se dit don Juan. Je savais bien que je l'avais vue quelque part. » Puis il relut encore le billet. « Je devrais vous haïr. » C'est-à-dire je vous adore. « Vous avez versé le sang de mon père !… » Chimène en disait autant à Rodrigue[1]… « Ne revenez plus dans cette église. » C'est-à-dire je vous attends demain. Fort bien ! elle est à moi. » Il alla dîner là-dessus.

Le lendemain, il fut ponctuel à se trouver à l'église avec une lettre toute prête dans sa poche ; mais sa surprise fut grande de ne pas voir paraître la sœur Agathe. Jamais messe ne lui sembla plus longue. Il était furieux. Après avoir maudit cent fois les scrupules de Teresa, il alla se promener sur les bords du Guadalquivir, pour chercher quelque expédient, et voici celui auquel il s'arrêta.

Le couvent de Notre-Dame du Rosaire était renommé parmi ceux de Séville pour les excellentes confitures que les sœurs y préparaient. Il alla au parloir, demanda la tourière[2], et se fit donner la liste de toutes les confitures qu'elle avait à vendre. « N'auriez-vous pas des citrons à la Maraña ? demanda-t-il de l'air le plus naturel du monde.

– Des citrons à la Maraña, seigneur cavalier ? Voici la première fois que j'entends parler de ces confitures-là.

– Rien n'est plus à la mode pourtant, et je m'étonne que dans une maison comme la vôtre on n'en fasse pas beaucoup.

1. *Chimène en disait autant à Rodrigue :* dans la légende du *Cid*, Chimène finit par pardonner à Rodrigue, l'homme qu'elle aime, le meurtre de son propre père. \ **2.** *Tourière :* religieuse non cloîtrée qui s'occupe des relations avec l'extérieur du couvent.

– Citrons à la Maraña ?

– À la Maraña, répéta don Juan en pesant sur chaque syllabe. Il est impossible que quelqu'une de vos religieuses ne sache pas la recette pour les faire. Demandez, je vous prie, à ces dames si elles ne connaissent pas ces confitures-là. Demain je repasserai. »

Quelques minutes après il n'était question dans tout le couvent que des citrons à la Maraña. Les meilleures confiseuses n'en avaient jamais entendu parler. La sœur Agathe seule avait le procédé. Il fallait ajouter de l'eau de rose, des violettes, etc., à des citrons ordinaires, puis... Elle se chargeait de tout. Don Juan, lorsqu'il revint, trouva un pot de citrons à la Maraña ; c'était, à la vérité, un mélange abominable au goût ; mais, sous l'enveloppe du pot, se trouvait un billet de la main de Teresa. C'était de nouvelles prières de renoncer à elle et de l'oublier. La pauvre fille cherchait à se tromper elle-même. La religion, la piété filiale et l'amour se disputaient le cœur de cette infortunée ; mais il était aisé de s'apercevoir que l'amour était le plus puissant. Le lendemain, don Juan envoya un de ses pages au couvent avec une caisse contenant des citrons qu'il voulait faire confire, et qu'il recommandait particulièrement à la religieuse qui avait préparé les confitures achetées la veille. Au fond de la caisse était adroitement cachée une réponse aux lettres de Teresa. Il lui disait : « J'ai été bien malheureux. C'est une fatalité qui a conduit mon bras. Depuis cette nuit funeste je n'ai cessé de penser à toi. Je n'osais espérer que tu ne me haïrais pas. Enfin je t'ai retrouvée. Cesse de me parler des serments que tu as prononcés. Avant de t'engager au pied des autels, tu m'appartenais. Tu n'as pu disposer de ton cœur qui était à moi... Je viens réclamer un bien que je préfère à la vie. Je périrai ou tu me seras rendue. Demain j'irai te demander au parloir. Je n'ai pas osé m'y présenter avant de t'avoir prévenue. J'ai craint que ton trouble ne nous trahît. Arme-toi de courage.

Dis-moi si la tourière peut être gagnée. » Deux gouttes d'eau adroitement jetées sur le papier figuraient des larmes répandues en écrivant.

Quelques heures après, le jardinier du couvent lui apporta une réponse et lui fit offre de ses services. La tourière était incorruptible ; la sœur Agathe consentait à descendre au parloir, mais à condition que ce serait pour dire et recevoir un adieu éternel.

La malheureuse Teresa parut au parloir plus morte que vive. Il fallut qu'elle tînt la grille à deux mains pour se soutenir. Don Juan, calme et impassible, savourait avec délices le trouble où il la jetait. D'abord, et pour donner le change à la tourière, il parla d'un air dégagé des amis que Teresa avait laissés à Salamanque, et qui l'avaient chargé de lui porter leurs compliments. Puis, profitant d'un moment où la tourière s'était éloignée, il dit très bas et très vite à Teresa :

« Je suis résolu à tout tenter pour te tirer d'ici. S'il faut mettre le feu au couvent, je le brûlerai. Je ne veux rien entendre. Tu m'appartiens. Dans quelques jours tu seras à moi, ou je périrai ; mais bien d'autres périront avec moi. »

La tourière se rapprocha. Doña Teresa suffoquait et ne pouvait articuler un mot. Don Juan cependant, d'un ton d'indifférence, parlait de confitures, des travaux d'aiguille qui occupaient les religieuses, promettait à la tourière de lui envoyer des chapelets bénits à Rome, et de donner une robe de brocart [1] pour habiller la sainte patronne de la communauté le jour de sa fête. Après une demi-heure de semblable conversation, il salua Teresa d'un air respectueux et grave la laissant dans un état d'agitation et de désespoir impossible à décrire. Elle courut s'enfermer dans sa cellule, et sa main, plus

1. *Brocart :* riche tissu de soie rehaussé de broderies en or et en argent.

obéissante que sa langue, traça une longue lettre de reproches, de prières et de lamentations. Mais elle ne pouvait s'empêcher d'avouer son amour, et elle s'excusait de cette faute par la pensée qu'elle l'expiait bien en refusant de se rendre aux prières de son amant. Le jardinier, qui se chargeait de cette correspondance criminelle, apporta bientôt une réponse. Don Juan menaçait toujours de se porter aux dernières extrémités. Il avait cent braves à son service. Le sacrilège ne l'effrayait pas. Il serait heureux de mourir, pourvu qu'il eût serré encore une fois son amie entre ses bras. Que pouvait faire cette faible enfant habituée à céder à un homme qu'elle adorait ? Elle passait les nuits à pleurer, et le jour elle ne pouvait prier, l'image de don Juan la suivait partout ; et même, quand elle accompagnait ses compagnes dans leurs exercices de piété, son corps faisait machinalement les gestes d'une personne qui prie, mais son cœur était tout entier à sa funeste passion.

Au bout de quelques jours elle n'eut plus la force de résister. Elle annonça à don Juan qu'elle était prête à tout. Elle se voyait perdue de toute manière, et elle s'était dit que, mourir pour mourir, il valait mieux avoir auparavant un instant de bonheur. Don Juan, au comble de la joie, prépara tout pour l'enlever. Il choisit une nuit sans lune. Le jardinier porta à Teresa une échelle de soie qui devait lui servir à franchir les murs du couvent. Un paquet contenant un costume de ville serait caché dans un endroit convenu du jardin, car il ne fallait pas songer à sortir dans la rue avec des vêtements de religieuse. Don Juan l'attendrait au pied du mur. À quelque distance, une litière attelée de mules vigoureuses serait préparée pour la mener rapidement dans une maison de campagne. Là elle serait soustraite à toutes les poursuites, elle vivrait tranquille et heureuse avec son amant. Tel était le plan que don Juan traça lui-même. Il fit faire des habits convenables, essaya l'échelle de corde, joignit une instruction sur la manière de l'attacher ; enfin il ne négligea rien de ce qui pouvait assurer le succès de son entreprise. Le jardinier était sûr, et il avait trop à gagner à être fidèle pour qu'on pût douter de lui. Au surplus, des mesures étaient prises pour qu'il fût assassiné la nuit d'après l'enlèvement. Enfin il semblait que cette trame était si habilement ourdie[1] que rien ne pût la rompre.

Afin d'éviter les soupçons, don Juan partit pour le château de Maraña deux jours avant celui qu'il avait fixé pour l'enlèvement. C'était dans ce château qu'il avait passé la plus grande partie de son enfance ; mais depuis son retour à Séville il n'y était pas entré. Il y arriva à la nuit tombante, et son premier soin fut de bien souper. Ensuite il se fit déshabiller et se mit au lit. Il avait fait allumer dans sa chambre deux grands flambeaux de cire, et sur la table était un livre de contes libertins. Après avoir lu quelques pages, se sentant sur le point de s'endormir, il ferma le livre et éteignit un des flambeaux. Avant d'éteindre le second, il promena avec distraction ses regards par toute la chambre, et tout d'un coup il avisa dans son alcôve[2] le tableau qui représentait les tourments du purgatoire, tableau qu'il avait si souvent considéré dans son enfance. Involontairement ses yeux se reportèrent sur l'homme dont un serpent dévorait les entrailles, et, bien que cette représentation lui inspirât alors encore plus d'horreur qu'autrefois, ils ne pouvaient s'en détacher. En même temps il se rappela la figure du capitaine Gomare et les effroyables contorsions que la mort avait gravées sur ses traits. Cette idée le fit tressaillir, et il sentit ses cheveux se hérisser sur sa tête. Cependant, rappelant son courage, il éteignit la dernière bougie, espérant que l'obscurité le délivrerait des images hideuses qui le persécutaient.

1. *Ourdie :* nouée. \ **2.** *Alcôve :* enfoncement destiné, dans une chambre, à recevoir un ou plusieurs lits.

L'obscurité augmenta encore sa terreur. Ses yeux se dirigeaient toujours vers le tableau qu'il ne pouvait voir ; mais il lui était tellement familier qu'il se peignait à son imagination aussi nettement que s'il eût été grand jour. Parfois même il lui semblait que les figures s'éclairaient et devenaient lumineuses, comme si le feu du purgatoire, que l'artiste avait peint, eût été une flamme réelle. Enfin son agitation fut si grande qu'il appela à grands cris ses domestiques pour faire enlever le tableau qui lui causait tant de frayeur. Eux entrés dans sa chambre, il eut honte de sa faiblesse. Il pensa que ses gens se moqueraient de lui s'ils venaient à savoir qu'il avait peur d'une peinture. Il se contenta de dire, du son de voix le plus naturel qu'il put prendre, que l'on rallumât les bougies et qu'on le laissât seul. Puis il se remit alors à lire ; mais ses yeux seuls parcouraient le livre, son esprit était au tableau. En proie à une agitation indicible, il passa ainsi une nuit sans sommeil.

Aussitôt que le jour parut il se leva à la hâte et sortit pour aller chasser. L'exercice et l'air frais du matin le calmèrent peu à peu, et les impressions excitées par la vue du tableau avaient disparu lorsqu'il rentra dans son château. Il se mit à table et but beaucoup. Déjà il était un peu étourdi lorsqu'il alla se coucher. Par son ordre un lit lui avait été préparé dans une autre chambre, et l'on pense bien qu'il n'eut garde d'y faire porter le tableau ; mais il en avait gardé le souvenir, qui fut assez puissant pour le tenir encore éveillé pendant une partie de la nuit.

Au reste, ces terreurs ne lui inspirèrent pas le repentir de sa vie passée. Il s'occupait toujours de l'enlèvement qu'il avait projeté ; et, après avoir donné tous les ordres nécessaires à ses domestiques, il partit seul pour Séville par la grande chaleur du jour afin de n'y arriver qu'à la nuit. Effectivement il était nuit noire quand il passa près de la tour del Lloro, où un de ses domestiques l'attendait. Il lui remit son cheval, s'informa si la litière et les mules étaient prêtes. Suivant ses ordres, elles devaient l'attendre dans une rue assez voisine du couvent pour qu'il pût s'y rendre promptement à pied avec Teresa, et cependant pas assez près pour exciter les soupçons de la ronde, si elle venait à les rencontrer. Tout était prêt, ses instructions avaient été exécutées à la lettre. Il vit qu'il avait encore une heure à attendre avant de pouvoir donner le signal convenu à Teresa. Son domestique lui jeta un grand manteau brun sur les épaules, et il entra seul dans Séville par la porte de Triana, se cachant la figure de manière à n'être pas reconnu. La chaleur et la fatigue le forcèrent de s'asseoir sur un banc dans une rue déserte. Là il se mit à siffler et à fredonner les airs qui lui revinrent à la mémoire. De temps en temps il consultait sa montre et voyait avec chagrin que l'aiguille n'avançait pas au gré de son impatience… Tout à coup une musique lugubre et solennelle vint frapper son oreille. Il distingua d'abord les chants que l'Église a consacrés aux enterrements. Bientôt une procession tourna le coin de la rue et s'avança vers lui. Deux longues files de pénitents[1] portant des cierges allumés précédaient une bière couverte de velours noir et portée par plusieurs figures[2] habillées à la mode antique, la barbe blanche et l'épée au côté. La marche était fermée par deux files de pénitents en deuil et portant des cierges comme les premiers. Tout ce convoi s'avançait lentement et gravement. On n'entendait pas le bruit des pas sur le pavé, et l'on eût dit que chaque figure glissait plutôt qu'elle ne marchait. Les plis longs et roides des robes et des manteaux semblaient aussi immobiles que les vêtements de marbre des statues.

À ce spectacle, don Juan éprouva d'abord cette espèce de dégoût que l'idée de la mort inspire à un épicurien. Il se leva

1. *Pénitents :* membres d'une confrérie s'imposant volontairement des pratiques de pénitence. \ **2.** *Figures :* personnages.

et voulut s'éloigner, mais le nombre des pénitents et la pompe[1] du cortège le surprirent et piquèrent sa curiosité. La procession se dirigeant vers une église voisine dont les portes venaient de s'ouvrir avec bruit, don Juan arrêta par la manche une des figures qui portaient des cierges et lui demanda poliment quelle était la personne qu'on allait enterrer. Le pénitent leva la tête : sa figure était pâle et décharnée comme celle d'un homme qui sort d'une longue et douloureuse maladie. Il répondit d'une voix sépulcrale[2] : « C'est le comte don Juan de Maraña. »

Cette étrange réponse fit dresser les cheveux sur la tête de don Juan ; mais l'instant d'après il reprit son sang-froid et se mit à sourire. « J'aurai mal entendu, se dit-il, ou ce vieillard se sera trompé. » Il entra dans l'église en même temps que la procession. Les chants funèbres recommencèrent, accompagnés par le son éclatant de l'orgue ; et des prêtres vêtus de chapes[3] de deuil entonnèrent le *De profundis*[4]. Malgré ses efforts pour paraître calme, don Juan sentit son sang se figer. S'approchant d'un autre pénitent, il lui dit : « Quel est donc le mort que l'on enterre ? – Le comte don Juan de Maraña », répondit le pénitent d'une voix creuse et effrayante. Don Juan s'appuya contre une colonne pour ne pas tomber. Il se sentait défaillir, et tout son courage l'avait abandonné. Cependant le service continuait, et les voûtes de l'église grossissaient encore les éclats de l'orgue et des voix qui chantaient le terrible *Dies irae*[5]. Il lui semblait entendre les chœurs des anges au jugement dernier. Enfin, faisant un effort, il saisit la main d'un prêtre qui passait près de lui. Cette main était froide comme du marbre.

1. *Pompe :* magnificence. \ **2.** *Sépulcrale :* qui évoque la mort. \ **3.** *Chapes :* longs manteaux de cérémonie sans manches. \ **4.** *De profundis :* début du chant des morts, *De profundis clamo ad te domine*, sixième des sept psaumes de la Pénitence. \ **5.** *Dies irae :* au sens propre « Jour de colère divine », chant spécifique à la messe des morts, extrait de *L'Apocalypse selon saint Jean*.

« Au nom du ciel ! mon père, s'écria-t-il, pour qui priez-vous ici, et qui êtes-vous ?

– Nous prions pour le comte don Juan de Maraña, répondit le prêtre en le regardant fixement avec une expression de douleur. Nous prions pour son âme, qui est en péché mortel, et nous sommes des âmes que les messes et les prières de sa mère ont tirées des flammes du purgatoire. Nous payons au fils la dette de la mère ; mais cette messe, c'est la dernière qu'il nous est permis de dire pour l'âme du comte don Juan de Maraña. »

En ce moment l'horloge de l'église sonna un coup : c'était l'heure fixée pour l'enlèvement de Teresa.

« Le temps est venu ! s'écria une voix qui partait d'un angle obscur de l'église, le temps est venu ! est-il à nous ? »

Don Juan tourna la tête et vit une apparition horrible. Don Garcia, pâle et sanglant, s'avançait avec le capitaine Gomare, dont les traits étaient encore agités d'horribles convulsions. Ils se dirigèrent tous deux vers la bière, et don Garcia, en jetant le couvercle à terre avec violence, répéta : « Est-il à nous ? » En même temps un serpent gigantesque s'éleva derrière lui, et, le dépassant de plusieurs pieds, semblait prêt à s'élancer dans la bière… Don Juan s'écria : « Jésus ! » et tomba évanoui sur le pavé.

La nuit était fort avancée lorsque la ronde qui passait aperçut un homme étendu sans mouvement à la porte d'une église. Les archers s'approchèrent, croyant que c'était le cadavre d'un homme assassiné. Ils reconnurent aussitôt le comte de Maraña, et ils essayèrent de le ranimer en lui jetant de l'eau fraîche au visage ; mais, voyant qu'il ne reprenait pas connaissance, ils le portèrent à sa maison. Les uns disaient qu'il était ivre, d'autres qu'il avait reçu quelque bastonnade[1] d'un mari jaloux.

1. *Bastonnade :* coup de bâtons.

Personne, ou du moins pas un homme honnête ne l'aimait à Séville, et chacun disait son mot. L'un bénissait le bâton qui l'avait si bien étourdi, l'autre demandait combien de bouteilles pouvaient tenir dans cette carcasse sans mouvement. Les domestiques de don Juan reçurent leur maître des mains des archers et coururent chercher un chirurgien. On lui fit une abondante saignée, et il ne tarda pas à reprendre ses sens. D'abord il ne fit entendre que des mots sans suite, des cris inarticulés, des sanglots et des gémissements. Peu à peu il parut considérer avec attention tous les objets qui l'environnaient. Il demanda où il était, puis ce qu'étaient devenus le capitaine Gomare, don Garcia et la procession. Ses gens le crurent fou. Cependant, après avoir pris un cordial, il se fit apporter un crucifix et le baisa quelque temps en répandant un torrent de larmes. Ensuite il ordonna qu'on lui amenât un confesseur.

La surprise fut générale, tant son impiété était connue. Plusieurs prêtres, appelés par ses gens, refusèrent de se rendre auprès de lui, persuadés qu'il leur préparait quelque méchante plaisanterie. Enfin, un moine dominicain [1] consentit à le voir. On les laissa seuls, et don Juan, s'étant jeté à ses pieds, lui raconta la vision qu'il avait eue ; puis il se confessa. En faisant le récit de chacun de ses crimes, il s'interrompait pour demander s'il était possible qu'un aussi grand pécheur que lui obtînt jamais le pardon céleste. Le religieux répondait que la miséricorde de Dieu était infinie. Après l'avoir exhorté à persévérer dans son repentir et lui avoir donné les consolations que la religion ne refuse pas aux plus grands criminels, le dominicain se retira, en lui promettant de revenir le soir. Don Juan passa toute la journée en prières. Lorsque le dominicain

1. *Dominicain :* de l'ordre de saint Dominique, fondé au XIIIe siècle.

revint, il lui déclara que sa résolution était prise de se retirer d'un monde où il avait donné tant de scandale, et de chercher à expier dans les exercices de la pénitence les crimes énormes dont il s'était souillé. Le moine, touché de ses larmes, l'encouragea de son mieux, et, pour reconnaître s'il aurait le courage de suivre sa détermination, il lui fit un tableau effrayant des austérités du cloître. Mais, à chaque mortification qu'il décrivait, don Juan s'écriait que ce n'était rien, et qu'il méritait des traitements bien plus rigoureux.

Dès le lendemain il fit don de la moitié de sa fortune à ses parents, qui étaient pauvres ; il en consacra une autre partie à fonder un hôpital et à bâtir une chapelle ; il distribua des sommes considérables aux pauvres, et fit dire un grand nombre de messes pour les âmes du purgatoire, surtout pour celle du capitaine Gomare et des malheureux qui avaient succombé en se battant en duel contre lui. Enfin il assembla tous ses amis, et s'accusa devant eux des mauvais exemples qu'il leur avait donnés si longtemps ; il leur peignit d'une manière pathétique les remords que lui causait sa conduite passée, et les espérances qu'il osait concevoir pour l'avenir. Plusieurs de ces libertins furent touchés, et s'amendèrent ; d'autres, incorrigibles, le quittèrent avec de froides railleries.

Avant d'entrer dans le couvent qu'il avait choisi pour retraite, don Juan écrivit à doña Teresa. Il lui avouait ses projets honteux, lui racontait sa vie, sa conversion, et lui demandait son pardon, l'engageant à profiter de son exemple et à chercher son salut dans le repentir. Il confia cette lettre au dominicain après lui en avoir montré le contenu.

La pauvre Teresa avait longtemps attendu dans le jardin du couvent le signal convenu ; après avoir passé plusieurs heures dans une indicible agitation, voyant que l'aube allait paraître, elle rentra dans sa cellule, en proie à la plus vive douleur. Elle attribuait l'absence de don Juan à mille causes toutes bien éloignées de la vérité. Plusieurs jours se passèrent de la sorte, sans qu'elle reçût de ses nouvelles et sans qu'aucun message vînt adoucir son désespoir. Enfin le moine, après avoir conféré avec la supérieure, obtint la permission de la voir, et lui remit la lettre de son séducteur repentant. Tandis qu'elle la lisait, on voyait son front se couvrir de grosses gouttes de sueur : tantôt elle devenait rouge comme le feu, tantôt pâle comme la mort. Elle eut pourtant le courage d'achever cette lecture. Le dominicain alors essaya de lui peindre le repentir de don Juan, et de la féliciter d'avoir échappé au danger épouvantable qui les attendait tous les deux, si leur projet n'eût pas avorté par une intervention évidente de la Providence. Mais, à toutes ces exhortations, doña Teresa s'écriait : « Il ne m'a jamais aimée ! » Une fièvre ardente s'empara de cette malheureuse ; en vain les secours de l'art et de la religion lui furent prodigués : elle repoussa les uns et parut insensible aux autres. Elle expira au bout de quelques jours en répétant toujours : « Il ne m'a jamais aimée ! »

Don Juan, ayant pris l'habit de novice[1], montra que sa conversion était sincère. Il n'y avait pas de mortifications ou de pénitences qu'il ne trouvât trop douces ; et le supérieur du couvent était souvent obligé de lui ordonner de mettre des bornes aux macérations[2] dont il tourmentait son corps. Il lui représentait qu'ainsi il abrégerait ses jours, et qu'en réalité il y avait plus de courage à souffrir longtemps des mortifications modérées qu'à finir tout d'un coup sa pénitence en s'ôtant la vie. Le temps du noviciat expiré, don Juan prononça ses vœux, et continua, sous le nom de frère Ambroise, à édifier toute la maison par son austérité. Il portait une haire de crin[3] de cheval

1. *Novice :* religieux qui n'a pas encore prononcé ses vœux. \ **2.** *Macérations :* pratiques de celui qui s'inflige des pénitences. \ **3.** *Haire de crin :* grossière chemise en crin portée à même la peau.

par-dessous sa robe de bure[1] ; une espèce de boîte étroite, moins longue que son corps, lui servait de lit. Des légumes cuits à l'eau composaient toute sa nourriture, et ce n'était que les jours de fête, et sur l'ordre exprès de son supérieur, qu'il consentait à manger du pain. Il passait la plus grande partie des nuits à veiller et à prier, les bras étendus en croix ; enfin il était l'exemple de cette dévote communauté, comme autrefois il avait été le modèle des libertins de son âge. Une maladie épidémique, qui s'était déclarée à Séville, lui fournit l'occasion d'exercer les vertus nouvelles que sa conversion lui avait données. Les malades étaient reçus dans l'hôpital qu'il avait fondé ; il soignait les pauvres, passait les journées auprès de leurs lits, les exhortant, les encourageant, les consolant. Tel était le danger de la contagion, que l'on ne pouvait trouver, à prix d'argent, des hommes qui voulussent ensevelir les morts. Don Juan remplissait ce ministère[2] ; il allait dans les maisons abandonnées, et donnait la sépulture aux cadavres en dissolution, qui souvent s'y trouvaient depuis plusieurs jours. Partout on le bénissait, et comme pendant cette terrible épidémie il ne fut jamais malade, quelques gens crédules assurèrent que Dieu avait fait un nouveau miracle en sa faveur.

Déjà, depuis plusieurs années, don Juan ou frère Ambroise habitait le cloître, et sa vie n'était qu'une suite non interrompue d'exercices de piété et de mortifications. Le souvenir de sa vie passée était toujours présent à sa mémoire, mais ses remords étaient déjà tempérés par la satisfaction de conscience que lui donnait son changement.

Un jour, après midi, au moment où la chaleur se fait sentir avec le plus de force, tous les frères du couvent goûtaient quelque repos, suivant l'usage. Le seul frère Ambroise travaillait

---

1. *Bure :* vêtement fait en étoffe grossière de laine brune. \ **2.** *Ministère :* service religieux.

dans le jardin, tête nue, au soleil ; c'était une des pénitences qu'il s'était imposées. Courbé sur sa bêche, il vit l'ombre d'un homme qui s'arrêtait auprès de lui. Il crut que c'était un des moines qui était descendu au jardin, et, tout en continuant sa tâche, il le salua d'un *Ave Maria*. Mais on ne répondit pas. Surpris de voir cette ombre immobile, il leva les yeux et aperçut debout, devant lui, un grand jeune homme couvert d'un manteau qui tombait jusqu'à terre, et la figure à demi cachée par un chapeau ombragé d'une plume blanche et noire. Cet homme le contemplait en silence avec une expression de joie maligne et de profond mépris. Ils se regardèrent fixement tous les deux pendant quelques minutes. Enfin l'inconnu, avançant d'un pas et relevant son chapeau pour montrer ses traits, lui dit : « Me reconnaissez-vous ? »

Don Juan le considéra avec plus d'attention, mais ne le reconnut pas.

« Vous souvenez-vous du siège de Berg-op-Zoom ? demanda l'inconnu. Avez-vous oublié un soldat nommé Modesto ?... »

Don Juan tressaillit. L'inconnu poursuivit froidement...

« Un soldat nommé Modesto, qui tua d'un coup d'arquebuse votre digne ami don Garcia, au lieu de vous qu'il visait ?... Modesto ! c'est moi. J'ai encore un autre nom, don Juan : je me nomme don Pedro de Ojeda ; je suis le fils de don Alfonso de Ojeda que vous avez tué ; – je suis le frère de doña Fausta de Ojeda que vous avez tuée, – je suis le frère de doña Teresa de Ojeda que vous avez tuée.

– Mon frère, dit don Juan en s'agenouillant devant lui, je suis un misérable couvert de crimes. C'est pour les expier que je porte cet habit et que j'ai renoncé au monde. S'il est quelque moyen d'obtenir de vous mon pardon, indiquez-le-moi. La plus rude pénitence ne m'effrayera pas si je puis obtenir que vous ne me maudissiez point. »

Don Pedro sourit amèrement. « Laissons là l'hypocrisie,

seigneur de Maraña ; je ne pardonne pas. Quant à mes malédictions, elles vous sont acquises. Mais je suis trop impatient pour en attendre l'effet. Je porte sur moi quelque chose de plus efficace que des malédictions. »

À ces mots, il jeta son manteau et montra qu'il tenait deux longues rapières[1] de combat. Il les tira du fourreau et les planta en terre toutes les deux. « Choisissez, don Juan, dit-il. On dit que vous êtes un grand spadassin[2], je me pique d'être adroit à l'escrime. Voyons ce que vous savez faire. »

Don Juan fit le signe de la croix et dit : « Mon frère, vous oubliez les vœux que j'ai prononcés. Je ne suis plus le don Juan que vous avez connu, je suis le frère Ambroise.

– Eh bien ! frère Ambroise, vous êtes mon ennemi, et quelque nom que vous portiez je vous hais, et je veux me venger de vous. »

Don Juan se remit devant lui à genoux.

« Si c'est ma vie que vous voulez prendre, mon frère, elle est à vous. Châtiez-moi comme vous le désirez.

– Lâche hypocrite ! me crois-tu ta dupe ? Si je voulais te tuer comme un chien enragé, me serais-je donné la peine d'apporter ces armes ? Allons, choisis promptement et défends ta vie.

– Je vous le répète, mon frère, je ne puis combattre, mais je puis mourir.

– Misérable ! s'écria don Pedro en fureur, on m'avait dit que tu avais du courage. Je vois que tu n'es qu'un vil poltron !

– Du courage, mon frère ? je demande à Dieu qu'il m'en donne pour ne pas m'abandonner au désespoir où me jetterait, sans son secours, le souvenir de mes crimes. Adieu, mon frère ; je me retire, car je vois bien que ma vue vous aigrit. Puisse

1. *Rapières :* épées effilées. \ **2.** *Spadassin :* homme d'épée.

mon repentir vous paraître un jour aussi sincère qu'il l'est en réalité ! »

Il faisait quelques pas pour quitter le jardin, lorsque don Pedro l'arrêta par la manche. « Vous ou moi, s'écria-t-il, nous ne sortirons pas vivants d'ici. Prenez une de ces épées, car le diable m'emporte si je crois un mot de toutes vos jérémiades[1] ! »

Don Juan lui jeta un regard suppliant, et fit encore un pas pour s'éloigner ; mais don Pedro le saisissant avec force et le tenant par le collet : « Tu crois donc, meurtrier infâme, que tu pourras te tirer des mes mains ! Non ! je vais mettre en pièces ta robe hypocrite qui cache le pied fourchu du diable, et alors, peut-être, te sentiras-tu assez de cœur pour te battre avec moi. » En parlant ainsi, il le poussait rudement contre la muraille.

« Seigneur Pedro de Ojeda, s'écria don Juan, tuez-moi si vous le voulez, je ne me battrai pas ! » et il croisa les bras, regardant fixement don Pedro d'un air calme, quoique assez fier.

« Oui, je te tuerai, misérable ! mais avant je te traiterai comme un lâche que tu es. »

Et il lui donna un soufflet[2], le premier que don Juan eût jamais reçu. Le visage de don Juan devint d'un rouge pourpre. La fierté et la fureur de sa jeunesse rentrèrent dans son âme. Sans dire un mot, il s'élança vers une épée et s'en saisit. Don Pedro prit l'autre et se mit en garde. Tous les deux s'attaquèrent avec fureur et se fendirent l'un sur l'autre à la fois et avec la même impétuosité. L'épée de don Pedro se perdit dans la robe de laine de don Juan et glissa à côté du corps sans le blesser, tandis que celle de don Juan s'enfonça jusqu'à la garde dans la poitrine de son adversaire. Don Pedro expira sur-le-

1. *Jérémiades :* plaintes importunes. \ **2.** *Un soufflet :* une gifle.

champ. Don Juan, voyant son ennemi étendu à ses pieds, demeura quelque temps immobile à le contempler d'un air stupide. Peu à peu, il revint à lui et reconnut la grandeur de son nouveau crime. Il se précipita sur le cadavre et essaya de le rappeler à la vie. Mais il avait vu trop de blessures pour douter un moment que celle-là ne fût mortelle. L'épée sanglante était à ses pieds et semblait s'offrir à lui pour qu'il se punît lui-même ; mais, écartant bien vite cette nouvelle tentation du démon, il courut chez le supérieur et se précipita tout effaré dans sa cellule. Là, prosterné à ses pieds, il lui raconta cette terrible scène en versant un torrent de larmes. D'abord le supérieur ne voulut pas le croire, et sa première idée fut que les grandes macérations que s'imposait le frère Ambroise lui avaient fait perdre la raison. Mais le sang qui couvrait la robe et les mains de don Juan ne lui permit pas de douter plus longtemps de l'horrible vérité. C'était un homme rempli de présence d'esprit. Il comprit aussitôt tout le scandale qui rejaillirait sur le couvent si cette aventure venait à se répandre dans le public. Personne n'avait vu le duel. Il s'occupa de le cacher aux habitants même du couvent. Il ordonna à don Juan de le suivre, et, aidé par lui, transporta le cadavre dans une salle basse dont il prit la clef. Ensuite, enfermant don Juan dans sa cellule, il sortit pour aller prévenir le corregidor.

On s'étonnera peut-être que don Pedro, qui avait déjà essayé de tuer don Juan en trahison, ait rejeté la pensée d'un second assassinat, et cherché à se défaire de son ennemi dans un combat à armes égales ; mais ce n'était de sa part qu'un calcul de vengeance infernale. Il avait entendu parler des austérités de don Juan, et sa réputation de sainteté était si répandue, que don Pedro ne doutait point que, s'il l'assassinait, il ne l'envoyât tout droit dans le ciel. Il espéra qu'en le provoquant et l'obligeant à se battre, il le tuerait en péché mortel, et perdrait ainsi son corps et son âme. On a vu comment ce dessein diabolique tourna contre son auteur.

Il ne fut pas difficile d'assoupir l'affaire. Le corregidor s'entendit avec le supérieur du couvent pour détourner les soupçons. Les autres moines crurent que le mort avait succombé dans un duel avec un cavalier inconnu, et qu'il avait été porté blessé dans le couvent, où il n'avait pas tardé à expirer. Quant à don Juan, je n'essayerai de peindre ni ses remords ni son repentir. Il accomplit avec joie toutes les pénitences que le supérieur lui imposa. Pendant toute sa vie, il conserva, suspendue au pied de son lit, l'épée dont il avait percé don Pedro, et jamais il ne la regardait sans prier pour son âme et pour celles de sa famille. Afin de mater le reste d'orgueil mondain qui demeurait encore dans son cœur, l'abbé lui avait ordonné de se présenter chaque matin au cuisinier du couvent, qui devait lui donner un soufflet. Après l'avoir reçu, le frère Ambroise ne manquait jamais de tendre l'autre joue, en remerciant le cuisinier de l'humilier ainsi. Il vécut encore dix années dans ce cloître, et jamais sa pénitence ne fut interrompue par un retour aux passions de sa jeunesse. Il mourut vénéré comme un saint, même par ceux qui avaient connu ses premiers déportements. Sur son lit de mort, il demanda comme une grâce qu'on l'enterrât sous le seuil de l'église, afin qu'en y entrant chacun le foulât aux pieds. Il voulut encore que sur son tombeau on gravât cette inscription : *Ci gît le pire homme qui fût au monde*. Mais on ne jugea pas à propos d'exécuter toutes les dispositions dictées par son excessive humilité. Il fut enseveli auprès du maître-autel[1] de la chapelle qu'il avait fondée. On consentit, il est vrai, à graver sur la pierre qui couvre sa dépouille mortelle l'inscription qu'il avait composée ; mais on

1. *Maître-autel :* autel principal d'une église.

y ajouta un récit et un éloge de sa conversion. Son hôpital, et surtout la chapelle où il est enterré, sont visités par tous les étrangers qui passent à Séville. Murillo [1] a décoré la chapelle de plusieurs de ses chefs-d'œuvre. *Le Retour de l'enfant prodigue* et *La Piscine de Jéricho*, qu'on admire maintenant dans la galerie de M. le maréchal Soult [2], ornaient autrefois les murailles de l'hôpital de la Charité.

1. *Murillo* (1618-1682) : peintre espagnol. \ **2.** *Le Maréchal Soult* (1769-1851) : commandant de l'armée napoléonienne en Espagne et gouverneur d'Andalousie, il avait acquis une importante collection de tableaux espagnols.

DOSSIER

LIRE L'ŒUVRE

QUESTIONNAIRE DE LECTURE

LES TITRES ET LE PARATEXTE

1. Quels sont les différents sens du terme latin *carmen* ? L'héroïne de la nouvelle vous semble-t-elle incarner ces différentes significations ?

2. Dites à quel registre appartient la citation de Palladas placée en épigraphe de *Carmen*. Dans quelle mesure la nouvelle vient-elle illustrer cette citation ?

3. Quelles connotations sont culturellement associées au titre *Les Âmes du purgatoire* ? De quelle manière ces connotations réapparaissent-elles dans la nouvelle ?

LES PERSONNAGES

4. Quelles sont les caractéristiques du narrateur dans *Carmen* ? Comment comprenez-vous le choix de Mérimée d'en avoir fait un personnage du récit ?

5. Quelles sont les différentes métaphores et comparaisons appliquées à Carmen ? Quelle vision du personnage ces images font-elles naître ?

6. Don José est-il un héros au sens traditionnel de ce terme ? Vous justifierez votre réponse dans un paragraphe argumenté.

7. Quels rôles les personnages secondaires jouent-ils dans *Carmen* ?

8. Pourquoi peut-on dire de don Garcia qu'il est un personnage diabolique ?

9. Don Juan tel qu'il est présenté dans *Les Âmes du purgatoire* est-il un personnage à part entière ou une simple variation sur un type littéraire ? Vous répondrez sous la forme d'un paragraphe argumenté.

10. Quelle vision de la féminité doña Teresa incarne-t-elle ?

LA STRUCTURE NARRATIVE ET LE GENRE DE LA NOUVELLE

11. Établissez et analysez le schéma narratif de chacune des deux nouvelles. Dans quelle mesure ces schémas respectent-ils les codes du genre ?

LES THÈMES

12. Quelle(s) image(s) des Bohémiens Mérimée propose-t-il dans *Carmen* ?

13. Comment la liberté est-elle évoquée dans *Carmen* ? Est-elle selon vous un simple thème ou un moteur dynamique de l'œuvre ? Vous justifierez votre point de vue dans un paragraphe argumenté.

14. Dans le livret de l'opéra de Bizet, tiré de la nouvelle de Mérimée, le personnage de Carmen chante : « L'amour est enfant de Bohême/Il n'a jamais, jamais connu de loi ». En quoi ces deux vers éclairent-ils l'œuvre de Mérimée ?

15. Quel rôle l'art pictural joue-t-il dans *Les Âmes du purgatoire* ?

■ Pour répondre

Vous relirez notamment les passages évoquant le tableau représentant « les tourments du purgatoire » au début et à la fin de la nouvelle (l. 87, 1811).

16. Quelles sont les différentes formes de la séduction qui apparaissent dans *Carmen* ? dans *Les Âmes du purgatoire* ? À quels personnages la séduction est-elle associée ? Que nous enseigne l'omniprésence de la séduction sur les rapports humains dans les sociétés modernes ?

L'ŒUVRE DANS L'HISTOIRE

LE CONTEXTE HISTORIQUE ET SOCIAL : LA MONARCHIE DE JUILLET (1830-1848)

Les deux nouvelles réunies dans ce volume ont été publiées respectivement en 1834 et 1845, et elles entretiennent avec leur époque, celle de la monarchie de Juillet, des rapports qu'il convient de préciser.

UNE MONARCHIE NÉE D'UNE RÉVOLUTION

À la chute de l'Empire napoléonien en 1815, la France connaît une première restauration de la monarchie des Bourbons. La signature de la Charte du 4 juillet 1814 fait de Louis XVIII le nouveau roi des Français. Si certains acquis de la Révolution sont maintenus, la nation perd sa souveraineté et le roi détient seul le pouvoir exécutif. Ce régime divise la France en deux grandes forces politiques : d'un côté les royalistes souvent issus de l'émigration, de l'autre les anciens jacobins attachés à la république née de la Révolution. La France vit dans un climat d'instabilité permanente et l'avènement du roi Charles X, en 1824, qui entraîne un renforcement du pouvoir des ultraroyalistes, multiplie les mécontentements.

Il faut toutefois attendre l'année 1830 pour que la crise éclate. Les ordonnances prises par le roi en mars sur la dissolution de la Chambre des députés et sur la censure de la presse sont en effet perçues comme un retour réactionnaire à l'absolutisme, et le divorce entre Charles X et son peuple se traduit par la révolte des 27, 28 et 29 juillet 1830, qui prend le nom des Trois Glorieuses. Au cours de ces trois jours, des barricades sont levées dans Paris. Ayant perdu la confiance des députés et des pairs de France, Charles X est contraint à l'exil, alors que la nation se rallie au duc d'Orléans qui reçoit l'investiture populaire le 31 juillet et prête serment le 9 août à une Charte révisée. Le duc d'Orléans devient roi des Français sous le nom de Louis-Philippe Ier et adopte le drapeau tricolore des armées révolutionnaires. De cette révolution éclair naît un régime de compromis qui prend le nom de monarchie de Juillet.

Si la première année du règne de Louis-Philippe, au cours de laquelle le banquier Laffite est chef du gouvernement, est encore dans la continuité d'un prolongement libéral et social du mouvement de 1830, les années suivantes marquent un durcissement du régime. C'est avec cette attitude peu conciliante que la nouvelle monarchie tente d'affronter un climat de tension toujours grandissant. Les Trois Glorieuses n'ont pas totalement convaincu la population et une forte agitation touche les quartiers populaires parisiens après l'épidémie de choléra de 1832. Le mécontentement se traduit aussi par des manifestations qui peuvent prendre la forme d'une véritable insurrection, comme lors des funérailles du général Foy en novembre 1825, ou encore par des révoltes populaires récurrentes comme dans la ville de Lyon entre 1831 et 1834.

UN RÉGIME RÉPRESSIF DE PLUS EN PLUS CONTESTÉ

Dans ce climat de tension, le régime de Louis-Philippe réprime dans le sang les soulèvements populaires et réduit les libertés d'association et de réunion. Dès 1835, la presse est de nouveau muselée. L'instabilité ministérielle, qui est due aux querelles divisant les chefs de partis conservateurs, permet à l'absolutisme royal de devenir de plus en plus prégnant. En 1840, l'arrivée au pouvoir du gouvernement Guizot marque un tournant conservateur encore plus net, qui s'appuie par ailleurs sur la puissance financière de la bourgeoisie d'affaires. C'est la Bourse qui gouverne de plus en plus, et la monarchie laisse libre cours aux spéculations financières et à la corruption tout en maintenant un ordre moral strict.

Avec l'arrivée au pouvoir de Guizot, l'opposition, affaiblie jusqu'alors, redevient active : son influence grandit dans une atmosphère de mécontentement aggravé par la crise agricole de 1846-1847. Ces deux années voient en effet le chômage augmenter et le prix du pain être multiplié par deux à la suite des mauvaises récoltes. Le malaise social s'installe dans les villes, dont la population est grossie par l'exode rural. Le fossé s'est creusé entre d'un côté la bourgeoisie d'administratifs aisés et de financiers et de l'autre la population des bas-fonds dont la pauvreté va croissante. Cette dernière est alors accusée de tous les maux. Les bourgeois moralisateurs la perçoivent comme le creuset du crime et de la prostitution.

L'impopularité du régime est encore aggravée par l'opposition des artistes qui critiquent violemment la société corrompue et affairiste du roi bourgeois, comme en témoignent les œuvres de Balzac (1799-1850) et de Stendhal (1783-1842), ou des artistes qui deviennent les chantres d'un idéal social et humanitaire comme George Sand (1804-1876), Jules Michelet (1798-1874), mais aussi Victor Hugo (1802-1885). L'opposition politique et intellectuelle se fait entendre dans des banquets qui se multiplient partout dans le pays, au travers desquels les républicains revendiquent leurs idéaux de justice sociale. L'interdiction du dernier de ces banquets, qui devait se tenir à Paris le 22 février 1848, suscite une émeute. Le renvoi de Guizot le 23 février 1848 ne suffit pas à apaiser une France en crise. Le 24 février, après une dernière tentative de répression des manifestations parisiennes et la levée de nouvelles barricades, Louis-Philippe préfère abdiquer. La monarchie cède la place à la Deuxième République que connaît la France, dont le poète Lamartine (1790-1869) dirige le gouvernement provisoire.

L'ESPAGNE DES *ÂMES DU PURGATOIRE* ET DE *CARMEN* : UN MIROIR DE LA FRANCE DE LOUIS-PHILIPPE ?

Publiées respectivement en 1834 et en 1845, les deux nouvelles de Mérimée, bien que volontairement éloignées dans l'espace, et même dans le temps dans le cas des *Âmes du purgatoire*, peuvent être lues comme des miroirs de la société de la monarchie de Juillet, de ses débuts à son déclin.

Il faut dire que le choix de l'Espagne comme terre de fiction n'est pas étranger à une telle perception des œuvres. En effet, dans les années 1830-1840, l'Espagne connaît une situation politique qui n'est pas sans rapport avec celle de la France. Ainsi, en 1814, après des années d'occupation française par les armées napoléoniennes, le pays avait connu une restauration de la monarchie avec le retour sur le trône du roi Ferdinand VII qui va, avant sa mort, abolir la loi salique[1] en faveur de sa fille Isabelle. Une révolution éclate alors et le pays connaît une guerre civile de 1834 à 1839 dans laquelle s'opposent les libéraux, favorables

1. *Loi salique* : loi remontant à l'époque franque, qui exclut les femmes de la succession au trône tant qu'il reste des héritiers mâles.

à Isabelle, et les carlistes, qui soutiennent don Carlos de Bourbon, prétendant au trône sous le titre de Charles V. Chassé, don Carlos trouve refuge dans une France qui n'est guère intervenue dans le conflit et dont la politique extérieure est par ailleurs plus que timide. La présence de l'Anglais dans *Carmen* est d'ailleurs symptomatique de ce refus d'engagement extérieur de la France qui aboutit à laisser le Royaume-Uni s'emparer de toute l'activité du commerce extérieur de la péninsule ibérique.

Les deux récits de Mérimée sont ainsi le reflet d'une période historique troublée, propice à la naissance de phénomènes de marginalité. En effet, la noblesse dégénérée qu'incarnent les deux protagonistes des *Âmes du purgatoire* n'est pas si éloignée de la jeune aristocratie de la Restauration et de la monarchie de Juillet, qui s'encanaille volontiers lorsqu'elle ne se laisse pas tout simplement corrompre. Et dans *Carmen*, la fascination-répulsion exercée par les Bohémiens sur le narrateur est le reflet à peine déformé des sentiments que pouvaient inspirer à la bourgeoisie les milieux populaires, les nouvelles classes dangereuses. En témoigne, à la fin de la nouvelle, le rapprochement opéré entre les *Calé* [1] et les voleurs des bas-fonds de la capitale, dépeints à la même époque dans l'œuvre d'Eugène Sue (1804-1857) : « *Les Mystères de Paris* ont appris à la bonne compagnie que *chourin* voulait dire couteau » (l. 2042-2043).

Si, contrairement aux œuvres de Balzac ou Stendhal, les deux nouvelles de Mérimée ne cherchent pas à retranscrire fidèlement la réalité de la société qui les voit naître, elles s'attachent cependant à saisir l'essence même de cette période de violence individuelle et collective. À un pouvoir né de révolutions successives et qui veut imposer un ordre moral toujours plus grand, incarné dans *Les Âmes du purgatoire* par les juges et le corregidor ou, dans *Carmen*, par le frère dominicain intransigeant, s'oppose un peuple toujours en proie à la révolte. Il n'est pas étonnant, dès lors, que la mention des armes, les scènes de duels et les épisodes de meurtres tiennent une grande place dans les deux nouvelles. Comme les guerres, dont le narrateur de *Carmen* cherche la trace, ou auxquelles participent don Garcia et don Juan, ces éléments narratifs mettent en place une

1. *Calé* : nom que les Bohémiens se donnent dans leur langue.

esthétique fondée sur la violence, qui peut aussi être comprise en remontant aux sources du romantisme.

LE CONTEXTE CULTUREL : ROMANTISME ET ORIENTALISME

Les deux nouvelles réunies ici ont été publiées pendant la période romantique. Si le romantisme est un mouvement littéraire et culturel qui touche l'ensemble de l'Europe entre le XVIIIe et le XIXe siècle, le romantisme français trouve sa spécificité dans son rapport à l'Histoire. En effet, il est impossible d'envisager la formation de la sensibilité romantique en France sans considérer les bouleversements violents que connaît ce pays entre 1789 et 1799.

MÉRIMÉE ET LE ROMANTISME

La mise à distance de la sensibilité

Il existait, avant la Révolution française, une sensibilité particulière qui, se métamorphosant au contact des troubles historiques, s'est muée en une sensibilité propre au premier XIXe siècle, qu'on appelle le romantisme. Dès le XVIIIe siècle, en effet, s'est opérée une valorisation du sentiment, qui devient la marque de la noblesse de l'âme. Cette sensibilité, conçue comme une ouverture attendrie sur l'autre mais aussi sur le monde, a fait naître une idée nouvelle : celle que l'Homme peut s'accorder avec la nature pour former avec elle un ensemble organique et harmonieux, source de bonheur. Les larmes, manifestation physique du sentiment, deviennent alors une réaction obligée à la lecture d'une œuvre littéraire, puisqu'elles sont avant tout l'expression d'un cœur vertueux. Se met ainsi en place l'idée que le sentiment peut acquérir une dimension morale et conduire celui qui l'éprouve sur le chemin de la vertu. L'œuvre de Jean-Jacques Rousseau (1712-1778) montre ainsi à la fois les exigences et les limites d'une sensibilité qui, si elle veut rester vertueuse, doit se dégager de la réalité concrète.

De cette vision du monde rousseauiste et romantique comme de ses leitmotive littéraires, Mérimée se défie en permanence. Sa correspondance est à ce sujet éloquente. Il y fustige « la fausse sensibilité de Rousseau et de ses imitateurs » et il affirme : « Nous voulions êtres forts, et nous nous moquions de la sensiblerie[1] ». Élément essentiel de l'esthétique de Mérimée dans ses nouvelles, l'ironie apparaît dès lors comme le moyen de mettre à distance les excès pathétiques de la sensibilité. Les exemples sont ainsi nombreux de ces scènes dans lesquelles une pointe ironique vient succéder à un climat d'émotion grandissante. La scène de la mort du capitaine Gomare dans *Les Âmes du purgatoire* fournit une illustration de ce procédé puisqu'à la demande de confession du vieux militaire à l'agonie, Garcia répond par une plaisanterie : « Voici mon livre d'heures, dit don Garcia en lui présentant un flacon de vin » (l. 1269-1270). De même, à la douloureuse passion de José dans *Carmen*, l'héroïne éponyme répond par un jeu de mot tranchant : « Larmes de dragon ! j'en veux faire un philtre » (l. 1151-1152). À travers ce dernier extrait, on peut voir que le traitement du motif des larmes, véritable cliché du premier romantisme, est délibérément conduit de manière quasi parodique.

S'il est indéniable que Mérimée est un contemporain du romantisme, il n'en est pas moins vrai, on vient de le voir, qu'il observe ce mouvement avec une certaine distance. Mais il ne faudrait pas en conclure que son attitude est uniformément critique : le traitement qu'il propose du motif des passions, sa tendance à privilégier les héros marginaux font aussi de lui un diffuseur des conceptions romantiques du monde.

« Vague des passions », marginaux et « enfants du siècle »

Le cataclysme historique représenté par la Révolution française est à l'origine du « mal du siècle » qui pèse sur la jeunesse du début du XIXe siècle. La perte des repères sociaux aboutit en effet à une impression de chaos existentiel. Face à une Histoire déchirante et décevante, la jeunesse rêve d'une existence conforme à ses idéaux, tout en prenant conscience de l'impuissance liée à la condition humaine. Ainsi, Lamartine définit l'Homme :

1. Mérimée, « Introduction à la *Correspondance inédite* de Victor Jacquemont », 20 octobre 1867, dans *Portraits littéraires*, II, repris dans *Portraits historiques et littéraires*, Paris, Champion, 1928, p. 104.

Borné dans sa nature, infini dans ses vœux,
L'homme est un dieu tombé qui se souvient des cieux [1].

Un sentiment général de passivité et d'ennui résulte de cette prise de conscience de l'incohérence de l'humanité. Le jeune homme romantique se perçoit comme victime de ce que Chateaubriand nomme le « vague des passions » :

> Plus les peuples avancent en civilisation, plus cet état de *vague* des passions augmente ; car il arrive alors une chose fort triste : le grand nombre d'exemples qu'on a sous les yeux, la multitude de livres qui traitent de l'homme et de ses sentiments, rendent habile sans expérience. On est détrompé sans avoir joui ; il reste encore des désirs, et l'on n'a plus d'illusions. L'imagination est riche, abondante et merveilleuse ; l'existence pauvre, sèche et désenchantée. On habite, avec un cœur plein, un monde vide ; et, sans avoir usé de rien, on est désabusé de tout [2].

La révolution de 1830 vient relancer la crise de conscience et l'aggrave définitivement. En effet, l'avènement de la monarchie de Juillet et de son roi bourgeois marque la décadence totale de ce qui pouvait encore apparaître comme la marque des valeurs anciennes. Déjà, la chute de Napoléon avait mis fin au rêve épique de la jeunesse romantique qui voyait dans l'Empereur une incarnation de l'Énergie et du Héros idéal, celui qui, au travers de sa destinée individuelle, représentait l'humanité en marche. Dès lors, le retour à une monarchie désormais perçue comme subvertie engendre la perte de toutes les illusions d'une génération qui voulait renouveler l'art en même temps que la société. L'époque est aux « enfants du siècle » qui se réunissent en cénacles et expriment leur désenchantement au travers de récits, de drames et de poèmes qui subliment les marginaux.

C'est en ce sens que Mérimée, à travers ses deux œuvres, se rapproche de ses contemporains romantiques. En effet, le nouvelliste affiche un goût particulier à mettre en scène dans ses récits des personnages qui s'inscrivent en marge de la société. Ainsi, dans *Les Âmes du purgatoire*,

1. Alphonse de Lamartine, « L'Homme », *Méditations poétiques*, 1820. \ **2.** François-René de Chateaubriand, *Génie du Christianisme*, II, III, 9, 1802.

les deux don Juan appartiennent à un groupe de jeunes gens dont les orgies estudiantines rappellent celles dépeintes par Balzac dans *La Peau de chagrin* (1831) ou celles, plus réelles, des romantiques mineurs telles qu'elles sont rapportées par Théophile Gautier dans *Les Jeunes France* (1833). Avec *Carmen*, la portée du refus de l'ordre établi s'accroît encore puisqu'on passe de la simple subversion à la parfaite transgression de toute règle, loi ou code. Les personnages sont cette fois des contrebandiers qui méprisent l'ordre social plus encore qu'ils ne s'en démarquent. Dans les deux nouvelles de Mérimée, c'est une même constante du romantisme qui s'exprime : les figures de personnages déchus ou de bandits disent la révolte d'une jeunesse désabusée face à une société asphyxiante.

L'ORIENTALISME

Les raisons historiques d'un renouveau esthétique

Dès le XVIIIe siècle, l'attrait pour l'Orient est certain en France, comme en témoignent la publication d'une traduction des *Mille et une nuits* par l'abbé Galland en 1704 ou les *Lettres persanes* de Montesquieu en 1721. Mais c'est avec la génération romantique que l'orientalisme devient un courant esthétique majeur. Il faut toutefois noter que cet orient romantique n'est pas seulement le Moyen Orient actuel mais bien l'ensemble du monde méditerranéen, s'étendant de l'Espagne à Jérusalem, en passant par le Maghreb ou même la Corse dans le cas de Mérimée.

Les raisons de cet engouement pour l'Orient au début du XIXe siècle sont d'abord d'ordre historique. Ainsi, Napoléon avait ouvert la voie de l'Égypte par de grandes expéditions en 1798 et 1799 et les campagnes de l'Empire avaient eu pour décor aussi bien l'Espagne en 1804 que l'Italie. De plus, la génération romantique s'était vivement émue du soulèvement des Grecs contre la domination turque dans la guerre d'indépendance de 1821 à 1829 et s'était engagée en faveur des premiers par la plume mais aussi parfois, comme le poète anglais Byron (1788-1824), par les armes. Enfin, la Restauration est aussi l'époque d'une première vague de colonisation qui aboutit, entre autres, à la prise d'Alger par les Français en 1830.

L'Orient romantique : du pittoresque à la métaphysique

Accablés par la chute d'un empire napoléonien porteur de rêves héroïques, déçus par la société bourgeoise succédant à la révolution de 1830, les romantiques vont alors se tourner vers cet ailleurs absolu que constitue à leurs yeux le monde méditerranéen. Cette génération désenchantée cherche dans cet Orient, qui relève plus souvent de leur construction mentale et de leurs fantasmes que d'une réalité géographique, la source d'un pittoresque nouveau, propre à construire la couleur locale d'œuvres les plus variées. Ainsi Victor Hugo chante-t-il aussi bien les mœurs musulmanes dans son recueil de poèmes *Les Orientales* (1829) qu'il met en scène les « Monts d'Aragon » dans son drame *Hernani* (1830). De même, les peintres de l'époque s'enthousiasment à l'idée de découvrir des couleurs et des formes novatrices dans un Orient dont les paysages et les hommes semblent par nature dignes d'être peints. De cet orientalisme pictural, les tableaux d'Eugène Delacroix (1798-1863) restent les témoignages les plus marquants, que ce soit des toiles d'histoire comme *Les Massacres de Scio* (1824) et *La Mort de Sardanapale* (1827) ou des toiles de genre comme *Femmes d'Alger dans leur appartement* (1834).

Cependant les écrivains entrent aussi réellement au contact de l'Orient qui n'est pas simplement source de pittoresque, mais aussi de méditation et d'interrogations métaphysiques. Les récits de voyage se multiplient en effet, depuis l'*Itinéraire de Paris à Jérusalem* de Chateaubriand, en 1811, jusqu'au *Voyage en Orient* de Nerval en 1851, en passant par les *Souvenirs, Impressions, Pensées et Paysages pendant un voyage en Orient* de Lamartine, en 1835. Qu'il soit question de remonter aux sources du christianisme et de la culture occidentale, ou de partir à la découverte de philosophies orientales inédites, le projet de ces écrivains-voyageurs s'impose régulièrement comme la tentative d'assouvissement d'une soif inextinguible d'absolu.

L'exotisme mériméen : un orientalisme ?

L'exotisme mériméen à l'œuvre dans ses nouvelles doit être perçu dans ce contexte de l'orientalisme romantique. En 1834, Mérimée, dans *Les Âmes du purgatoire*, dépeint encore une Espagne romantique de convention, qui relève de deux sources littéraires majeures. Le choix de montrer des personnages issus de familles de la haute noblesse espagnole évoque en effet la « couleur locale » du drame romantique telle que l'a définie et illustrée Victor Hugo dans une pièce comme *Hernani* (1830). C'est donc dans une Espagne de légende plus que dans une Espagne réelle que se noue le drame de la déchéance et de la conversion de don Juan. Dans *Les Âmes du purgatoire*, la vision de l'Espagne doit aussi beaucoup à l'influence, elle aussi toute romantique, d'écrivains anglo-saxons comme Ann Radcliffe (1764-1823) ou Mathew Gregory Lewis (1775-1818), qui situent leurs romans noirs dans les châteaux et les couvents des pays latins du XVIIe siècle. La présence fantasmée de forces occultes et le souvenir de l'Inquisition expliquent l'origine de cet exotisme particulier qui est avant tout subordonné à l'effet terrifiant à produire. Le choix de l'Espagne dans *Les Âmes du purgatoire* reste, on le voit, le signe d'une affiliation aux modes littéraires et il faut attendre une dizaine d'années plus tard, pour qu'avec *Carmen*, Mérimée propose un traitement de l'exotisme plus personnel.

Dans *Carmen*, les détails pittoresques, plus nombreux que dans la précédente nouvelle, contribuent à un renforcement du réalisme et, loin désormais des couvents et des ruelles sombres hérités des romans gothiques, Mérimée esquisse alors les contours d'une *venta*[1] insalubre, telle que les voyageurs d'alors peuvent en rencontrer :

> Nous arrivâmes à la venta. Elle était telle qu'il me l'avait dépeinte, c'est-à-dire une des plus misérables que j'eusse encore rencontrées. Une grande pièce servait de cuisine, de salle à manger et de chambre à coucher. Sur une pierre plate, le feu se faisait au milieu de la chambre, et la fumée sortait par un trou pratiqué dans le toit, ou plutôt s'arrêtait, formant un nuage à quelques pieds au-dessus du sol. Le long du mur, on voyait étendues par terre cinq ou six vieilles couvertures de mulets ; c'étaient les lits des voyageurs (l. 182-190).

Mérimée semble se moquer désormais des clichés de l'exotisme romantique, qu'il détourne par l'ironie. Ainsi son narrateur ne peut-il parler de l'Andalousie sans souligner par un commentaire le peu d'originalité et la surcharge de la figure de style qu'il emploie :

1. *Venta* : terme espagnol désignant une auberge.

> – Je crois que vous êtes du pays de Jésus, à deux pas du paradis. (J'avais appris cette métaphore, qui désigne l'Andalousie, de mon ami Francisco Sevilla, picador bien connu.) (l. 455-458).

Pourtant il est difficile de dire de *Carmen* qu'elle ne s'inscrit pas pleinement dans cette mouvance orientaliste caractéristique de la sensibilité romantique. Mérimée montre en effet une Espagne qui n'est autre qu'un Orient rêvé : le personnage de Carmen incarne parfaitement cette forme d'exotisme romantique, ne serait-ce que par l'origine égyptienne qu'elle revendique (l. 1072-1073) et qui lui confère sa magie. En outre, le partage du cigare entre le narrateur et José est explicitement comparé aux coutumes qui président à l'hospitalité orientale : « En Espagne, un cigare donné et reçu établit des relations d'hospitalité, comme en Orient le partage du pain et du sel » (l. 102-103). Quant à la baignade des femmes dans le Guadalquivir, elle évoque celle des femmes du *Bain turc* que peindra Ingres en 1859 ; de même, la manufacture de tabac ressemble à un véritable harem. L'Andalousie, longtemps dominée par les Maures, est d'ailleurs représentée dans *Carmen* comme un espace oriental, situé « à *finibus terræ* » l. 1420). Faisant ainsi rimer exotisme, ésotérisme et érotisme, Mérimée s'inscrit avec sa nouvelle dans un orientalisme qui, s'il est décrié en apparence, n'en est que plus profond.

LE CONTEXTE BIOGRAPHIQUE

LES ANNÉES DE JEUNESSE : UN VOLTAIRIEN CHEZ LES ROMANTIQUES

Prosper Mérimée naît le 28 septembre 1803 dans une famille parisienne bourgeoise, cultivée et anticléricale, qui côtoie les milieux artistiques. Son père, Léonor Mérimée est lui-même un peintre doublé d'un amateur d'art éclairé qui devient en 1804 le secrétaire adjoint de l'École des Beaux-Arts. Sa mère, Anne-Louise Moreau, elle aussi artiste, et très proche de son fils, lui lègue, outre son goût du dessin et de l'aquarelle, son scepticisme tout voltairien s'accompagnant d'une ironie tranchante. De 1812 à 1819, Mérimée poursuit des études secondaires médiocres au lycée Napoléon (actuel lycée Henri-IV), avant de débuter des études de droit pour devenir avocat. Il obtient sa licence de droit en 1823, mais ces années passées à l'université ont surtout été l'occasion pour ce jeune homme curieux et travailleur de diversifier sa culture et d'étendre son érudition : il étudie ainsi le grec, l'espagnol, les littératures française, anglaise et espagnole mais aussi l'architecture, l'archéologie, la philologie et même les sciences occultes. L'année 1822 est aussi celle de sa rencontre avec l'écrivain Stendhal qui marque le début d'une longue amitié et celle où est lu son premier drame, intitulé *Cromwell*, chez Viollet-Leduc.

La carrière littéraire de Mérimée ne débute toutefois qu'en 1825 lorsque, après avoir publié dans le journal *Le Globe* quatre articles sur l'Espagne, il s'adonne à une première mystification avec *Le Théâtre de Clara Gazul*. Sous le pseudonyme de Joseph L'Estrange, Mérimée se présente en effet comme le traducteur et le préfacier d'œuvres théâtrales espagnoles qui sont en réalité de sa main. Il récidive dans la supercherie littéraire en 1827 avec *La Guzla* (anagramme transparent de *Gazul*), œuvre présentée cette fois comme un recueil de ballades illyriennes[1] dédiées à Goethe. Entre temps, Mérimée fait ses premières armes dans les cercles mondains parisiens et fréquente bon nombre d'artistes dont le peintre romantique Delacroix. Son propre goût pour les temps passés et le succès grandissant des fictions historiques lui font encore écrire deux romans, *La Jacquerie* en 1828 et *Chronique du règne de Charles IX* en 1829, dont le second se joue ironiquement des codes du genre. Peu enclin à poursuivre dans les genres longs comme le roman, Mérimée se fait alors connaître du lectorat de l'époque à travers ses nouvelles qu'il publie en 1829 dans le périodique *La Revue de Paris* et qui traitent de sujets aussi divers que la guerre, dans *L'Enlèvement de la redoute*, que l'esclavage, dans *Tamango*, ou encore que l'honneur des Corses dans *Mateo Falcone*. Familier, depuis 1827, du cénacle de Victor Hugo, Mérimée assiste ainsi en dandy plus ou moins distant à l'expansion de la révolution littéraire romantique qui trouve son point d'orgue avec la première représentation du drame *Hernani*, à laquelle il assiste, en même temps que Stendhal, le 25 février 1830.

1. *Illyriennes :* des provinces d'Illyrie, situées sur les territoires de l'Autriche, de l'Italie, de la Croatie et de la Slovénie actuelles, occupées par les troupes françaises entre 1806 et 1809.

À la suite de sa première véritable déception sentimentale, en juin 1830, Mérimée part pour un voyage en Espagne où il visite Valence, l'Andalousie, Madrid et se lie d'amitié avec le comte et la comtesse de Montijo. C'est cette même comtesse qui aurait évoqué un fait divers dont Mérimée se serait souvenu, en 1845, pour écrire *Carmen* :

> Je viens de passer huit jours enfermé à écrire [...] une histoire que vous m'avez racontée il y a quinze ans, et que je crains d'avoir gâtée. Il s'agissait d'un Jaque de Málaga qui avait tué sa maîtresse, laquelle se consacrait exclusivement au public [1].

Durant ce voyage, l'écrivain observe les mœurs et les coutumes des Espagnols, note les détails pittoresques et transpose ces éléments sous la forme de quatre *Lettres d'Espagne*, publiées dans *La Revue de Paris* de 1831 à 1833. Ces quatre récits constituent autant de sources possibles pour *Carmen*, puisqu'on y retrouve aussi bien l'évocation des courses de taureaux, l'histoire du bandit José Maria que la description d'une venta misérable dans laquelle l'écrivain, accompagné de son guide, aurait rencontré une sorcière dénommée Carmencita.

LES ANNÉES DE LA RENOMMÉE : UN VOYAGEUR CHEZ LES ADMINISTRATIFS

De retour en France, en 1831, Mérimée devient chef de bureau au ministère de la Marine. Puis il obtient en 1832 la charge de maître des requêtes au Conseil d'État. Ce nouvel emploi l'amène à voyager en particulier en Angleterre. C'est au retour d'un séjour outre-Manche qu'il rencontre à Boulogne Jenny Dacquin, avec qui il correspondait depuis un an et avec qui il entretiendra un échange épistolaire jusqu'à sa mort. En 1833, Mérimée publie *La Double Méprise* ainsi que *Mosaïque*, un recueil au titre évocateur réunissant d'anciennes nouvelles, des ballades et ses *Lettres d'Espagne*.

En 1834, l'année de la publication des *Âmes du purgatoire* dans la *Revue des Deux Mondes*, l'écrivain désormais reconnu devient inspecteur général des Monuments historiques et se lance dans des tournées

1. « Lettre à Mme de Montijo », 16 mai 1845, *Correspondance générale*, établie par M. Parturier, éd. Le Divan, tome IV, 1945, p. 294.

d'inspection à travers toute la France. C'est le début d'une période féconde qui voit alterner et parfois s'entremêler comptes-rendus administratifs, essais érudits et écriture de nouvelles. En 1837 paraît ainsi *La Vénus d'Ille*, une nouvelle fantastique que Mérimée considérait comme son chef-d'œuvre. En 1839, l'inspecteur des Monuments historiques découvre la Corse qu'il avait romancée dans *Mateo Falcone*. Comme pour l'Espagne, l'Île de Beauté est alors le lieu d'un compte-rendu d'ethnologue avec les *Notes d'un voyage en Corse* (1840) mais aussi celui d'une fiction avec *Colomba*, qui paraît en 1840 dans la *Revue des Deux Mondes*. Mérimée passe alors sa vie entre ses tournées d'inspection, qui lui permettent de sauvegarder une partie majeure du patrimoine national, et des séjours à l'étranger, qui l'entraîne jusqu'en Orient en 1841. En 1844, la nouvelle *Arsène Guillot* fait scandale alors même que Mérimée est élu, à la fois en tant qu'auteur de renom et en tant que brillant fonctionnaire, à l'Académie française à la place laissée vacante par la mort de Charles Nodier.

L'année suivante, en 1845, alors que l'infatigable inspecteur des Monuments poursuit ses tournées et commence un ouvrage historique sur l'*Histoire de Don Pèdre Ier, roi de Castille*, la *Revue des Deux Mondes* publie *Carmen* qui, à en croire son auteur, n'était qu'une œuvre destinée à subvenir à ses besoins financiers :

> vous lirez dans quelque temps une petite drôlerie de votre serviteur, qui serait demeurée inédite si l'auteur n'eût été obligé de s'acheter des pantalons [1].

Après la parution, en 1846, de deux nouvelles peu significatives, *L'Abbé Aubain* et *Il Viccolo di Madama Lucrezia*, l'auteur semble perdre le goût de la fiction. Plus encore, en 1848, Mérimée, ayant évolué du libéralisme de sa jeunesse à un conservatisme prudent, s'indigne du retour de la République et se réfugie dans l'étude de la langue et de la littérature russe comme en témoignent ses traductions d'œuvres de Pouchkine (*La Dame de Pique*, 1849) et son essai de 1851 intitulé *La Littérature en Russie. Nicolas Gogol*.

1. « Lettre à Ludovic Vitet », 21 septembre 1845, *Correspondance générale*, établie par M. Parturier, éd. Le Divan, tome IV, 1945, p. 374.

LES ANNÉES DE LA MATURITÉ : UN SÉNATEUR CHEZ LE COUPLE IMPÉRIAL

Les années 1852 à 1853 sont riches en rebondissements pour Mérimée. Ayant, dans un article, pris parti pour Libri, un inspecteur des Bibliothèques qui avait dérobé des documents anciens, il se voit inculpé pour outrage à magistrat et est emprisonné quinze jours à la Conciergerie. Ce très léger revers de fortune est toutefois de courte durée. En effet, le 2 décembre 1851, Louis-Napoléon Bonaparte, élu président de la IIe République en 1848, a fomenté un coup d'État et est devenu empereur sous le nom de Napoléon III. Or le nouvel empereur épouse, dès 1853, Mlle de Montijo, fille des amis espagnols de Mérimée, qui devient ainsi un membre de l'entourage du couple impérial. Nommé sénateur la même année puis secrétaire du Sénat, Mérimée continue pourtant ses nombreux séjours à l'étranger de 1853 à 1859, partageant ainsi son temps entre l'Espagne, l'Angleterre, la Suisse, l'Allemagne, l'Autriche et le sud de la France où il soigne un asthme grandissant.

À partir de 1861, Mérimée, devenu entre temps commandeur de la Légion d'honneur, est convié à suivre le couple impérial dans ses villégiatures d'été et d'automne. Son compagnon de jeunesse, Victor Hugo, farouchement opposé au Second Empire et alors en exil, stigmatise celui qu'il accuse d'être devenu l'amuseur officiel de la cour impériale. Cette image de Mérimée doit cependant être nuancée. S'il est fermement attaché au régime autoritaire de l'empereur, l'écrivain ne profite pas à tout prix de la situation ; au contraire, il refuse le ministère de l'Instruction publique en 1863, tout comme la charge de secrétaire particulier de l'empereur en 1864. Même la fameuse dictée dite « de Mérimée » en 1868, créée pour divertir la cour, ne lui est attribuée qu'à tort. Cette même année 1868 voit le réveil tardif de sa vocation d'écrivain de fiction, puisqu'il commence la rédaction de deux nouvelles fantastiques, *Lokis*, une histoire de loup-garou qui paraît en 1869, et *Djoûmane* qui ne sera publiée qu'à titre posthume. En effet, l'asthme et l'effondrement de l'Empire viennent à bout des forces depuis longtemps déclinantes de l'écrivain, qui meurt le 23 septembre 1870 dans sa résidence de Cannes.

RÉCEPTION CRITIQUE ET POSTÉRITÉ DE *CARMEN*

LA POSTÉRITÉ LITTÉRAIRE

Un accueil critique mitigé

Contrairement à ce qu'on pourrait croire, *Carmen* n'a pas connu un succès immédiat. En effet, peu nombreux sont les critiques littéraires à s'être intéressés du temps de Mérimée à cette œuvre désormais célèbre. Lorsque certaines voix s'élèvent, c'est près d'une dizaine d'années après la parution de la nouvelle et les commentaires sont loin d'être élogieux. Le dernier chapitre, rajouté lors de la publication en volume en 1847, est jugé lourd et pesant aussi bien par les critiques que par l'ensemble du lectorat du XIXe siècle, et l'immoralité de son histoire est reprochée à l'auteur de *Carmen*. C'est la position du journaliste Gustave Planche qui, tout en reconnaissant la fascination que peuvent exercer les personnages, propose une lecture de l'œuvre encore ancrée dans une morale bien pensante :

> C'est une fille sans foi ni loi, qui ne recule devant aucun crime ; si elle ne trempe pas ses mains dans le sang, elle conduit la victime désignée au-devant de la balle ou du poignard. Il n'y a donc en elle rien qui excite une bien vive sympathie ; mais cette nature sauvage et indomptée tient l'attention éveillée [1].

De même, le commentaire que propose l'un des plus grands critiques littéraires du siècle, Sainte-Beuve, est très nuancé :

> Cette Carmen n'est autre chose qu'une Manon Lescaut d'un plus haut goût, qui débauche son chevalier des Grieux, également séduit et faible, bien que d'une tout autre trempe [2].

Au-delà du caractère discutable du parallèle opéré par Sainte-Beuve entre la nouvelle de Mérimée et l'histoire contée par l'abbé Prévost dans *Manon Lescaut* (1731), on notera que l'œuvre de Mérimée n'est pas appréciée pour elle-même mais est présentée comme une imitation d'un auteur devenu classique.

---

1. Gustave Planche, « Écrivains modernes de la France. Prosper Mérimée », *Revue des Deux Mondes*, 15 septembre 1854. \ **2.** Sainte-Beuve, « Les faux Démétrius », *Le Moniteur universel*, 7 février 1853.

Une postérité littéraire réduite

Tout aussi réduite est la postérité littéraire du personnage inventé par Mérimée. Seul le poète Théophile Gautier (1811-1872) se montre sensible à la dimension poétique de la gitane : dans son recueil *Émaux et camées* (1852), il sublime celle-ci à travers un poème intitulé « Carmen ». L'ancien poète romantique devenu partisan de « l'art pour l'art » y figure alors l'image d'une femme fatale et vénéneuse qui renouvelle celle, mythologique, de Vénus anadyomène [1] :

> Elle a, dans sa laideur piquante,
> Un grain de sel de cette mer
> D'où jaillit, nue et provocante,
> L'âcre Vénus du gouffre amer.

L'autre femme fatale du XIXe siècle issue directement de la nouvelle de Mérimée est la Concha de *La Femme et le Pantin* de Pierre Louÿs (1898). Dans ce roman, le personnage d'André Stevenol reçoit la confession de don Mateo, qui évoque sa passion aventureuse et jalouse pour la jeune Concha. L'œuvre de Pierre Louÿs, prenant elle aussi pour cadre l'Espagne, s'impose ainsi comme une réécriture à part entière de l'histoire de José et de Carmen, l'issue fatale en moins.

L'OPÉRA DE BIZET : LA CRÉATION DU MYTHE (1875)

Un immense succès populaire

Bien plus que la nouvelle, c'est l'opéra-comique [2] de Bizet qui a fait de la Carmen de Mérimée le pilier d'une histoire mythique. En effet, en 1872, le compositeur Georges Bizet, assisté de Henri Meilhac et Ludovic Halévy qui sont chargés d'écrire le livret de l'opéra, s'empare de la nouvelle de Mérimée et œuvre à la création d'une nouvelle *Carmen*. Après une année de travail d'orchestration, l'opéra de Bizet voit le jour le 3 mars 1875, avec la chanteuse Galli-Marié dans le rôle-titre. Même si la nouveauté de la composition surprend au départ le public parisien, l'opéra connaît un succès foudroyant qui ne s'est jamais démenti puisque la

1. *Anadyomène :* adjectif qualifiant Vénus telle qu'on la représente naissant de l'écume de la mer. \ 2. *Opéra-comique :* terme désignant, non un registre, mais un opéra dans lequel alternent parties chantées et parties dialoguées.

Carmen de Bizet reste encore de nos jours l'opéra le plus joué au monde. Le triomphe populaire est tel que des salles entières ont pu même être remplies avec des opérettes parodiques comme *La Revanche de don José* (1904) et *Mam'zelle Carmen* (1916) ; or, c'est aussi au succès de ses parodies que se reconnaît la force d'un mythe.

Fidélité et infidélité : l'opéra comme réécriture de la nouvelle

Si les librettistes de Bizet ont globalement respecté le texte de Mérimée, au point que certaines parties de l'œuvre originale sont retranscrites presque mot à mot dans les récitatifs, ils ont aussi contribué à rendre le personnage de la gitane plus lisse qu'elle ne l'est dans la nouvelle. En effet, afin de ne pas choquer le public de la salle Favart habitué aux spectacles sentimentaux, Meilhac et Halévy ont volontairement réduit la dimension amorale du personnage : leur Carmen ne se prostitue plus, ne vole guère et n'est plus la complice de crimes de sang perpétrés par des contrebandiers, eux-mêmes devenus fantoches d'opérette. En ne regardant que le livret, et bien qu'au deuxième acte Carmen se revendique encore bohémienne, on s'aperçoit que le caractère farouche de la gitane et sa force primitive disparaissent quelque peu sous le masque d'une coquette qui minaude plus qu'elle ne provoque.

Le livret, toutefois, ne manque pas de vertus dramatiques. Ainsi, l'unité d'action, qui était violemment remise en cause par Mérimée, se voit resserrée par la disparition du narrateur, ce qui confère à l'œuvre une forte efficacité dramatique : les quatre actes qui constituent l'opéra entraînent le spectateur de la grande place de Séville jusqu'à ses arènes, suivant un crescendo calculé qui mène inévitablement vers l'issue tragique. De plus, l'apparition de deux nouveaux personnages permet de faire ressortir des effets de contraste spectaculaires là où le nouvelliste faisait le choix de l'implicite. En effet, le personnage de Micaëla, la fiancée de don José, révèle la nostalgie d'un paradis des amours enfantines déjà contenue dans la nouvelle : « je pensais toujours au pays, et je ne croyais pas qu'il y eût de jolies filles sans jupes bleues et sans nattes tombant sur les épaules » (l. 715-717).

Le rôle de la soprane vient dès lors opposer un angélisme déçu à la maléfique Carmen, qui n'en apparaît que plus noire. De même, en condensant tous les rivaux de José dans la seule figure du toréador Escamillo, qui vient remplacer le très discret Lucas de la nouvelle, l'opéra donne une nouvelle dimension à l'issue de l'histoire de *Carmen*. Lors de la tonitruante entrée en scène d'Escamillo dans la taverne de Lillas Pastia, au deuxième acte, le baryton chante déjà le sens à donner à la mort de Carmen :

> Toréador, en garde !
> Toréador, toréador !
> Et songe bien, oui songe en combattant
> Qu'un œil noir te regarde
> Et que l'amour t'attend.

L'« œil noir » n'est pas ici seulement celui du taureau à combattre, il est aussi celui de la Bohémienne tel qu'il apparaît à José dans la nouvelle (l. 1504). Le célèbre air du toréador préfigure alors l'ultime combat entre José et Carmen qui, dans la nouvelle, se déroule également près de l'arène. Le geste meurtrier du Navarrais, auquel l'opéra fait répondre en coulisse les acclamations de la foule saluant la victoire d'Escamillo, acquiert une dimension sacrée liant plus que jamais l'amour et la mort.

La force de l'opéra, qui éclipse totalement la nouvelle de Mérimée au début du XXe siècle, est pourtant aussi à rechercher ailleurs que dans son livret. C'est bel et bien la partition de Bizet qui a fait passer Carmen au rang de mythe. Le compositeur, en effet, a préféré la surenchère exotique d'une musique qui mêle thèmes gitans, basques et andalous. Alors que la nouvelle se joue ironiquement des clichés exotiques, Bizet les conserve et même les déploie pour exposer une histoire d'amour dont les personnages et les décors sont hauts en couleur. La musique, qui emprunte volontiers à des airs folkloriques et joue de la répétition pour susciter l'adhésion de l'auditoire, permet ainsi d'élargir la palette des sentiments à l'œuvre dans l'histoire de Mérimée et de la rendre plus populaire. Dès lors, sur scène, grâce à l'accompagnement d'une musique enjouée, la danse de Carmen, qui exprime de manière concrète sa provocante exigence de liberté, peut toucher un plus large public.

DE L'ÉCRIT À L'ÉCRAN : *CARMEN* AU CINÉMA

Lorsque l'on s'intéresse à la fortune de *Carmen* à l'écran, il est toujours difficile de séparer les films qui adaptent directement la nouvelle de

Mérimée de ceux qui reprennent le personnage recréé par Bizet. Il est vrai que Carmen semble avoir échappé à ses créateurs successifs et a fait son entrée dans le septième art en personnage quasi autonome. Les cinéastes sont alors nombreux à avoir voulu s'emparer de cette protagoniste insaisissable, et ce partout dans le monde.

Ainsi, de 1907 à 1915, les films intitulés *Carmen* se succèdent en Grande-Bretagne, en Italie, en France mais aussi et surtout aux États-Unis qui en voient paraître pas moins de quatre entre 1912 et 1915. C'est encore aux États-Unis qu'en 1916 le célèbre comique Charlie Chaplin propose une version burlesque de l'histoire de la gitanilla dans *Charlot joue Carmen*.

Les adaptations continuent ensuite de se multiplier, de la *Carmen* du réalisateur allemand Ernst Lubitsh en 1918 à celle du français Christian-Jacque en 1943. De cette période, on peut retenir le cas intéressant du film *The Loves of Carmen* (1927) de Raoul Walsh, qui se fondait entièrement sur la nouvelle de Mérimée mais était accompagné par un orchestre jouant du Bizet. Un autre cas méritant d'être retenu est celui de *Carmen Jones* qu'Otto Preminger réalise en 1954. Dans ce film qui fit scandale et dont tous les acteurs sont noirs, Carmen devient une plieuse de parachutes en Louisiane à l'époque de la Seconde Guerre mondiale.

Cette transposition dans le temps et dans l'espace prouve bien que le personnage est devenu mythique. La majorité des cinéastes de la seconde moitié du XXe siècle fait subir un traitement identique à l'histoire originale. Il en va ainsi de l'italien Carmine Gallone qui, en 1962, propose une *Carmen 63*, film policier se déroulant dans le monde de la mafia italienne de l'époque. De même, en 1983, dans *Prénom Carmen* de Jean-Luc Godard, Carmen est une actrice braqueuse de banque. La même année que Godard, le metteur en scène Peter Brook revisite le mythe en portant à l'écran, sous la forme de trois films autonomes mais quasi identiques, son étonnante *Tragédie de Carmen*, spectacle à l'origine joué sur la scène du théâtre parisien des Bouffes du Nord en 1981 et 1982. Toujours en 1983, Carlos Saura transporte sa *Carmen*, sous les traits de Lora del Sol, dans le monde d'une école de danse où se prépare un ballet issu de l'opéra de Bizet. Signalons enfin que l'adaptation filmée de l'opéra proposée en 1984 par Francesco Rosi, avec Julia Migenes dans le rôle-titre, est devenue une référence.

GROUPEMENT DE TEXTES : LA BEAUTÉ DU DIABLE ? FIGURES ROMANTIQUES DE LA FEMME FATALE

Après avoir lu l'ensemble des textes ci-dessous vous répondrez aux questions suivantes :

1. Quelles sont les caractéristiques physiques et morales de la femme fatale romantique d'après les textes 1, 2, 3 et 4 ? À quelle(s) thématique(s) est-elle constamment associée ?

2. Quelle est la focalisation choisie dans chacun des textes 1, 2, 3 et 4 ? Montrez comment elle détermine la vision qu'a le lecteur du personnage féminin.

3. Quelle image de la femme apparaît dans le texte de Michelet (texte 5) ? En quoi éclaire-t-elle l'ambiguïté de la femme fatale romantique ? Vous répondrez sous la forme d'un paragraphe argumenté.

TEXTE 1 • Victor Hugo, *Notre-Dame de Paris*, livre II, chapitre III (1831)

Avec son roman historique *Notre-Dame de Paris*, Victor Hugo recrée un Paris médiéval dans lequel la jeune Bohémienne Esmeralda envoûte tous les hommes. C'est au poète Gringoire qu'il revient de voir pour la première fois la jeune femme.

Dans un vaste espace laissé libre entre la foule et le feu, une jeune fille dansait.

Si cette jeune fille était un être humain, ou une fée, ou un ange, c'est ce que Gringoire, tout philosophe sceptique, tout poète ironique qu'il était, ne put décider dans le premier moment, tant il fut fasciné par cette éblouissante vision.

Elle n'était pas grande, mais elle le semblait, tant sa fine taille s'élançait hardiment. Elle était brune, mais on devinait que le jour sa peau devait avoir ce beau reflet doré des Andalouses et des Romaines. Son petit pied aussi était andalou, car il était tout ensemble à l'étroit et à l'aise dans sa gracieuse chaussure. Elle dansait, elle tournait, elle tourbillonnait sur un vieux tapis de Perse, jeté négligemment sous ses pieds ; et chaque fois qu'en tournoyant sa rayonnante figure passait devant vous, ses grands yeux noirs vous jetaient un éclair.

Autour d'elle tous les regards étaient fixes, toutes les bouches ouvertes ; et en effet, tandis qu'elle dansait ainsi, au bourdonnement du tambour de basque que ses deux bras ronds et purs élevaient au-dessus de sa tête, mince, frêle et vive comme une guêpe, avec son corsage d'or sans pli, sa robe bariolée qui se gonflait, avec ses épaules nues, ses jambes fines que sa jupe découvrait par moments, ses cheveux noirs, ses yeux de flamme, c'était une surnaturelle créature.

– En vérité, pensa Gringoire, c'est une salamandre, c'est une nymphe, c'est une déesse, c'est une bacchante [1] du mont Ménaléen [2] !

En ce moment une des nattes de la chevelure de la « salamandre » se détacha, et une pièce de cuivre jaune qui y était attachée roula à terre.

– Hé non ! dit-il, c'est une bohémienne.

TEXTE 2 • Victor Hugo, *Notre-Dame de Paris*, livre VIII, chapitre IV (1831)

Emprisonnée sur l'ordre de l'archidiacre Frollo qui s'est épris d'elle, Esmeralda reçoit la visite impromptue du sombre religieux dans son cachot.

– Écoute. Un jour…

Ici le prêtre s'arrêta, et la prisonnière entendit sortir de sa poitrine des soupirs qui faisaient un bruit de râle et d'arrachement.

Il reprit :

– … Un jour, j'étais appuyé à la fenêtre de ma cellule… – Quel livre lisais-je donc ? Oh ! tout cela est un tourbillon dans ma tête. – Je lisais. La fenêtre donnait sur une place. J'entends un bruit de tambour et de musique. Fâché d'être ainsi troublé dans ma rêverie, je regarde dans la place. Ce que je vis, il y en avait d'autres que moi qui le voyaient, et pourtant ce n'était pas un spectacle fait pour des yeux humains. Là, au milieu du pavé, – il était midi, – un grand soleil, – une créature dansait. Une créature si belle que Dieu l'eût préférée à la Vierge, et l'eût choisie pour sa mère, et eût voulu naître d'elle si elle eût existé quand il se fit homme ! Ses yeux

1. *Bacchante* : prêtresse de Bacchus, dieu du vin et des orgies. \ 2. *Mont Ménaléen* : ou mont Ménale, séjour du dieu Pan et par association de Bacchus.

étaient noirs et splendides, au milieu de sa chevelure noire quelques cheveux que pénétrait le soleil blondissaient comme des fils d'or. Ses pieds disparaissaient dans leur mouvement comme les rayons d'une roue qui tourne rapidement. Autour de sa tête, dans ses nattes noires, il y avait des plaques de métal qui pétillaient au soleil et faisaient à son front une couronne d'étoiles. Sa robe semée de paillettes scintillait bleue et piquée de mille étincelles comme une nuit d'été. Ses bras souples et bruns se nouaient et se dénouaient autour de sa taille comme deux écharpes. La forme de son corps était surprenante de beauté. Oh ! la resplendissante figure qui se détachait comme quelque chose de lumineux dans la lumière même du soleil !... – Hélas ! jeune fille, c'était toi. – Surpris, enivré, charmé, je me laissai aller à te regarder. Je te regardai tant que tout à coup je frissonnai d'épouvante, je sentis que le sort me saisissait.

Le prêtre, oppressé, s'arrêta encore un moment. Puis il continua.

– Déjà à demi fasciné, j'essayai de me cramponner à quelque chose et de me retenir dans ma chute. Je me rappelai les embûches que Satan m'avait déjà tendues. La créature qui était sous mes yeux avait cette beauté surhumaine qui ne peut venir que du ciel ou de l'enfer. Ce n'était pas là une simple fille faite avec un peu de notre terre, et pauvrement éclairée à l'intérieur par le vacillant rayon d'une âme de femme. C'était un ange ! mais de ténèbres, mais de flamme et non de lumière. Au moment où je pensais cela, je vis près de toi une chèvre, une bête du sabbat, qui me regardait en riant. Le soleil de midi lui faisait des cornes de feu. Alors j'entrevis le piège du démon, et je ne doutai plus que tu ne vinsses de l'enfer et que tu n'en vinsses pour ma perdition. Je le crus.

TEXTE 3 • Théophile Gautier, *Une nuit de Cléopâtre*, chapitre VI (1838)

Dans *Une nuit de Cléôpatre*, Théophile Gautier conte la nuit que la reine d'Égypte accorde à un jeune et beau chasseur de lions, Meïamoun, avant qu'il ne soit empoisonné.

Cléopâtre elle-même se leva de son trône, rejeta son manteau royal, remplaça son diadème sidéral par une couronne de fleurs, ajusta des crotales d'or à ses mains d'albâtre, et se mit à danser devant Meïamoun éperdu de ravissement. Ses beaux bras, arrondis comme les anses d'un vase de marbre, secouaient au-dessus de sa tête des grappes de notes étincelantes, et ses crotales babillaient avec une volubilité toujours croissante. Debout sur la pointe vermeille de ses petits pieds, elle avançait rapidement et venait effleurer d'un baiser le front de Meïamoun, puis elle recommençait son manège et voltigeait autour de lui, tantôt se cambrant en arrière, la tête renversée, l'œil demi-clos, les bras pâmés et morts, les cheveux débouclés et pendants comme une bacchante du mont Ménale agitée par son dieu ; tantôt leste, vive, rieuse, papillonnante, infatigable et plus capricieuse en ses méandres que l'abeille qui butine. L'amour du cœur, la volupté des sens, la passion ardente, la jeunesse inépuisable et fraîche, la promesse du bonheur prochain, elle exprimait tout.

Les pudiques étoiles ne regardaient plus, leurs chastes prunelles d'or n'auraient pu supporter un tel spectacle ; le ciel même s'était effacé, et un dôme de vapeur enflammée couvrait la salle.

TEXTE 4 • Alexandre Dumas, *Les Trois Mousquetaires*, chapitre LIII (1844)

Dans *Les Trois Mousquetaires*, Alexandre Dumas raconte la lutte qui oppose les intérêts du cardinal de Richelieu à ceux de la reine Anne d'Autriche et de son amant le duc de Buckingham. Aventurière patentée et espionne du cardinal, Milady de Winter est emprisonnée par les Anglais.

Tout en chantant, Milady écoutait : le soldat de garde à sa porte s'était arrêté comme s'il eût été changé en pierre. Milady put donc juger de l'effet qu'elle avait produit.

Alors elle continua son chant avec une ferveur et un sentiment inexprimables ; il lui sembla que les sons se répandaient au loin sous les voûtes et allaient comme un charme magique adoucir le cœur de ses geôliers. Cependant il paraît que le soldat en sentinelle, zélé catholique sans doute, secoua le charme, car à travers la porte :

– Taisez-vous donc, Madame, dit-il, votre chanson est triste comme un *De profundis* [1], et si, outre l'agrément d'être en garnison ici, il faut encore y entendre de pareilles choses, ce sera à n'y point tenir.

1. *De profundis* : début du chant des morts, *De profundis clamo ad te domine*, sixième des sept psaumes de la Pénitence.

– Silence ! dit alors une voix grave, que Milady reconnut pour celle de Felton ; de quoi vous mêlez-vous, drôle ? Vous a-t-on ordonné d'empêcher cette femme de chanter ? Non. On vous a dit de la garder, de tirer sur elle si elle essayait de fuir. Gardez-la ; si elle fuit, tuez-la ; mais ne changez rien à la consigne.

Une expression de joie indicible illumina le visage de Milady, mais cette expression fut fugitive comme le reflet d'un éclair, et, sans paraître avoir entendu le dialogue dont elle n'avait pas perdu un mot, elle reprit en donnant à sa voix tout le charme, toute l'étendue et toute la séduction que le démon y avait mis :

Pour tant de pleurs et de misère,
Pour mon exil et pour mes fers,
J'ai ma jeunesse, ma prière,
Et Dieu, qui comptera les maux que j'ai soufferts.

Cette voix, d'une étendue inouïe et d'une passion sublime, donnait à la poésie rude et inculte de ces psaumes une magie et une expression que les puritains les plus exaltés trouvaient rarement dans les chants de leurs frères, et qu'ils étaient forcés d'orner de toutes les ressources de leur imagination : Felton crut entendre chanter l'ange qui consolait les trois Hébreux [1] dans la fournaise.

Milady continua :

Mais le jour de la délivrance
Viendra pour nous, Dieu juste et fort ;
Et s'il trompe notre espérance,
Il nous reste toujours le martyre et la mort.

Ce couplet, dans lequel la terrible enchanteresse s'efforça de mettre toute son âme, acheva de porter le désordre dans le cœur du jeune officier ; il ouvrit brusquement la porte, et Milady le vit apparaître pâle comme toujours, mais les yeux ardents et presque égarés.

---

1. *Les trois Hébreux :* allusion à l'épisode biblique dans lequel un ange sauve trois juifs précipités dans une fournaise sur l'ordre du roi Nabuchodonosor (*Daniel*, VIII, 8-30).

TEXTE 5 • Jules Michelet, introduction à *La Sorcière* (1862)

Le projet de l'historien Jules Michelet dans *La Sorcière* est de démystifier l'image maléfique qu'a pu connaître la femme au cours des siècles.

Une religion forte et vivace, comme le fut le paganisme grec, commence par la sibylle, finit par la sorcière. La première, belle vierge, en pleine lumière, le berça, lui donna le charme et l'auréole. Plus tard, déchu, malade, aux ténèbres du moyen âge, aux landes et aux forêts, il fut caché par la sorcière ; sa pitié intrépide le nourrit, le fit vivre encore. Ainsi, pour les religions, la Femme est mère, tendre gardienne et nourrice fidèle. Les dieux sont comme les hommes ; ils naissent et meurent sur son sein.

Que sa fidélité lui coûte !... Reines, mages de la Perse, ravissante Circé [1] ! sublime Sibylle [2], hélas ! qu'êtes-vous devenues ? et quelle barbare transformation !... Celle qui, du trône d'Orient, enseigna les vertus des plantes et le voyage des étoiles, celle qui, au trépied de Delphes, rayonnante du dieu de lumière, donnait ses oracles au monde à genoux, – c'est elle, mille ans après, qu'on chasse comme une bête sauvage, qu'on poursuit aux carrefours, honnie, tiraillée, lapidée, assise sur les charbons ardents !...

Le clergé n'a pas assez de bûchers, le peuple assez d'injures, l'enfant assez de pierres contre l'infortunée. Le poète (aussi enfant) lui lance une autre pierre, plus cruelle pour une femme. Il suppose, gratuitement, qu'elle était toujours laide et vieille. Au mot Sorcière, on voit les affreuses vieilles de Macbeth [3]. Mais leurs cruels procès apprennent le contraire. Beaucoup périrent précisément parce qu'elles étaient jeunes et belles.

1. *Circé* : magicienne qui, au chant X de l'*Odyssée* d'Homère (VIIIe siècle av. J.-C.), transforme les compagnons d'Ulysse en porcins. \ 2. *Sibylle* : prophétesse qui, dans l'Antiquité grecque, prédit l'avenir sous l'emprise d'une transe. \ 3. *Macbeth* : allusion aux sorcières de la tragédie de William Shakespeare (1605).

L'ŒUVRE DANS UN GENRE

LA NOUVELLE : ESSAI DE DÉFINITION D'UN GENRE INSAISISSABLE

À propos d'une de ses œuvres, *Colomba*, publiée en 1840, Mérimée parlait de « [s]on roman ou plutôt [s]a nouvelle ». Ces termes pourraient à loisir être utilisés pour évoquer aussi bien *Les Âmes du purgatoire* que *Carmen*, tant il est vrai que la nouvelle reste un genre à l'identité fluctuante, qui semble dépasser les catégorisations génériques actuelles. Les dictionnaires contemporains, d'ailleurs, proposent des définitions assez imprécises du terme puisqu'on peut lire dans *Le Robert* :

> Genre qu'on peut définir comme un récit généralement bref, de construction dramatique (unité d'action), présentant des personnages peu nombreux dont la psychologie n'est guère étudiée que dans la mesure où ils réagissent à l'événement qui fait le centre du récit [1].

Le caractère impressionniste des termes de la définition proposée (« généralement », « peu », « guère ») marque assez les difficultés qui surgissent lorsqu'il s'agit de définir un genre qui ne semble pouvoir s'appréhender que par rapport à d'autres formes littéraires comme le roman ou le théâtre (ce que suggère l'emploi du terme « construction dramatique »).

Il faut alors en passer par une triple approche, historique, thématique et formelle, pour tenter de s'assurer, sinon d'une définition définitive et conclusive de ce qu'est la nouvelle en littérature, du moins, d'une définition opératoire de cette forme de récit.

APPROCHE HISTORIQUE

C'est au XIVe siècle, en Italie, qu'une œuvre est pour la première fois présentée comme un ensemble de nouvelles. Il s'agit du *Décaméron*

---

1. Paul Robert, *Le Robert, dictionnaire alphabétique et analogique de la langue française*, tome VI, 2e éd., 1989, p. 823.

(1349-1351) de Boccace, constitué de cent récits rapportés par dix narrateurs différents. Cet ouvrage, qui connaît un franc succès et est à l'origine de la fixation du genre, aura une fortune notable en France. En effet, on lui trouve bientôt un héritier parodique dans l'auteur anonyme des *Cent nouvelles nouvelles* et une imitation sérieuse avec *L'Heptaméron* (1559) de Marguerite de Navarre (1492-1549).

Dans ce dernier ouvrage, comme dans la plupart des recueils de nouvelles de la Renaissance, se dessinent ainsi les premières marques d'un genre : les différentes nouvelles sont de courts récits contés par divers personnages au sein d'un cercle aristocratique en quête de divertissements. La fin du XVIe siècle et le début du XVIIe siècle marquent encore l'expansion du genre en Europe puisque l'écrivain espagnol Miguel Cervantès (1547-1616) fait publier en 1613 ses *Nouvelles exemplaires*. À l'intérieur de ce dernier recueil se trouve ainsi *La Petite Gitane* (*La Gitanilla* en espagnol), qui s'impose comme une source de la *Carmen* de Mérimée.

Au XVIIe siècle, le genre de la nouvelle se distingue toutefois encore mal du roman. En effet, si l'époque est aux interminables pastorales et aux romans héroïco-galants, comme *L'Astrée* (1607-1628) d'Honoré d'Urfé (1567-1625), ces œuvres fleuves qui courent sur des milliers de pages contiennent régulièrement des nouvelles enchâssées, procédé qu'on retrouve encore au XVIIIe siècle dans *Jacques le fataliste* (1796) de Diderot (1713-1784). Pourtant, dès le début de l'âge classique, le genre avait trouvé un renouveau avec des écrivains qui entendaient ainsi aller à l'encontre des abus du roman précieux. Ainsi, Segrais publie en 1656 des *Nouvelles françaises* dans lesquelles se mêlent galanterie et souci du respect historique. De même, Madame de la Fayette (1634-1693) écrit successivement *La Princesse de Montpensier* (1662) puis *La Princesse de Clèves* (1678), œuvre qu'on désigne plutôt de nos jours sous l'appellation générique de roman mais qui, à sa parution, était considérée comme une nouvelle, parce que l'auteur y présentait de manière réaliste les mœurs amoureuses de ses contemporains. En parallèle, Saint-Réal écrit une nouvelle historique, *Don Carlos*, en 1672 tandis que Madame de Villedieu (1640-1683) publie sous le titre *Désordres de l'amour* un recueil de nouvelles en 1675.

On le voit, la production de nouvelles sous l'Ancien Régime est féconde et les nouvellistes seront nombreux aussi au siècle des Lumières :

Madame de Tencin (1682-1749), Robert Challe (1659-1721), Diderot ou encore Rétif de la Bretonne (1734-1806) s'adonnent à l'écriture d'œuvres brèves. On ne peut cependant pas encore parler à cette époque de la nouvelle comme d'un genre autonome avec des codes bien précis. Au contraire, le terme recouvre en réalité des écrits très divers qui n'ont de commun qu'une prétendue vraisemblance revendiquée comme une opposition aux invraisemblances du roman.

C'est au XIXe siècle que la nouvelle connaît son âge d'or. En effet, le développement de la presse permet au roman de s'épanouir sous la forme de feuilletons mais il autorise aussi la publication d'histoires brèves autonomes. Même si, à l'époque de Mérimée, les appellatifs varient encore, puisqu'au terme « nouvelle » se voient parfois préférés ceux de « récit », d'« aventure » ou même de « conte », et que les sujets traités sont très divers, du fantastique chez Mérimée lui-même, Gautier (1811-1872) ou plus tard Villiers de l'Isle-Adam (1838-1889), jusqu'au réalisme de Maupassant (1850-1893), le genre commence à devenir source de théories et semble définitivement entériner la brièveté comme critère de définition.

APPROCHE THÉMATIQUE : LE SOUCI DU VRAI

L'approche historique du genre de la nouvelle permet aussi de voir apparaître, dès le XVIIe siècle, le souci du vrai comme marque caractéristique du genre : aux affabulations romanesques des auteurs précieux et burlesques s'oppose la dimension historique ou moraliste de la nouvelle. Cependant, dès le XVIIIe siècle, cette distinction tend déjà à s'estomper. En effet, les romanciers des Lumières vont régulièrement user du lieu commun du manuscrit retrouvé ou des mémoires retranscrites afin de revaloriser un genre décrié à cause de ses invraisemblances. De même, au XIXe siècle, il n'y a plus guère de différence, sur le plan thématique, entre le roman et la nouvelle, qui sont les deux modes d'expression privilégiés du mouvement réaliste.

Que penser dès lors du souci du vrai affirmé par Mérimée dans *Les Âmes du purgatoire* ou de l'effet d'authenticité qui se dégage de la multiplication des voix narratives dans *Carmen* ? Il faut sans doute voir dans cette volonté de vraisemblance (c'est l'avis de l'ensemble des critiques) l'un des codes de la nouvelle mériméenne. Cette volonté d'écrire une histoire vraisemblable relève avant tout chez l'écrivain d'une volonté de faciliter l'identification du lecteur, plus que d'une volonté de se plier aux conventions d'un genre défini. Dès lors, pour définir l'identité de la nouvelle, il ne suffit pas de se référer à la dimension vraisemblable du récit. À moins de vouloir s'en tenir à l'affirmation du caractère insaisissable d'un genre qui conviendrait justement à l'histoire de deux êtres de mouvement comme don Juan et Carmen, une approche plus formelle des deux nouvelles de Mérimée s'impose.

APPROCHE FORMELLE : BRIÈVETÉ ET NÉCESSITÉ DE CADRAGE

Brièveté, concentration, combinaison en vue d'une fin

Une caractéristique généralement admise de la nouvelle est, nous l'avons vu, le souci de la brièveté. En effet, selon André Gide, la nouvelle, contrairement au roman, est faite pour être lue d'un coup, en une fois. La même distinction se retrouve chez le critique Paul Bourget lorsque celui-ci commente les œuvres de Mérimée :

> La matière de l'un [le roman] et de l'autre [la nouvelle] est trop différente. Celle de la Nouvelle est un épisode, celle du roman une suite d'épisodes. Cet épisode que la Nouvelle se propose de peindre, elle le détache, elle l'isole. Ces épisodes dont la suite fait l'objet d'un roman, il les agglutine, il les relie. Il procède par développement, la Nouvelle par concentration [1].

Il faut noter qu'à l'idée de brièveté, par ailleurs toute relative, le critique préfère celle de « concentration ». De cette notion de concentration, on peut passer à l'idée de totalité, au sens où il s'agit avant tout, pour un auteur choisissant ce genre, de donner au lecteur l'impression qu'il se trouve en face d'une œuvre cohérente. Ce souci est clairement affirmé dès le XIXe siècle. En effet, l'américain Edgar Allan Poe (1809-1849), lui-même nouvelliste, écrit :

> Il [l'auteur de nouvelle] ne façonne point ses idées pour qu'elles s'accordent avec ses épisodes, mais après avoir soigneusement conçu

1. Paul Bourget, « Mérimée nouvelliste », *Revue des Deux Mondes*, 15 septembre 1920.

> le type d'*effet unique* à produire, il inventera alors des épisodes, combinera des événements, les commentera sur un certain ton, subordonnant tout à la volonté de parvenir à l'effet préconçu. Si sa toute première phrase ne tend pas à amener cet effet, c'est qu'alors, dès le tout premier pas, il a fait un faux pas [1].

On voit alors se dessiner une nouvelle définition de la nouvelle, comme un genre dont l'esthétique se soucie avant tout de l'effet à produire sur le destinataire. Mais il s'agit bien aussi, et toujours, d'imposer des règles d'écriture particulières : la « combin[aison] » des épisodes s'établit en fonction d'une « première phrase » et, portée par la voix d'un ou de plusieurs narrateurs « comment[ant] sur un certain ton », la nouvelle aboutit toujours à une chute irrémédiable. Cette organisation narrative orientée par la nécessité d'amener rapidement le lecteur à la découverte d'un dénouement frappant peut alors être considérée comme un des critères de définition du genre.

Cadrage et effet de totalité chez Mérimée

Les nouvelles de Mérimée jouent parfaitement de ces contraintes du genre et les exploitent de manière féconde. Ainsi, dans *Les Âmes du purgatoire*, la narration est assurée par un énonciateur qui, même s'il utilise la première personne du singulier, n'est jamais acteur de l'histoire qu'il raconte. Se met alors en place une énonciation particulière, qui encadre l'histoire de la déchéance de don Juan et de sa conversion. Dans un premier temps, la présence initiale de ce narrateur permet à Mérimée de se rattacher aux origines orales de la nouvelle (« On conte », l. 19) ainsi qu'à la tradition du souci du vrai (« J'ai tâché de faire à chaque don Juan la part qui lui revient dans leur fonds commun de méchancetés et de crimes », l. 45-46). Puis le retour du narrateur dans les dernières lignes de l'œuvre apporte un nouvel éclairage par rapport au discours initial tenu dans l'incipit. En effet, dans les premières pages, le narrateur porte un regard amusé sur les *cicerone* [2] sévillans qui ne peuvent s'empêcher de « montre[r] aux étrangers la maison de don Juan Tenorio » et « l'église de la Charité » (l. 27-29) avant de semer le doute

---

1. Edgar Poe, « L'art du conte. Nathaniel Hawthorne », dans *Essais*, repris dans *Contes. Essais. Poèmes*, R. Laffont, coll. « Bouquins », 1989, p. 1002. \ **2.** *Les cicerone :* les guides.

dans leur esprit par le récit légendaire de la rencontre de don Juan et du diable. Or, dans les dernières lignes, ce même narrateur semble cette fois jouer très sérieusement ce rôle de guide touristique : « *Le Retour de l'enfant prodigue* et *La Piscine de Jéricho*, qu'on admire maintenant dans la galerie de M. le maréchal Soult, ornaient autrefois les murailles de l'hôpital de la Charité » (l. 2224-2227). Par cet effet de circularité, cher aux auteurs de nouvelles, Mérimée parvient à amener son lecteur à un doute sur l'histoire qu'il vient de lire, hésitation nécessaire, nous le verrons, à la dimension fantastique du récit.

Dans *Carmen*, la structure narrative qui permet de créer un effet d'ensemble paraît encore plus complexe et plus significative aussi de la manière dont Mérimée se joue des contraintes du genre. En effet, l'histoire à proprement parler de don José et de Carmen n'apparaît que dans le chapitre III, dont le narrateur n'est autre que José. Or, celui-ci a pour interlocuteur le voyageur archéologue, lui-même narrateur et acteur des deux premiers chapitres. Ainsi, Mérimée se souvient des origines orales de la nouvelle, puisqu'il offre un récit enchâssé à l'intérieur d'un récit-cadre. À l'ensemble il ajoute, lors de la publication en volume de 1847, un quatrième chapitre où intervient un troisième narrateur. Ce dernier diffère du narrateur des deux premiers chapitres dans la mesure où il est plus au fait des mœurs des Bohémiens : son étude porte non seulement sur l'histoire et la géographie, mais aussi sur la linguistique. Ce troisième narrateur apporte également un regard qui se veut détaché et objectif, alors que le premier était encore acteur du drame qui se joue. Toutefois, la similitude entre le premier et le dernier narrateur semble indéniable puisqu'ils joignent une autodérision constante à leur goût commun de l'érudition.

La mise en place de cette organisation narrative, à la fois ouverte et fermée, permet au nouvelliste de multiplier les points de vue sur son héroïne. En effet, le portrait de Carmen esquissé par don José au chapitre III n'est pas le seul présent dans la nouvelle. Au contraire, dès le deuxième chapitre, le narrateur présentait déjà la Bohémienne comme « une beauté étrange et sauvage » dont les yeux ont « une expression à la fois voluptueuse et farouche » (l. 503, 505-506). Au quatrième chapitre, il est aussi question des « yeux sensiblement obliques, bien fendus, très noirs » des gitans (l. 1861). Ainsi, tout en paraissant multiplier les explications, l'organisation narrative permet d'accentuer le mystère du personnage. Là réside l'effet majeur d'une nouvelle qui, sous une apparence décousue, se concentre en réalité autour de la figure fascinante de son héroïne éponyme.

LES NOUVELLES DE MÉRIMÉE : UNE ŒUVRE À LA FRONTIÈRE DES GENRES ?

La nouvelle, nous l'avons vu, est un genre difficile à cerner, qui ne semble pouvoir se définir que par sa plasticité même. Dès lors, on peut s'interroger sur la manière dont Mérimée inscrit ses œuvres dans une tradition générique séculaire et sur la manière dont il fait parfois référence, à l'intérieur de ces récits brefs, à d'autres formes textuelles.

LES ÂMES DU PURGATOIRE : EXEMPLUM OU NOUVELLE FANTASTIQUE ?

L'influence de l'exemplum

Une première lecture des *Âmes du purgatoire* pourrait montrer dans la nouvelle de Mérimée l'influence de l'exemplum et de l'hagiographie médiévale. À l'origine, l'exemplum était, au Moyen Âge, un récit utilisé par les prédicateurs chrétiens pour illustrer leurs sermons. L'exemplum évoquait alors les faits et les paroles de personnages célèbres, dignes d'être imités par les fidèles et se chargeait d'une forte valeur moralisatrice. Le récit de la déchéance de don Juan, élevé par sa mère dans le respect absolu de la dévotion chrétienne, et qui, après une vie de débauche, se convertit in extremis, semble ainsi relever de la même portée didactique. À la légende de don Juan Tenorio s'opposerait ainsi l'exemple de don Juan Maraña, dont la conduite est sans cesse qualifiée par le narrateur en termes moraux : lui et Garcia sont d'« indignes libertins » (l. 1246), leurs actions sont autant de « désordres » (l. 416) et la correspondance que le protagoniste entretient avec Teresa est présentée comme « criminelle » (l. 1764). Le récit illustrerait alors l'argumentation morale implicite contenue dès le titre même de la nouvelle.

Pourtant, encore une fois, il s'agit ici de se remémorer la devise que Mérimée portait inscrite sur une de ses bagues : « Souviens toi de te méfier ». En effet, la portée didactique de l'œuvre n'est qu'apparente et, si le nouvelliste reprend le modèle de l'exemplum, c'est aussi pour mieux le détourner. La logique édifiante de l'œuvre est ainsi sapée dès l'ouverture de l'œuvre puisque la religion semble en permanence soumise à la domination de l'argent :

> L'âme qui s'envolait vers le paradis, c'était l'âme d'un parent de la famille de Maraña, qui avait sans doute quelques peccadilles à se reprocher ; mais le comte de Maraña avait prié pour lui, il avait beaucoup donné au clergé pour le racheter du feu et des tourments (l. 112-116).

Plus encore, à l'exemple possible du converti, s'oppose par un jeu d'antithèse la mort de doña Teresa qui, bien que nonne, meurt impie en paraissant « insensible » aux secours de la religion (l. 2021). À l'atmosphère de blasphème permanent qui règne dans l'œuvre répond ainsi la transgression du genre traditionnel de l'exemplum ; et si l'on devait statuer sur la portée morale des *Âmes du purgatoire*, il faudrait bel et bien considérer que ce texte appartient à la catégorie des « contes immoraux » tels que peut en écrire Pétrus Borel (1809-1859) à la même époque.

La présence du fantastique

Le genre auquel se rattache en réalité *Les Âmes du purgatoire* est bien celui de la nouvelle fantastique. Le souci de réalisme et de brièveté caractéristique du genre de la nouvelle correspond par ailleurs pleinement au registre fantastique, qui se fonde sur l'irruption de l'insolite dans le réel. Le fantastique, on le sait, se définit comme un effet de lecture : le lecteur doit en permanence hésiter, face à un événement apparemment surnaturel, entre une explication rationnelle, qui ferait basculer le récit dans la catégorie de l'étrange, et une explication irrationnelle, qui serait la marque du merveilleux.

Le récit de Mérimée repose sur une progression dramatique qui relève du fantastique. En premier lieu, apparaît la fascination du personnage pour le tableau placé dans l'oratoire de sa mère (l. 85-109) ; puis intervient le rêve de don Juan (l. 443-479), avant que le protagoniste n'ait la vision de ses propres funérailles (l. 1869-1934). Cette dernière scène permet de ranger la nouvelle dans la catégorie du fantastique. Le lecteur peut en effet opter pour une explication rationnelle de cet épisode : don Juan serait alors la proie d'une hallucination, conséquence de ses insomnies successives, de sa forte consommation d'alcool et d'une journée entière passée à cheval sous « la grande chaleur du jour » (l. 1852). Pourtant rien n'autorise véritablement une telle interprétation et, au contraire, le lecteur est amené par la construction de la nouvelle à suivre le même cheminement que le personnage : d'abord sceptique face à l'incroyable, la curiosité l'invite à accepter la vision comme un signe divin. Il en découle alors une incertitude fondamentale, qui impose Mérimée comme l'un des maîtres du fantastique.

CARMEN : CONFESSION ET ROMAN D'AVENTURES

Comme *Les Âmes du purgatoire*, qui renvoie aussi bien à la tradition de l'exemplum qu'à la mode de la nouvelle fantastique du premier XIXe siècle, *Carmen* ne se laisse pas réduire à un seul genre. En effet, dans cette œuvre, Mérimée renoue avec plusieurs genres traditionnels.

Confession et plaidoyer pro domo[1]

Ainsi, le récit de don José, qui occupe l'intégralité du troisième chapitre, s'apparente à une confession au sens où on l'entend depuis Jean-Jacques Rousseau qui, dans un récit qui paraîtra à titre posthume (1782-1789), retrace sa vie afin de se disculper devant ses contemporains face aux calomnies dont il se croit la victime. Avant lui, saint Augustin (354-430 après J.-C.) avait introduit le genre des confessions en littérature, tout en lui conservant une dimension religieuse entière. À travers l'évocation de ses péchés de jeunesse, l'évêque d'Hippone montrait l'importance du repentir et la puissance de la miséricorde divine.

Si le récit de don José ne comporte pas cette dimension apologétique, puisqu'il ne s'agit pas d'y défendre les principes de la religion chrétienne, il s'apparente au moins à une histoire à valeur autobiographique par laquelle le protagoniste tente de justifier ses crimes et de s'innocenter. Alors même qu'il avoue ses fautes, le personnage prétend s'en disculper

1. *Pro domo :* se dit du plaidoyer d'une personne qui se fait l'avocat de sa propre cause.

en les présentant dès le départ comme la conséquence malheureuse du pouvoir envoûtant de la gitanilla :

> Elle mentait, monsieur, elle a toujours menti. Je ne sais pas si dans sa vie cette fille-là a jamais dit un mot de vérité ; mais quand elle parlait, je la croyais : c'était plus fort que moi (l. 853-855).

À la veille de sa mort, le protagoniste évoque encore sa déchéance en des termes où il s'avoue responsable mais non coupable de ses actes :

> Ce fut de cette façon engageante que cette diable de fille me montra la nouvelle carrière qu'elle me destinait, la seule, à vrai dire, qui me restât, maintenant que j'avais encouru la peine de mort. Vous le dirais-je, monsieur ? elle me détermina sans beaucoup de peine. Il me semblait que je m'unissais à elle plus intimement par cette vie de hasards et de rébellion (l. 1224-1229).

Même les meurtres du lieutenant (l. 1180-1181) et de Garcia (l. 1563-1565) sont présentés comme des accidents. Le récit devient dès lors un véritable plaidoyer *pro domo* dans lequel le personnage se disculpe, d'abord en accusant Carmen, puis en se présentant avec elle comme une victime de la fatalité.

Un roman d'aventures avant la lettre

Par ailleurs, *Carmen* s'inscrit encore dans un autre genre qui ressortit cette fois au romanesque. Si l'on a pu dire de la nouvelle qu'elle reprenait, en l'inversant, le schéma du roman picaresque espagnol, qui évoque la destinée d'un homme de basse extraction s'élevant peu à peu dans la société, c'est aussi au roman d'aventures qu'il convient de rattacher l'œuvre de Mérimée. Bien que ce genre ne connaisse sa véritable réalisation qu'après 1860, on peut toutefois déjà en voir les prémisses chez Mérimée. *Carmen*, en effet, présente les caractéristiques de ce type de roman puisqu'au sein de l'œuvre est développée une action particulièrement violente dans un cadre exotique. Certains motifs de l'œuvre relèvent, de plus, de futurs lieux communs du genre : c'est le cas de la rencontre du narrateur avec le bandit ou de la présentation des contrebandiers dans la montagne. De plus, si le roman d'aventures cherche à faire rêver le lecteur en le dépaysant, le héros est lui-même soumis à un dépaysement qui est à la fois géographique et social : il en va ainsi de don José, qui quitte la société policée dans laquelle il a ses habitudes pour un mode de vie aventureux qui relève déjà du cliché :

> J'avais entendu souvent parler de quelques contrebandiers qui parcouraient l'Andalousie, montés sur un bon cheval, l'espingole au poing, leur maîtresse en croupe. Je me voyais déjà trottant par monts et par vaux avec la gentille bohémienne derrière moi (l. 1230-1234).

Au bandit romantique et à son lyrisme exacerbé s'oppose donc la figure de l'aventurier qui s'essaye à la sauvagerie. La nouvelle de Mérimée trouve ainsi sa richesse dans l'éclatement des carcans génériques.

LES NOUVELLES DE MÉRIMÉE : UN ART DE LA SÉDUCTION

LE TRAITEMENT DE L'ESPACE AU SERVICE DE LA DRAMATISATION

Doué d'une triple fonction, l'espace de la nouvelle fait l'objet d'un traitement à la fois référentiel, fonctionnel et signifiant. On parle de traitement référentiel de l'espace toutes les fois que le récit évoque un lieu quelconque. À ce premier traitement s'en ajoute un autre, plus fonctionnel : les différents espaces mentionnés dans le récit jouent un rôle dans l'histoire narrée, ils permettent de circonscrire des épisodes, de marquer leurs articulations et participent ainsi à la lisibilité du récit. Ainsi, au chapitre III de *Carmen*, la mention par don José des différentes villes traversées lors de son existence de contrebandier permet de rythmer les multiples péripéties de son aventure. Enfin, l'espace a une fonction signifiante ou symbolique : il se charge de connotations diverses et acquiert ainsi une dimension métaphorique. Dans *Carmen*, par exemple, l'Espagne des années 1830 fournit à l'œuvre un décor qui est à la fois celui de la sensualité, implicite ou triomphante, et celui de l'épreuve. C'est le cas du refuge que trouve le narrateur au premier chapitre, proche du motif littéraire du *locus amoenus*[1] :

---

1. *Locus amoenus :* expression latine désignant le motif littéraire du lieu parfait.

> Cinq à six beaux chênes verts, toujours à l'abri du vent et rafraîchis par la source, s'élevaient sur ses bords, et la couvraient de leur épais ombrage ; enfin, autour du bassin, une herbe fine, lustrée, offrait un lit meilleur qu'on n'en eût trouvé dans aucune auberge à dix lieues à la ronde (l. 41-45).

À cette description qui est le fait d'un narrateur « harassé de fatigue, mourant de soif, brûlé par un soleil de plomb » (l. 22-23), vient s'opposer celle de la venta insalubre vers laquelle il se dirige en compagnie de don José. Plus encore, alors qu'est sans cesse invoqué le vaste espace de l'Andalousie, on s'aperçoit que la majorité des épisodes se déroulent dans des lieux clos : la venta du premier chapitre, la maison de la vieille Dorothée ou encore la « gorge solitaire » (l. 1789) où José entraîne Carmen pour la tuer. Ce traitement de l'espace prend ainsi une signification symbolique, tout autant que le nom de la rue du Serpent qui fait l'objet d'un commentaire (l. 802-803) : les passions, à huis clos, atteignent leur paroxysme.

TEMPORALITÉ ET THÉÂTRALITÉ

Comme toute œuvre de fiction, la nouvelle est soumise à une double temporalité. Il existe en premier lieu pour chaque œuvre une temporalité externe, précisée par des dates ou par des références à des faits historiques. Ainsi, dans *Les Âmes du purgatoire*, le lecteur comprend que l'histoire se déroule au XVIe siècle par la référence à « la guerre contre les Morisques » (l. 54) et à « la soumission des Alpuxarres » (l. 56) qui intervint en 1570. De même, dans *Carmen*, le narrateur précise que son récit débute à « l'automne de 1830 » (l. 11). À cette temporalité externe s'ajoute la temporalité interne de l'œuvre : inscrite dans le texte au moyen d'indices temporels comme « le lendemain » (l. 587) ou « quelques jours après » (l. 1663), elle permet de connaître la durée de l'histoire.

Dans *Les Âmes du purgatoire*, le récit suit la progression linéaire de la vie de don Juan. Mais dans *Carmen*, le dédoublement du récit autorise un jeu subtil sur la temporalité qui, elle aussi, se dédouble. Il faut en effet nettement distinguer ici ce qui relève du temps de la narration (l'acte de raconter) de ce qui relève du temps de l'histoire (l'ensemble ordonné des événements rapportés). Ainsi, l'histoire rapportée dans *Carmen* est narrée, dans un premier temps, au sein des deux premiers chapitres qui débutent à l'automne 1830 et suivent ensuite le rythme, par ailleurs imprécis, d'une excursion. Mais en réalité, cette même histoire, si on la restitue dans son ordre chronologique, est constituée de la vie de don José dont le récit au troisième chapitre enchâsse les événements contés dans les deux premiers :

> C'est vers ce temps, monsieur, que je vous rencontrai, d'abord près de Montilla, puis après à Cordoue. Je ne vous parlerai pas de notre dernière entrevue. Vous en savez peut-être plus long que moi (l. 1680-1683).

Dans son récit, qui prend la forme d'une longue analepse[1], don José remonte jusqu'à son enfance, même si l'essentiel du drame se situe après sa première rencontre avec Carmen. L'existence de don José, parce qu'elle ne dure que le temps d'une confession, n'en devient que plus dense. Ce traitement du temps confère à la nouvelle de Mérimée une dimension tragique : les conséquences finales des événements sont présentées avant les événements eux-mêmes, dans un ordre où la chronologie est subordonnée à l'effet. Plus encore, les épisodes qui composent la série de péripéties du récit, s'ils sont souvent espacés de plusieurs jours, voire de plusieurs mois, se limitent dans leur évocation aux bornes d'un même jour.

Ce traitement du temps n'est pas alors sans évoquer une autre orientation théâtrale : celle de la comedia, drame espagnol du XVIIe siècle, qui se divise traditionnellement en différentes journées. Ainsi théâtralisé, le récit de don José offre le spectacle dramatique et tragique de la violence des passions et de sa propre déchéance.

DES PERSONNAGES SÉDUISANTS

De la même manière que pour le temps et l'espace, la brièveté du genre de la nouvelle impose un traitement particulier des personnages. En effet, contrairement aux héros de romans, dont les portraits et les caractéristiques psychologiques sont longuement développés, les personnages de

1. *Analepse :* depuis les travaux de Gérard Genette (*Figures III*, Seuil, 1972), l'analyse du récit utilise le terme d'analepse pour désigner un retour dans le passé au sein de la narration. Lorsqu'il y a au contraire anticipation sur la suite de l'histoire, on parle de prolepse.

nouvelle relèvent de l'art de l'esquisse. Ce n'est qu'au travers de l'action que ces êtres de papier prennent une consistance réelle et Mérimée, féru par ailleurs de dessin, sait jouer de cette particularité. Il offre à ses héros, qui ne sont en réalité que des silhouettes, une dimension mystérieuse et fascinante propre à séduire le lecteur.

Les personnages des nouvelles de Mérimée se présentent en premier lieu, non comme des individus propres, mais comme des types littéraires. L'économie de procédés propre à la nouvelle permet ainsi de brosser en quelques traits le portrait de don Garcia en aristocrate hautain et charismatique :

> Ce Garcia était un jeune homme large d'épaules, bien découplé, le teint hâlé, l'œil fier et la bouche méprisante. Il avait un pourpoint râpé, qui avait pu être noir, et un manteau troué ; par-dessus tout cela pendait une longue chaîne d'or (l. 238-242).

De même, don José s'inscrit dès sa première apparition comme une incarnation du brigand d'honneur romantique :

> C'était un jeune gaillard, de taille moyenne, mais d'apparence robuste, au regard sombre, et fier. Son teint, qui avait pu être beau, était devenu, par l'action du soleil, plus foncé que ses cheveux (l. 51-54).

La parenté entre ces deux passages ne doit pas surprendre. Elle est au contraire le signe du travail qu'effectue Mérimée à partir de clichés que le lecteur se plaît à reconnaître. Dans les deux cas, il s'agit de la mise en place du stéréotype du noble déchu qui séduit par sa noirceur convenue et son apparence énigmatique. Le reste de la nouvelle vient alors expliquer en partie les origines de la déchéance et permet au stéréotype de s'instituer en personnage.

Lorsque la nouvelle apporte une explication décevante à l'impression première, comme c'est le cas avec don José qui, dans son récit, se révèle souvent d'une faiblesse propre à inspirer le pathétique, on remarque que l'attention se porte alors sur un autre personnage, en l'occurrence Carmen. Or la Bohémienne, elle aussi, relève de types littéraires bien connus des lecteurs : celui de la belle gitane mais aussi et surtout celui de la femme fatale, fille d'Ève qui tente José et le mène à sa chute.

Pour autant, les personnages de Mérimée ne sont pas que des types et leur pouvoir de séduction vient aussi de ce qu'ils apparaissent comme des idées incarnées : Don Garcia figure le Mal dans toute son étendue, José représente la toute-puissance de la jalousie, Carmen, nous le verrons, l'absolue liberté. Ainsi, qu'ils suscitent la sympathie ou au contraire la répulsion, les personnages des deux nouvelles emportent en tous cas l'adhésion du lecteur, car ils incarnent de manière énigmatique des interrogations à portée universelle.

L'USAGE DE L'IRONIE

Ce n'est ainsi pas un hasard si, dans *Les Âmes du purgatoire* et dans *Carmen*, les protagonistes sont en premier lieu des personnages de séducteurs ou de séductrices. En inspirant aux autres personnages une passion qui leur sera fatale, Carmen et don Garcia renouent en réalité avec l'origine même du verbe « séduire » : au sens propre, ils allument chez les autres une flamme qui « détourne du droit chemin » (*seducere* en latin). Il est alors intéressant de voir que ces personnages, si souvent associés à l'image du diable, sont aussi ceux qui maîtrisent le mieux l'ironie. Carmen, par exemple, use en permanence d'une parole à double sens face à José et inverse alors les relations de domination que le personnage masculin cherche à mettre en place. Ceci est visible dès leur premier échange :

> – Compère, me dit-elle à la façon andalouse, veux tu me donner ta chaîne pour tenir les clefs de mon coffre-fort ?
> – C'est pour attacher mon épinglette, lui répondis-je.
> – Ton épinglette ! s'écria-t-elle en riant. Ah ! monsieur fait de la dentelle, puisqu'il a besoin d'épingles ! (l. 741-745).

L'utilisation du discours direct permet ici de faire entendre au lecteur le persiflage de l'héroïne qui inverse les valeurs en mettant José dans la situation d'un personnage féminin. Cette inversion des signes est donc rendue possible par l'ironie, qui divise l'usage explicite d'un mot de son sens implicite.

Or, l'usage de l'ironie n'est pas seulement le fait des personnages et n'est pas un simple procédé rhétorique ponctuel. Au contraire, l'ironie domine les propos du narrateur, aussi bien dans *Carmen* que dans *Les Âmes du purgatoire*, et semble s'inscrire, en tant que principe de composition, comme un élément fondateur de la poétique de la nouvelle mériméenne. Reprocher ainsi à Mérimée, comme le fait Sainte-Beuve, son style

« sec, dur », revient en effet à en occulter la charge d'implicite que permet l'économie de moyens indispensable dans le genre de la nouvelle. Plus encore, c'est aussi oublier que la charge ironique apparaît à des endroits où semblent êtres données des clés pour la lecture de l'œuvre. Ainsi, à l'ouverture et à la clôture de l'œuvre, on trouve des marques significatives de cette forme d'énonciation à double entente. Le narrateur du premier chapitre présente ainsi l'histoire de sa rencontre avec Carmen et le témoignage de José comme un accident de la narration qui serait subordonné à l'enquête érudite :

> En attendant que ma dissertation résolve enfin le problème géographique qui tient toute l'Europe savante en suspens, je veux vous raconter une petite histoire ; elle ne préjuge rien sur l'intéressante question de l'emplacement de Munda (l. 15-18).

De même, à la fin du quatrième chapitre, le narrateur, qui se présente sinon comme l'auteur, du moins comme l'exégète d'une œuvre intitulée *Carmen*, signale de manière ironique l'aporie de tout commentaire :

> En voilà bien assez pour donner aux lecteurs de *Carmen*, une idée avantageuse de mes études sur le Romani. Je terminerai par ce proverbe qui vient à propos : *En retudi panda nasti abela macha*. En close bouche, n'entre point mouche (l. 2056-2059).

Il faut alors à l'œuvre, que ce dénouement désinvolte conclut de manière très cavalière, un lecteur sagace qui comprenne l'emploi de termes à double sens et ne se formalise pas de l'ambiguïté d'un récit, dont la dimension dramatique est à la fois affirmée et sans cesse niée. Dès lors, la relation qu'entretient le lecteur avec les nouvelles de Mérimée a, elle aussi, des allures de pacte diabolique : en l'échange du plaisir du texte, le lecteur offre sa conscience et son imagination à un auteur qui se joue de lui.

GROUPEMENT DE TEXTES : LES MARQUES DU GENRE

Le choix des extraits suivants vise à préciser la contribution des œuvres de Mérimée à l'histoire de la nouvelle et de ses procédés spécifiques, ainsi que son rapport avec les autres genres narratifs, registres et conventions d'écriture.

Ces différents extraits montrent aussi les spécificités de l'écriture des nouvelles de Mérimée à partir de l'examen de moments canoniques de l'œuvre narrative : la mise en place du cadre, une scène de rencontre, une scène dramatique et une autre fantastique, un dénouement.

TEXTE 6 • *Carmen*, chapitre I

J'avais toujours soupçonné [...] à dix lieues à la ronde.

> PAGES 7-9, LIGNES 1-45

La mise en place d'un cadre

1. Analysez la situation d'énonciation dans cet incipit.

2. Quels sont les éléments qui composent la description du paysage ? Pourquoi peut-on parler de clichés ? Quels paradoxes ce paysage révèle-t-il ?

3. Pourquoi peut-on parler d'ironie dans cet extrait ? Relevez et étudiez les marques significatives de cette forme.

TEXTE 7 • *Carmen*, chapitre III

J'étais donc le nez [...] l'effet d'une balle qui m'arrivait...

> PAGES 32-33, LIGNES 719-752

Une scène de rencontre

1. Quel est le point de vue choisi dans cette scène ? Quel est l'effet ainsi produit ?

2. Comment se construit le portrait de Carmen ? Quels sont les éléments et les images qui la caractérisent ? Quelles valeurs symboliques sont attachées au personnage ?

3. Relevez les phrases au discours direct. Quel est l'intérêt de ce type de discours rapporté dans la scène ?

4. Quels sont les éléments du texte montrant que cette rencontre sera fatale pour don José ?

TEXTE 8 • *Les Âmes du purgatoire*

Don Juan sentit [...] autour de leur maître expirant.

> PAGES 118-119, LIGNES 1114-1148

Une scène dramatique

1. De quelle manière les différents épisodes s'enchaînent-ils dans cet extrait ?

2. Étudiez le jeu des temps verbaux. De quel présent Mérimée use-t-il ? Quel effet produit-il dans le passage ?

3. Quelle image du personnage de don Juan cet extrait donne-t-il ?

TEXTE 9 • *Les Âmes du purgatoire*

À ce spectacle, don Juan éprouva [...] évanoui sur le pavé.

> PAGES 143-145, LIGNES 1883-1934

Une scène fantastique

1. Dans quel décor cette scène prend-elle place ? Quel est l'effet produit ?

2. Relevez les éléments qui concourent au réalisme de la scène. Par quels procédés Mérimée la rend-il présente aux yeux du lecteur ?

3. Quels sont les éléments relevant au contraire du merveilleux ?

4. Quel sens moral peut-on donner à cet extrait ?

TEXTE 10 • *Les Âmes du purgatoire*

Quant à don Juan [...] l'hôpital de la Charité.

> PAGES 154-155, LIGNES 2198-2227

Un dénouement

1. De quelle manière le narrateur rappelle-t-il l'évolution du protagoniste ? Quels jugements porte-t-il sur le passé du personnage ?

2. Pourquoi peut-on parler ici d'un dénouement laconique ? Quel est l'effet produit ?

3. Quel rôle jouent les références picturales à la fin de l'extrait ? Comment interprétez-vous leur présence ?

VERS L'ÉPREUVE

ARGUMENTER, COMMENTER, RÉDIGER

L'étude de l'argumentation dans l'œuvre intégrale privilégie deux objets.

■ L'argumentation dans l'œuvre. *Chaque genre littéraire, chaque œuvre intégrale exprime un point de vue sur le monde. Un roman, une pièce de théâtre, un recueil de poésies peuvent défendre des thèses à caractère esthétique, politique, social, philosophique, religieux, etc. Ordonner les épisodes d'une œuvre intégrale, élaborer le système des personnages, recourir à tel ou tel procédé de style, c'est aussi, pour un auteur, se donner les moyens d'imposer un point de vue ou d'en combattre d'autres. Ce premier aspect est étudié dans une présentation synthétique adaptée à la particularité de l'œuvre étudiée.*

■ L'argumentation sur l'œuvre. *Après publication, les œuvres suscitent des sentiments qui s'expriment dans des lettres, des articles de presse, des ouvrages savants... Chaque réaction exprime donc un point de vue sur l'œuvre, loue ses qualités, blâme ses défauts ou ses excès, éclaire ses enjeux. Une série d'exercices permet d'analyser des réactions publiées à différentes époques, dans lesquelles les lecteurs de l'œuvre, à leur tour, entendent faire partager leurs enthousiasmes, leurs doutes ou leurs réserves.*

Quelle vision du monde, quelles valeurs une œuvre véhicule-t-elle, et comment se donne-t-elle les moyens de les diffuser ? Quelles réactions a-t-elle suscitées, et comment les lecteurs successifs ont-ils voulu imposer leur point de vue ? L'étude de l'argumentation dans l'œuvre et à propos de l'œuvre permet de répondre à cette double série de questions.

L'ARGUMENTATION DANS *LES ÂMES DU PURGATOIRE* ET DANS *CARMEN*

LE COMTE DE MARAÑA : UN VÉRITABLE DON JUAN ?

Véritable séducteur ou piètre libertin ?

Dans *Les Âmes du purgatoire*, le narrateur affirme poursuivre le projet d'un chroniqueur qui viendrait éclairer la « confusion » (l. 9) existant entre les différentes légendes de don Juan. On ne doit cependant pas être dupe de ce projet, pas plus en tous cas que Mérimée ne l'était des légendes qui entouraient l'existence historique de don Miguel Mañara Vicentelo de Lesca (1627-1679). Ce chevalier se serait en effet, selon la tradition populaire, décidé à devenir un nouveau don Juan après avoir assisté à une représentation de la pièce qui se trouve à l'origine du mythe, *Le Trompeur de Séville* (1630), attribuée au moine Tirso de Molina. À l'origine de l'histoire de Miguel Mañara intervient donc une fusion qui dérive rapidement vers une confusion du personnage historique et du personnage fictionnel.

Or, force est d'admettre que Mérimée entretient la confusion bien plus qu'il ne cherche à « faire la part de chacun » (l. 14-15). Le nom propre que l'auteur choisit ainsi de donner à son protagoniste manifeste au contraire cette volonté de syncrétisme : à Miguel Mañara succède dans la nouvelle don Juan de Maraña. Plus que l'histoire d'un don Juan, le nouvelliste propose en réalité une histoire de don Juan qui joue des invariants du mythe et multiplie les interférences entre le personnage littéraire et la personne historique. Ainsi, si l'idée du catalogue des conquêtes et la conversion finale sont bien redevables de l'histoire de Miguel Mañara, la présence de la mort sous sa forme surnaturelle et celle des femmes dont le père est assassiné par le protagoniste et dont le frère devient le vengeur, rappellent le traitement mythique du personnage.

Toutefois, il faut reconnaître que le don Juan de Mérimée n'est plus le trompeur de Tirso de Molina, ni le « grand seigneur méchant homme[1] » de Molière. Celui qui incarnerait encore cette filiation dans la nouvelle serait

1. Molière, *Dom Juan ou le festin de pierre*, acte I, scène 1 (1665).

au contraire le personnage de don Garcia. C'est en effet lui seul qui, dans la nouvelle, ressuscite les motivations profondes du libertin qu'est le mythique don Juan. Athée, il fait plus que provoquer le ciel par ses blasphèmes puisqu'il va jusqu'à nier son existence. Maître du langage, don Garcia est aussi celui qui détourne les discours afin de tromper, non seulement les femmes, mais aussi les représentants de l'ordre établi. On reconnaît là les éléments fondateurs du libertinage tel qu'ils sont ordinairement mis en scène dans le mythe de don Juan Tenorio.

Quête de l'absolu et illustration romantique du mythe

Est-ce à dire, qu'à l'inverse, don Juan de Maraña ne serait qu'une pâle copie à la fois de son initiateur et de son modèle littéraire ? Ce serait oublier que le personnage continue d'évoluer sans don Garcia après le siège de Berg-op-Zoom, mais aussi que don Juan de Maraña représente surtout une nouvelle étape au sein du mythe. Au personnage hautain et dédaigneux du don Juan classique, Mérimée oppose ainsi son invention d'un protagoniste dont la passivité apparente est aussi la marque d'un désenchantement. De plus, si pour des raisons de cohérence dramatique, don Juan de Maraña ne pouvait pas être un athée complet, et s'il ressemble bien plus à un hidalgo qui a mal tourné qu'à un ange déchu, il s'affiche néanmoins comme un don Juan romantique dont la particularité est d'incarner la quête de l'absolu.

Le don Juan de Mérimée évolue entre deux extrêmes, celui de la dévotion et celui de la guerre ; et on peut voir dans sa quête effrénée des femmes l'expression d'une motivation qui va bien au-delà du simple assouvissement des désirs primaires. « Maître à peu près absolu de ses actions » dès son enfance (l. 72), le don Juan de Mérimée va transformer son « grand désir d'apprendre » (l. 197) en une quête d'idéaux qui dépasse finalement la distinction admise du Bien et du Mal. Il est en effet avant tout un personnage de l'absolu et sa propre épitaphe témoigne par ailleurs de l'ambiguïté de cette recherche : « *Ci gît le pire homme qui fût au monde* » (l. 2215-2216).

L'emploi du superlatif « le pire homme » peut aussi bien marquer l'excès d'humilité de celui qui meurt « vénéré comme un saint » (l. 2210-2211) qu'une forme ultime du péché d'orgueil. De la même manière, la conquête des femmes semble être le signe d'une quête existentielle. S'il passe à l'égard de Teresa d'une attirance violente au dégoût le plus profond, c'est qu'il recherche l'impossible amante idéale, celle qui incarnerait le Beau dans toute son étendue. D'où cet ennui, si proche du « vague des passions » romantique, que semble traduire l'écriture mériméenne en insistant, non sans humour, sur le caractère itératif des aventures amoureuses du protagoniste : « Le lendemain, les soupirs et les sérénades recommencèrent. Il en fut de même les nuits suivantes » (l. 556-557).

En véritable héros romantique, le protagoniste se construit ainsi dans la tension entre des idéaux absolus et l'impossibilité de leur conférer quelque réalité que ce soit. On comprend mieux alors que le personnage soit à ce point fasciné par le tableau représentant les âmes du Purgatoire. La toile, en effet, représente un lieu de l'entre-deux, entre Enfer et Paradis. Plus, elle offre à don Juan, être de l'extrême, en perpétuelle fuite vers l'absolu, un parfait miroir de lui-même dans ses figures tiraillées entre le Salut et la Damnation.

CARMEN, UNE HÉROÏNE TRAGIQUE ?

Une diablesse ou une femme libre ?

Le personnage de Carmen semble avoir été inventé pour illustrer le titre d'une des comédies de Mérimée tirées de son *Théâtre de Clara Gazul* : « Une femme est un diable ». Les liens qui unissent la gitane aux pratiques diaboliques sont en effet nombreux dans l'œuvre, et le personnage est régulièrement caractérisé par des périphrases qui font d'elle une servante de Satan : « filleule de Satan » (l. 783) ou encore « cette diable de fille-là » (l. 913). Son rire, de plus, est explicitement associé au démon dans une scène qui évoque le sabbat :

> et elle dansait, et elle déchirait ses falbalas : jamais singe ne fit plus de gambades, de grimaces, de diableries. Quand elle eut repris son sérieux : « Écoute, me dit-elle, il s'agit de l'Égypte. Je veux qu'il me mène à Ronda, où j'ai une sœur religieuse… (Ici nouveaux éclats de rire.) Nous passons par un endroit que je te ferai dire. Vous tombez sur lui : pillé rasibus ! Le mieux serait de l'escoffier ; mais, ajouta-t-elle avec un sourire diabolique qu'elle avait dans de certains moments, et ce sourire-là, personne n'avait alors envie de l'imiter, – sais-tu ce qu'il faudrait faire ? Que le Borgne paraisse le premier (l. 1513-1522).

Ainsi, à la danse frénétique de la sorcière, source de destruction (« déchirait », l. 1513), s'unit une jouissance de l'intrigue qui est l'apanage des êtres maléfiques.

Une telle lecture du personnage doit pourtant être nuancée. En effet, si les pratiques occultes et la sorcellerie supposée apparaissent comme les attributs des gitanes en général, le narrateur du quatrième chapitre montre assez, à travers des anecdotes qui sont autant de nouvelles possibles, que les tours des Bohémiennes relèvent de la supercherie. Et Carmen elle-même ne se déclare sorcière qu'avec une certaine autodérision.

L'image de Carmen en servante du diable est en réalité le fruit de ce miroir déformant qu'est le point de vue des hommes ou du monde bourgeois. Or, il convient de dépasser cette vision réductrice pour donner un sens plus profond tant à l'héroïne qu'à la nouvelle. On note ainsi que les métaphores qui caractérisent la gitanilla relèvent toutes du même ordre : tour à tour « pouliche » (l. 731) sensuelle et félin prédateur, Carmen renvoie au monde qui l'entoure l'image scandaleuse de son animalité primitive. En dépassant ainsi les oripeaux de la sorcière, on voit dès lors se dessiner le portrait d'une héroïne qui est d'autant plus immorale qu'elle ne répond qu'au principe instinctif du plaisir et refuse de se soumettre aux contraintes et aux conventions sociales. Il n'y a pas jusqu'à l'image, toujours animale, du « caméléon » (l. 774) qui ne renferme cette idée : Carmen s'impose comme celle qui joue des rôles et se joue ainsi de la société. De là s'explique son immoralité absolue qui naît en fait de cette exigence absolue de liberté qu'elle affirme jusqu'à la mort : « Carmen sera toujours libre » (l. 1805).

Superstition et fatalité

L'héroïne, qui ne veut en aucun cas « être tourmentée, ni surtout commandée » (l. 1622-1623), se révèle pourtant avoir un sens aigu du pouvoir du destin. En effet, si Carmen est une femme libre, elle sait aussi qu'elle est un jouet de la fatalité. D'où cette superstition inhérente au personnage et son fatalisme certain qui ne la font pas pour autant se départir de sa désinvolture même lorsqu'elle annonce à José l'issue fatale de leur histoire : « j'ai vu plus d'une fois dans du marc de café que nous devions finir ensemble. Bah ! arrive qui plante ! » (l. 1593-1595).

On le voit, cette fatalité évoquée par Carmen n'a rien à voir avec la fatalité de l'éducation qu'invoque José à la fin du chapitre III : « Ce sont les *Calé* qui sont coupables pour l'avoir élevée ainsi » (l. 1838-1839).

Plus proche du *fatum*[1] latin, voire du *mekhtoub*[2] oriental, la prédestination à laquelle croit Carmen est une force supérieure face à laquelle les êtres ne peuvent rien. Or, là encore, son acceptation de la fatalité n'est pas une forme de soumission. Au contraire, elle confère à l'héroïne une dignité certaine : « Tu veux me tuer, je le vois bien, dit-elle ; c'est écrit, mais tu ne me feras pas céder » (l. 1793-1794).

Dès lors, Carmen traverse l'existence avec toute la démesure du désir de vivre mais elle assume les coups du sort avec une parfaite constance. Le personnage de Mérimée est ainsi à sa manière une nouvelle Phèdre. « Ni tout à fait coupable » parce qu'elle se soumet à un destin implacable, « ni tout à fait innocente[3] » parce qu'elle assume pleinement, au nom de sa liberté, les déviances que fait naître cette fatalité, Carmen, reine des Bohémiens, se hisse au rang des grandes héroïnes tragiques.

GROUPEMENT DE TEXTES : JUGEMENTS CRITIQUES

Les jugements et réflexions réunis ci-dessous ont été formulés à différentes époques par des critiques littéraires et des universitaires. Après les avoir lus, vous répondrez aux questions posées.

TEXTE 11 • Louis de Loménie, « Discours de réception à l'Académie française » (1874)

Louis de Loménie (1815-1878), rédacteur à la *Revue des Deux Mondes* et professeur de littérature française, est élu au siège de l'Académie française laissé vacant à la mort de Mérimée. Comme il est de coutume, il prononce le jour de sa réception, le 8 janvier 1874, un éloge de son prédécesseur.

Cette faculté de se dédoubler pour ainsi dire et de se produire tour à tour devant le public sous la forme d'un inventeur original et hardi,

1. *Fatum* : mot latin qui désigne le destin dans la tragédie. \ 2. *Mekhtoub* : terme arabe qui désigne la destinée telle qu'elle a été écrite au préalable. \ 3. C'est ainsi que le poète tragique Jean Racine (1639-1699) définit, dans la préface de sa pièce *Phèdre* (1677), son héroïne éponyme.

d'un poète, en prenant le mot dans sa plus large acception, ou du plus consciencieux et même du plus méticuleux des érudits, était d'autant plus étonnante chez M. Mérimée, qu'aucun des deux personnages si différents qu'il renfermait en lui-même n'agissait sur l'autre au détriment de celui-ci. Le romancier, il est vrai, empruntait quelquefois et très heureusement à l'érudit des détails accessoires, mais il ne lui permettait pas d'intervenir assez dans une fiction romanesque pour en affaiblir l'intérêt, et, quand l'érudit à son tour tenait la plume, il nourrissait contre son compagnon le romancier une défiance si farouche, il éprouvait une si vive inquiétude de passer pour un homme d'imagination qui s'aventure dans les régions de la science, qu'il s'interdisait, trop souvent peut-être, soit les agréments de détail permis aux plus savants, soit les considérations générales, pour se livrer à la préoccupation exclusive d'une exactitude rigoureuse, dans la confrontation et la discussion des témoignages ou dans la description et la comparaison des monuments.

1. Quelles sont les marques du registre laudatif dans cet extrait ?

2. Quelle vision de Mérimée et de son œuvre L. de Loménie propose-t-il ? Quels passages des nouvelles pourraient être cités pour illustrer sa thèse ?

TEXTE 12 • Gustave Lanson, *Histoire de la littérature française* (1894)

Gustave Lanson, fondateur de l'étude de l'histoire littéraire en France, rappelle ce que les nouvelles de Mérimée doivent à sa passion pour l'histoire :

Il [Mérimée] tient beaucoup à ce qu'il écrit, mais il ne veut pas paraître y tenir. Il fait effort pour n'avoir pas l'air d'un écrivain de profession. Il s'est donné une spécialité, l'histoire, et surtout l'archéologie ; volontiers il présente ses nouvelles comme des propos d'archéologue qui évoque quelque souvenir de ses voyages [...] ; il nous rappelle ainsi de temps à autre, de peur que nous ne l'ignorions, que ce n'est pas son affaire de faire un roman, et qu'il ne s'est mis à conter que par accident, pour nous faire plaisir.

1. Quel paradoxe de l'écriture mériméenne le critique soulève-t-il ? Quels exemples précis tirés des deux nouvelles permettraient de l'illustrer ?

2. De quelle manière ce jugement critique éclaire-t-il aussi le genre même de la nouvelle ? Vous répondrez dans un paragraphe argumenté.

TEXTE 13 • Pierre Trahard, *Prosper Mérimée de 1834 à 1853*

Dans une monographie consacrée à Mérimée, le critique universitaire Pierre Trahard écrit :

> Dès l'heure où don José subit l'envoûtement, dès l'heure où il sent qu'il est ivre, fasciné, c'en est fait de lui. Déjà Mérimée a peint cette dégradation dans le don Juan des *Âmes du purgatoire*. Ici la peinture est plus hardie, plus haute en couleur. Don José tue un officier, déserte, se fait contrebandier, voleur, tue Garcia, tue Carmen. À peine le lecteur a-t-il le loisir de s'apercevoir que l'amour mène don José à la jalousie et que la jalousie le mène au crime, tant la composition est serrée, le style dépouillé, l'allure vive.

1. Quels éléments de la nouvelle de Mérimée le critique retient-il ?

2. Donnez des exemples de « l'allure vive » du récit dans *Carmen*.

3. Dans quelle mesure le rapprochement opéré par le critique entre don José et don Juan vous semble-t-il légitime ? Vous répondrez à cette question sous la forme d'un paragraphe argumenté.

TEXTE 14 • Jean Decottignies, introduction aux *Âmes du purgatoire* suivi de *Carmen*

À la fin de l'introduction d'une édition des deux nouvelles de Mérimée, le critique universitaire Jean Decottignies évoque la prise de distance que constituent la profession du narrateur et la dissertation savante sur les Bohémiens dans *Carmen*. Il élargit son point de vue à la seconde nouvelle, *Les Âmes du purgatoire*, et développe une réflexion sur les liens entre la biographie de l'auteur et son œuvre.

> Or cette *distance* prise par l'écrivain à l'égard de lui-même et des idées reçues par lui en tant qu'homme est signalée, d'une manière assez évidente, dans les deux nouvelles que nous considérons, par le choix de la terre espagnole comme théâtre des événements. Je sais bien que, dans les deux cas, le conteur est déterminé par l'origine de son *référent* ; mais cette motivation paraîtra contingente, si l'on considère l'image de l'Espagne dans *Les Âmes du Purgatoire* et dans *Carmen*. Que cette terre soit peuplée de ses amis, qu'il y ait

séjourné souvent avec plaisir, que son destin politique puisse susciter chez lui des préoccupations, qu'il prétende même n'en dire jamais aucun mal : raisons de plus pour que transparaisse, dans la pratique de l'écrivain, la confuse propension à brûler ce qu'il adore. Avec son corregidor et ses moines, gardiens d'une vertu, au demeurant, fort peu défendable, l'Espagne a pour fonction de prôner, d'abriter et finalement de cristalliser en elle ces *valeurs*, dont l'archéologue, historien tour à tour du vénérable don Juan et de Jules César, s'institue le très équivoque et contestable défenseur.

1. Quelle contradiction le critique soulève-t-il entre la biographie de Mérimée et l'image de l'Espagne proposée dans les nouvelles ?

2. Quelles peuvent être les « *valeurs* » prônées par le narrateur dans *Carmen* dont parle Jean Deccottignies ? Pourquoi peut-on dire que la position du narrateur est « équivoque et contestable » ?

TEXTE 15 • Jean-Pierre de Beaumarchais *et al.*, article « Mérimée » du *Dictionnaire des littératures de langue française*

© Bordas, 1994, tome 3.

Dès lors que la raison, la morale, les normes vacillent, l'auteur ne conçoit pas de meilleure façon d'endiguer ces dérèglements que le renoncement à tout ce qui leur a donné corps, minant ce qu'il a édifié pour en conserver la maîtrise.

Les passions ont tout pour inquiéter Mérimée. Ce voltairien bourgeois a tôt fait de contenir tout épanchement du cœur, toute aventure de l'esprit dans les bornes d'un néo-classicisme de bon aloi. L'impétuosité de ses plus romanesques créatures se trouvera à tout moment bridée par un efficace système de notations ironiques, d'apartés lourds de jugements, de révélations violant aux moments opportuns l'intimité des consciences et refoulant leurs élans. Carmen, héroïne dont Bizet saura exalter toute la ferveur anticonformiste, se voit soigneusement exorcisée par Mérimée, qui insiste sur chaque élément capable de souligner sa marginalité – sa particularité ethnique, notamment ; qui fait artificiellement de José, promu narrateur, un sujet, quand il n'a jamais cessé d'être objet ; qui ne saurait avoir la conscience en repos avant d'avoir banalisé le sortilège de la séduction de la sémillante Bohémienne : « Une jolie fille vous fait perdre la tête, on se bat pour elle, un malheur arrive, il faut vivre à la montagne ; et de contrebandier on devient voleur avant d'avoir réfléchi ». [...]

Béante de son inachèvement ou étouffée par ses propres structures, l'œuvre proclame à tout moment la préoccupation majeure de Mérimée : au-dessus de la cohérence de l'univers littéraire, il importe de placer la nécessité d'un retour toujours possible à l'ordre, à la norme, au réel. L'étrange ne doit faire courir au quotidien qu'un risque calculé. N'ayant d'autre ambition que de permettre à notre paisible banalité de s'éprouver un instant dans les délicieux vertiges de l'insolite, le texte autorise le lecteur à se cramponner dès qu'il le désire à l'intime protecteur qui accompagne et guide fidèlement ses pas, l'auteur, qui a vite fait de rééquilibrer les choses dans leur relativité et de soumettre les pires délires à l'aune de la froide raison et de l'objective connaissance : « En voilà bien assez pour donner aux lecteurs de *Carmen*, une idée avantageuse de mes études sur le Romani. Je terminerai par ce proverbe qui vient à propos : *En retudi panda nasti abela macha*. En close bouche, n'entre point mouche. »

1. Reformulez en une phrase l'idée principale de chaque paragraphe. Quelle est la thèse défendue par les auteurs de cet article ?

2. Quel rôle jouent les citations dans la stratégie argumentative des auteurs ?

SUJETS

INVENTION ET ARGUMENTATION

Sujet 1

Vous écrirez la plaidoirie de l'avocat chargé de défendre don José lors de son procès.

Sujet 2

Dans *Les Âmes du purgatoire*, Mérimée écrit : « Avant d'entrer dans le couvent qu'il avait choisi pour retraite, don Juan écrivit à doña Teresa. Il lui avouait ses projets honteux, lui racontait sa vie, sa conversion, et lui

demandait son pardon, l'engageant à profiter de son exemple et à chercher son salut dans le repentir. » (l. 1995-1999).
Vous rédigerez cette ultime lettre de don Juan à son ancienne maîtresse en suivant la progression proposée par l'auteur et en utilisant un registre adapté.

Sujet 3 : analyse d'image (page 216)

Dans quelle mesure cette photographie extraite d'une mise en scène de l'opéra de Bizet vous semble-t-elle illustrer le mythe de Carmen ?

Sujet 4 : analyse d'image (page 217)

Écrivez une courte nouvelle fantastique, qui inclura une description du tableau de Delacroix, *Le Naufrage de don Juan*, et donnera à cette toile un rôle dramatique.

COMMENTAIRES

Les extraits choisis pour faire l'objet de commentaires sont accompagnés d'un questionnaire de lecture visant à dégager une cohérence dans l'approche, une problématique possible pour l'analyse du texte et pour la rédaction du devoir.

Sujet 5

TEXTE 16 • *Carmen*, chapitre I

C'était un jeune gaillard [...] les mauvais soldats de Gédéon.

> PAGES 9-10, LIGNES 51-75

Après avoir répondu aux questions suivantes, vous commenterez cet extrait en montrant l'intérêt de ce portrait initial.

1. Quelles sont les caractéristiques du personnage de don José présentées dans cet extrait ? Pourquoi peut-on parler de portrait en action ?

2. Comment se créée une atmosphère mystérieuse autour du personnage ?

3. Quel est le ton des commentaires du narrateur ? Dans quelle mesure peut-on parler de distance ironique ?

Carmen, opéra de Georges Bizet (1838-1875), mis en scène par Jérôme Savary, avec Béatrice Uria Mozon (Carmen) et Roberto Alagna (Don José), Théâtre Antique d'Orange, 2004.
ph © Armelle Enguerand/Agence Enguerand-Bernand.

Eugène Delacroix (1798-1863), *Le Naufrage de Don Juan* (1840), huile sur toile, Paris, Musée du Louvre.

Sujet 6

TEXTE 17 • *Carmen*, chapitre III

Nous étions dans une gorge solitaire [...] élevée ainsi.

> PAGES 69-71, LIGNES 1789-1839

Après avoir répondu aux questions suivantes, vous exposerez dans un commentaire littéraire la manière dont l'entremêlement des registres contribue à l'intensité dramatique de la scène.

1. Quelles sont les attitudes respectives des personnages ? Quels sentiments traduisent-elles ? Qu'ont-elles de paradoxal ?

2. Pourquoi peut-on parler ici de théâtralité ? Vous pourrez vous interroger plus particulièrement sur le décor et les effets de dramatisation.

3. Quels éléments du texte expriment l'idée de fatalité ? Dans quelle mesure peut-on parler ici de scène tragique ?

Sujet 7

TEXTE 18 • *Les Âmes du purgatoire*

Il y avait dans l'oratoire [...] tant de souffrances.

> PAGES 84-85, LIGNES 85-109

Après avoir répondu aux questions suivantes, vous commenterez cet extrait en vous interrogeant sur la dimension symbolique de cette description.

1. Comment la construction du texte tend-elle à reproduire les mouvements du tableau ?

2. De quelle manière description et narration se mêlent-elles ici ?

3. Quelle relation don Juan entretient-il avec le tableau ? En quoi cet extrait annonce-t-il la suite de l'histoire ?

Sujet 8

TEXTE 19 • *Les Âmes du purgatoire*

Il ne se fut pas plus tôt étendu [...] à deux pieds du lit.

> PAGES 96-97, LIGNES 438-480

Après avoir répondu aux questions suivantes, vous ferez le commentaire de cet extrait en montrant l'intérêt dramatique de ce rêve.

1. Étudiez les marques de l'onirisme dans cet extrait.

2. Dans quel décor le rêve prend-il place ? Quels éléments caractérisent les deux personnages du rêve ? Quelles sont leurs valeurs symboliques respectives ?

3. Comment le retour à la réalité s'opère-t-il ? Que peut-on en déduire sur le registre de l'extrait et sur le sens à lui donner dans l'histoire de don Juan ?

DISSERTATION

Sujet 9

Peut-on dire d'une nouvelle qu'elle n'est qu'un condensé de roman ? Vous répondrez à cette question en vous appuyant sur les œuvres de Mérimée mais aussi sur vos lectures scolaires et personnelles.

Indications pour traiter le sujet

Le sujet pose ici la question d'une définition de la nouvelle par rapport au roman selon l'ordre de la restriction (« ne... que »). Il importe, dès lors, de ne pas sombrer dans le jugement de valeur en caractérisant la nouvelle comme un genre mineur face au roman qui serait alors un genre majeur. Afin d'éviter cet écueil, on peut proposer une réflexion fondée sur une analyse comparée de la poétique des genres et qui pourrait aboutir au questionnement suivant :

– Quels sont, d'un point de vue narratologique, les éléments qui rapprochent la nouvelle et le roman (pensez notamment aux constantes du récit en terme de schéma narratif, de traitement de l'espace et du temps ou de jeu possible sur les points de vue) ?

– Quels sont les éléments qui distinguent ces deux catégories et les fondent chacune en genre autonome (opposez par exemple le roman et la nouvelle sur la question de la présence du cadre narratif, sur le nombre et la nature des personnages, ou encore sur le traitement de l'action en vue de l'effet à produire) ?

– Quel plaisir différent chacun des deux genres peut-il procurer au lecteur ?

BIBLIOGRAPHIE

Études sur la nouvelle

ANDRÈS Philippe, *La Nouvelle*, Ellipses, coll. « Thèmes et études », 1998.

GROJNOWSKI Daniel, *Lire la nouvelle*, Nathan, coll. « Lire », 2000.

Études sur Mérimée

CHABOT Jacques, *L'autre moi : fantasmes et fantastique dans les nouvelles de Mérimée*, Édisud, Aix-en-provence, 1983.

CHELEBOURG Christian, *Prosper Mérimée. Le sang et la chair. Une poétique du sujet*, Minard, coll. « Archives des Lettres Modernes », 2003.

COLLECTIF, *Mérimée*, coll. « Littératures », n° 51, Presses Universitaires du Mirail, 2005.

COLLECTIF, *Prosper Mérimée : écrivain, archéologue, historien* (sous la dir. d'Antonia Fonyi), Genève, Droz, coll. « Histoire des idées et critique littéraire », 1999.

DARCOS Xavier, *Prosper Mérimée*, Flammarion, coll. « Grandes biographies », 1998.

LÉON Paul, *Mérimée et son temps*, PUF, 1962.

LUPPÉ Albert de, *Mérimée*, Albin Michel, 1945.

OSWALD Thierry, « La nouvelle mériméenne : entre atticisme et mutisme », *La Licorne*, XXI, 1991.

Prosper Mérimée, numéro spécial de la revue *Europe*, septembre 1975.

TRAHARD Pierre, *Prosper Mérimée et l'art de la nouvelle*, PUF, 1923.

Études sur Carmen *et son mythe*

Bizet. Carmen, numéro spécial de la revue *L'Avant-scène opéra*, n° 26, mars-avril 1980.

MAINGUENEAU Dominique, *Carmen, les racines d'un mythe*, Éditions du Sorbier, coll. « D'autres histoires », 1985.

RAVOUX-RALLO Élisabeth *et alii*, *Carmen*, Éditions Autrement, coll. « Figures mythiques », 1997.

Études sur Les Âmes du purgatoire

Article « Mérimée » du *Dictionnaire de Don Juan* (sous la dir. de Pierre Brunel), Robert Laffont, coll. « Bouquins », 1999.

GINÉ-JANER Marta, « Discours et peinture dans *Les Âmes du purgatoire* de Mérimée », dans *Écrire la peinture : entre XVIIIe et XIXe siècles*, études réunies par Pascale Auraix-Jonchière, Presses Universitaires Blaise Pascal, 2003.

Collection Classiques & Cie

6 Abbé Prévost
Manon Lescaut

41 Balzac
Le Chef-d'œuvre inconnu
Sarrasine

47 Balzac
Le Colonel Chabert

11 Balzac
Histoire des Treize
(Ferragus - La Duchesse de Langeais - La Fille aux yeux d'or)

3 Balzac
La Peau de chagrin

34 Balzac
Le Père Goriot

42 Barbey d'Aurevilly
Les Diaboliques

20 Baudelaire
Les Fleurs du mal

15 Beaumarchais
Le Mariage de Figaro

51 Corneille
Le Cid

2 Corneille
L'Illusion comique

38 Diderot
Jacques le Fataliste

17 Flaubert
Madame Bovary

44 Flaubert
Trois Contes

4 Hugo
Le Dernier Jour d'un condamné

21 Hugo
Ruy Blas

8 Jarry
Ubu roi

36 La Bruyère
Les Caractères
(De la ville - De la cour Des grands - Du souverain ou de la république)

5 Laclos
Les Liaisons dangereuses

14 Lafayette (Mme de)
La Princesse de Clèves

50 Marivaux
La Double Inconstance

46 Marivaux
L'Île des Esclaves

12 Marivaux
Le Jeu de l'amour et du hasard

30 Maupassant
Bel-Ami

52 Maupassant
Le Horla et autres nouvelles fantastiques

18 Maupassant
Nouvelles

27 Maupassant
Pierre et Jean

40 Maupassant
Une vie

48 Mérimée
Carmen - Les Âmes du purgatoire

1 Molière
Dom Juan

19 Molière
L'École des femmes

25 Molière
Le Misanthrope

PAPIER À BASE DE FIBRES CERTIFIÉES

Hatier s'engage pour l'environnement en réduisant l'empreinte carbone de ses livres. Celle de cet exemplaire est de :
550 g éq. CO_2
Rendez-vous sur www.hatier-durable.fr

Achevé d'imprimer par Grafica Veneta à Trebaseleghe - Italie
Dépôt légal : 97164-8/01 - août 2013

IMPRIM'VERT